한승원의
글쓰기 교실

이상문학상 수상작가

한승원의
글쓰기 교실

● 한승원 지음 / 최남진 그림

문학사상사

나만의 글쓰기 비법

글쓰기 공부 강의는 나의 많은 시행착오의 일화와 그것을
통해 얻어진 나만의 비법을 후배들에게 전해 주려는 것이다

한 승 원(韓勝源)
('88 이상문학상 수상작가)

▶ 딱딱한 이론을 앞세우지 않은 글쓰기 강의

글을 쓰는 데에는 왕도가 없다. 이것은, 글이란 것은 반드시 이러
이러한 방법으로 써야 가장 잘 쓸 수 있는 것이라고 단언할 수 없다
는 뜻의 말이다.

그럼에도 불구하고 내가 지금 이 글쓰기 강의를 시작하려는 것은
다음과 같은 이유에서이다.

첫째, 내가 소설가에 뜻을 두고 글쓰기 공부를 처음 시작할 때에
참고했던 글쓰기 공부에 관한 몇 가지 책들은 한결같이 딱딱한 이론
을 앞세우는 것들뿐이었다. 나는 열일곱 살이 되던 해부터 문학병이
들었고, 그때부터 글쓰기 공부를 하기 시작했는데, 그 이후 그 어느
누구의 강의나 저서를 통해서도 글쓰기의 비법다운 비법을 발견하
지 못했던 것이다.

둘째, 지금 나의 문장 쓰기, 구성하기, 글 속에 주제 담기 비법은

수없이 많은 시행착오를 통해 터득된 것이다.

　지금 내가 하려는 글쓰기 공부 강의는 나의 그러한 많은 시행착오의 일화와 그것을 통해 얻어진 나만의 비법을 후배들에게 전해 주려는 것이다.

　이 책이 세상에 나올 수 있게 해준 〈문학사상사〉 여러분에게, 이 책을 위해 여러 가지로 도와 준 제자 박창희에게 깊이 감사한다.

차례

반어법

제1교시
자기만이 쓸 수 있는 글이란 어떤 것인가
—생명이 있고 감동을 줄 수 있는 글

1. 엿장수 이야기

옛날에 장사하는 수법이 탁월하여 돈을 많이 번 엿장수 한 사람이 있었다. 무엇을 해서 먹고 살까 하고 궁리하던 한 청년이 그 엿장수를 찾아갔다.

"저에게 장사 비결을 가르쳐 주십시오."

청년이 그 엿장수에게 간곡히 말했다.

"정히 그렇다면 엿판을 하나 만들어 짊어지고 나를 따라다니면서, 내가 하는 걸 잘 보고 장사하는 법을 배우시오."

청년은 그 엿장수가 시키는 대로 했다.

탁월한 엿장수가 엿판을 짊어진 채 앞장서 가고, 청년은 제자가 되어 뒤를 따랐다. 앞장을 선 스승 엿장수는 가위질 소리를 멋들어지게 내고, 엉덩춤에다 어깨춤까지 추면서, "둘이 먹다가 한 사람이 죽어도 모르는 울릉도 호박엿 사시오오!" 하고 노랫가락을 섞어 가며 외쳤다. 뒤따라가는 제자 엿장수는 그 소리를 아무리 따라하려 해도 목구멍 속에서 소리가 나오지 않았다. 앞장서 가는 스승 엿장수가 뒤따르는 제자 엿장수에게 얼른 따라해 보라고 재촉했다. 제자 엿장수는 조금 전에 스승 엿장수가 소리친 말을 열심히 따라 외웠다. 한데 앞장선 스승 엿장수가, "첫사랑의 맛같이 새콤달콤한 울릉도 호박엿이요오! 엿 사시오오!" 하고 말을 바꾸어 소리쳤다. 뒤따르는 제자 엿장수는 또 그 말을 열심히 외웠다. 그러자 스승 엿장수는 또 말을 바꾸었다.

"장가 못 간 총각은 장가가게 하고, 시집 못 간 처녀는 시집가게 하는 울릉도 호박엿이요오!"

그러고는 제자에게 얼른 따라해 보라고 또 재촉했다. 제자 엿장수는 또다시 조금 전에 스승이 한 말을 머릿속에 외워 담았다. 그런데 스승 엿장수는 끓리기라도 하듯이 또 말을 바꾸어 소리쳤다.

"시어머니가 이 엿을 먹으면 주름살이 펴지고, 며느리가 먹으면 나온 입이 들어가는 울릉도 호박엿이요오. 엿 사시오오!"

그 때까지 제자 엿장수는 한 마디도 외치지를 못했다. 스승 엿장수가 제자 엿장수를 향해 무얼 하고 있느냐고, 얼른 따라 외쳐 보라고 재촉했다.

제자 엿장수는 그 재촉에 못 이겨, 앞장선 스승 엿장수가 소리를 지른 다음에 기껏, "내 것도!" 하고 소리를 질렀다.

사람들은 앞장서서 다니는 스승 엿장수의 엿은 사는데, 뒤따라다니며 "내 것도!" 하고 외치는 제자 엿장수의 엿은 사려고 하지 않았다. 제자 엿장수는 사람들이 왜 자기의 엿을 사려고 하지 않는지 알 수가 없었다. 그는 슬픈 목소리로, 스승이 외친 다음에 곧 목청이 터지도록 외치고 또 외쳤다.

"내 것도오!"

이 세상에는 그 스승과 같은 엿장수가 한 사람만 있어야 한다. 두 사람은 필요하지 않다. 제자 엿장수는 스승 엿장수를 따라서 "내 것도오!" 하고만 외칠 것이 아니라, 자기만이 할 수 있는 말을 개발해야 한다는 것이다.

그러려면 어떻게 해야 할까?

먼저 자기의 호박엿을 먹어 보고 또 먹어 본 다음에 그것의 맛과 향을 분명하게 알아야 한다. 그리고 자기 혼자서만 외칠 수 있는 독특한 말(상업적인 기술 혹은 상업적인 구호)을 연구해 내야 한다.

그것을 연구하려고 자기의 호박엿을 맛보는 과정에서 이런 일이 일어났다고 하자. 자기의 혓바닥마저도 달크무레한 그 호박 엿물을 따라 목구멍으로 넘어가 버리려 할 만큼, 그 맛이 달고 구수하고 새콤하게 느껴졌다. 그리고 그것을 삼키고 나자 뱃속이 개운해지고, 머릿속이 환해지는 것 같았다. 뿐만 아니라 얼굴 살결 또한 희어지는 것처럼 생각되었다. 그렇다면 바로 그 말을 외치면 되는 것이다.

"혓바닥까지 넘어가는 울릉도 호박엿이요오! 유치원생이나 초등학생인 아들딸한테 먹이면 지능 지수가 높아지고, 중학생인 아들딸들한테 먹이면 국어, 수학, 영어 시험에 모두모두 백점만 맞게 되는 호박엿이요오! 고등학생인 아들딸한테 먹이면 대학에 누워서 들어가게 되는 울릉도 호박엿이요오!"

"처녀가 먹으면 피부가 고와지고 총각들이 먹으면 힘이 세어지는 호박엿이요오!"

제자 엿장수가 이렇게 자식들의 교육 문제와 피부 미용에 대한 소리를 곁들여 외친다면, 기껏 사랑 놀음의 말만 앞세우고 외치는 스승 엿장수보다 훨씬 많은 엿을 팔 수 있지 않을까?

2. 누가 써도 마찬가지인 글

글을 쓸 때, 우리들이 가장 조심해야 하는 것이 바로 이런 것이다.

첫째, 누가 써도 마찬가지인 글을 써서는 안 된다.

(1) 까마귀과에 속하는 종으로, 우리 나라의 외딴 섬을 제외한 전 지역에서 번식하는 흔한 텃새이다. 몸 길이는 약 45센티미터이며, 암수의 깃털은 동일하다. 머리, 등, 가슴, 꽁지는 광택 있는 검은색이며 배는 흰색이다. 날개의 일부분은 흰색이며 나머지 부분은 진한 청록색이고, 부리와 다리는 검은색이다. 주로 시골, 인가 주변, 들판, 야산, 도시의 공원 등에서 무리를 지어 산다. 둥우리는 소나무, 아카시아, 밤나무, 미루나무, 버드나무 가지 위에 짓고, 여섯 개 정도의 알을 낳는다. 개구리, 곤충, 보리, 쌀, 콩 등을 먹는다.

(2) 남아메리카가 원산지인 식물로 우리 나라에 오래 전에 들어와 전국의 산과 들에 자라고 있는 바늘꽃과의 두해살이풀이다. 높이는

50∼90센티미터쯤 자라고, 굵고 곧은 뿌리가 나는데 한 개 혹은 여러 개의 대가 곧게 자란다. 뿌리에서 나온 잎은 사방으로 둥글게 퍼지며, 줄기에서 나온 잎은 끝이 뾰족한데 가장자리에 톱니가 있다. 7월과 9월 사이에 노란 꽃이 피고, 잎 겨드랑이에 한 개씩 달린다. 저녁 때에 노란색으로 피었다가 아침에 햇빛이 비치면 곧 시드는데, 약간 붉은빛이 돈다. 꽃받침은 네 개로 두 개씩 합쳐지며, 꽃이 피면 뒤로 젖혀진다.

(3) 우리 나라의 이름은 대한 민국입니다. 대한 민국은 북한과 남한 둘로 나누어져 있습니다. 북한은 공산주의 국가이고, 남한은 민주주의 국가입니다. 대한 민국은 '88 올림픽을 성공적으로 치른 나라이며, 동방예의지국이라고 불립니다. 요즈음은 올림픽 경기 대회에서 좋은 점수를 기록하고 있습니다. 대한 민국은 면적이 좁으며, 사람들이 많이 살아 인구 밀도가 높습니다. 그리고 춘하추동이 뚜렷합니다. 봄은 따뜻하고 온갖 새들이 노래를 부르며 예쁜 꽃들이 많이 피어납니다. 여름은 매우 덥고, 8월은 1년 중 가장 더운 달입니다.

(4) 우리 나라의 국기는 태극기로, 태극은 우주 만물의 근원을 나타내는데, 네 귀에는 건(하늘), 곤(땅), 감(물), 이(불)를 나타내는 검은색의 네 괘가 있다. 우리 나라 꽃은 무궁화이며, 국가는 안익태 님께서 지으신 애국가이다. 우리 나라 국토 면적의 70퍼센트가 산지인데, 대부분 북쪽과 동쪽이 높고 서쪽과 남쪽이 낮다. 우리 나라는 아시아 대륙과 태평양 사이에 있어 계절풍 기후를 이룬다. 겨울에는 삼한사온 현상이 나타나고 사계절의 변화가 뚜렷하다.

위에 든 보기 (1)은 '까치'에 대한 글의 일부이고, (2)는 '달맞이꽃'에 대한 글의 한 대목인데, 백과 사전의 그것을 그대로 옮겨 놓은 것이다. (3)과 (4)는 '우리 나라' 라는 제목의 글로서, 독자들이 보내 온 글 중에서 두 편을 골라 앞부분을 인용했다.

이 글들은 모두 누가 써도 마찬가지인 내용의 글이다. 내용과 문투가 이미 어떤 생각의 틀 속에 들어가 있는 상식적인 것이다.

그렇다면 왜 이런 글을 쓰게 되는 것인지 한번 생각해 보자.

주어진 어떤 제목을 앞에 놓고, 그 제목이 주는 고정 관념에 얽매이게 되면 이렇게 백과 사전 투의 상식적인 글을 쓰게 된다. 이런 글을 '기술하는 문장의 글' 이라고 말하는데, 아무리 매끄럽게 다듬고 수식어들을 동원하여 치장을 하고 엄살을 피우더라도 절대로 좋은 글이 될 수 없다. 읽는 사람에게 아무런 감동도 줄 수 없는 글이기 때문이다. 곧 생명이 없는, 죽은 글이라는 뜻이다.

3. 살아 있는 글

우리들은 각기 얼굴이 다르고, 혈액형도 다르고, 목소리도 다르다. 눈과 귀의 모양새와 코의 생김새와 손바닥에 있는 손금도 다르다. 생각하는 것도 다르고, 입맛도 다르고, 버릇도 다르다. 그것은 성질이 각기 다르다는 뜻이다. 그러므로 글 또한 다르게 쓰지 않으면 안 된다.

그렇다면 어떤 글이 생명이 있는 글이고, 읽는이에게 감동을 줄 수 있는 글일까?

(5) 사실 나는 우리 나라에 대해 늘 부정적인 시각만 가지고 있었다. 세계 지도에서 겨우 찾을 수 있을 만큼 작은 영토, 30여 년 간의 식민지였던 역사, 선진국 대열에도 끼지 못하고, 미국의 놀잇감 같은 줏대 없는 나라…….

한국이라는 나라에 대한 나의 시각은 이렇게 부정적이었다.

그러던 중에 신선한 충격을 준 글을 어느 신문에서 읽게 되었다.

⑹ 저는 우리 나라의 제일 큰 문제가 통일이라고 생각합니다. 왜냐 하면 우리 외할아버지 때문입니다. 가끔씩 명절 때 찾아뵈면 낮에는 안 그러시다가 밤이 되면, "아버지, 어머니!" 하며 우십니다. 제가 어렸을 때부터 그것을 보아 왔으니, 이젠 참 불쌍하게 보입니다. 할아버지께서는 당신의 아버지, 어머니가 얼마나 보고 싶으시겠어요. 할아버지께서는 6·25전쟁, 그 난리 통에 북에서 혼자 남으로 내려오셔서 이 곳에서 지금의 외할머니와 결혼을 하셨다고 합니다.

위에 보기로 든 ⑸와 ⑹의 글은, 위의 ⑶과 ⑷처럼 '우리 나라'라는 제목으로 독자들이 써 보낸 글의 첫 대목들이다. 하지만 앞의 글과는 달리, ⑸와 ⑹은 그 글을 쓴 사람만이 쓸 수 있는 글이다. 글을 쓴 사람의 숨결이 들어 있고, 글 속에 나오는 사람들의 아픔이 배어 있다. 죽어 있는 글이 아니고 살아 있는 글이다. 그래서 읽는이에게 진한 감동과 여운을 남겨 준다.

⑸와 ⑹의 글을 쓴 사람은 자신이 왜 그 글을 쓰고 있는지에 대해 깊이 생각한 사람이다. 그런 사람은 어떻게 쓸 것인가 하는 문제도 자연히 생각하게 된다.

우리는 누구든지 지금 자기가 살고 있는 삶보다 훨씬 나은 삶을 건설하기 위해 살아가고 있다. 그렇다면 글도 지금보다 나은 삶을 위하여 긍정적으로 쓰지 않으면 안 된다. 글을 긍정적으로 쓴다는 것은, 우리가 살아가는 이 세상을 낙관적으로 본다는 걸 의미한다. 이처럼 글을 쓸 때는 이 세상을 살아갈 만한 가치가 있는 곳으로 보고, 더욱 살기 좋은 세상이 되도록 발전시켜야 한다는 쪽으로 논리를 전개시켜 나가는 것이 바람직하다.

(7) 곧 21세기이다. 우리의 할아버지, 아버지 세대들이 이루어 놓은 것을 더욱 발전시켜야 하는 것은 우리 젊은이, 소위 신세대들이다. 젊은이들이여, 21세기를 위하여 더욱 노력하자.

이것은 (5)의 글의 결론이다. 이 글을 보면 앞에서 한 말이 무엇을 뜻하는지 쉬이 짐작할 수 있을 것이다.

위에 보기로 든 (5)와 (6)의 글은 독자들이 보내 온 것들 가운데서 개성이 가장 뚜렷한 글들이다. 그렇지만 문장이 아주 잘 쓰여진 글은 아니다. 그 문장 쓰기에 대한 것은 다음 장에서 이야기하기로 하겠다. 어떤 것이 좋은 문장인지, 그러한 문장을 쓰려면 어떻게 해야 하는 것인지…….

자, 그러면 끝으로 자신만이 쓸 수 있는, 즉 그 나름의 독특함을 잘 살려 내고 있는 글 한 편을 감상해 보고 다음으로 넘어가도록 하자.

우리 동네는 장터 바로 윗동네였다. 논 하나를 사이에 두고 있는 정도였지만, 나는 우리 집 앞에 장이 서지 않는 것이 늘 불만이었다. 그래서 나는 장터에 사는 아이들을 가장 부러워했고, 그 아이들과 사귀려고 애를 썼다. 장터는 이웃 마을에 비해 크지는 않았지만 포목전, 잡화전, 고무신 가게, 주막, 석유집, 양조장, 푸줏간이 고루 있었고, 무싯날에도 밤늦도록 전깃불이 휘황했다. 산골이지만 바로 우리 마을 뒷산에 일찍 광산이 개발되어 있어, 이미 오래 전에 전기도 들어와 있었던 것이다.

나는 아버지가 밤중에 담배 심부름을 시켜도 싫다 하지 않았다. 담뱃집 옆집이 술집이었는데, 이 곳에서는 광부들의 구성진 유행가 소리가 밤늦도록 끊이지 않았다. 때로는 싸움판이 벌어지기도 했는데, 그럴 때면 잠들었던 내 동무애들까지 깨어 일어나 눈을 비비며 구경하고 있는 모습을 볼 수 있었다.

나는 학교도 논길로 가는 지름길로 다니지 않고, 장터로 빙 돌아가는 길로 다녔다. 장터의 가겟집이며 술집들은 언제 보아도 새롭고 신기했기 때문이다. 또 그 집들은 종종 주인이 바뀌기도 했는데, 새 주인에 대한 여러 소문은 내 호기심을 자극하기에 언제나 충분한 것들이었다.

장날이면 나는 전날 저녁부터 들떴다. 길에 나가 용당재를 넘어서 오는 장 트럭들과 장꾼들의 자전거를 세었는데, 전장(지난번 장)에 비해 늘었으면 신이 났지만, 줄었으면 크게 실망을 했다. 어쩌다 구경 가 본 이웃 장에 비해 우리 고장 장의 규모가 작은 것이 도무지 속이 상해 견딜 수가 없었다.

장날에는 다른 날보다 일찍 집을 나섰다. 그러나 장은 언제나 아직 서기 전이었고, 장바닥은 말끔히 쓸렸는데도 장꾼들은 공연히 해장국집에서 늑장을 부리곤 했다. 학교에 가기 전에 장이 서는 것을 보려는 꿈은 허사로 끝나기가 일쑤였다. 그러니 교실에 들어가 앉아도 좀이 쑤셔 제대로 공부가 될 리가 없었다.

장을 좋아하는 아이들은 나 하나가 아니었던 것 같다. 점심 시간만 되면 우리는 떼를 지어 교문 밖으로 쏟아져 나왔다. 바야흐로 장이 어우러져 있는 참이었다. 싸구려를 외치는 소리가 높고 여기저기서 술 취한 장꾼들의 싸움질도 곧잘 벌어졌다.

우리에게 가장 인기 있는 장수는 책장수였다. 그는 파수거리(장날 임시로 물건을 벌여 놓고 파는 거리)로 와서 학교 앞 종대 옆에 책전을 벌였는데, 이야기책과 유행가책 사이에 몇 권씩 아이들 책이 끼여 있고는 했다. 대개 아이들은 사지도 않으면서 뒤적거리기만 했다. 그래도 마음씨 착한 책장수는 탓 한 번 하지 않았다. 책을 사는 아이라도 있으면 그 아이는 그 날의 영웅이 되는 판이었는데, 내가 그 영웅이 되는 날이 가장 많았다.

나는 어려서만 장을 좋아했던 것은 아니다. 커서도 장을 좋아했으며, 장날이면 들떠서 아무 일도 하지 못했다. 장날은 꽤 오랫동안 내게는 유일한 즐거움이요 위안이었던 셈이다.

—신경림의 〈길, 장터, 강〉 중에서

◆ **생각해 봅시다!**

1. '엿장수 이야기'에서 장사 비결을 배우려고 찾아온 청년이 끝끝내 엿을 팔지 못한 이유는 무엇일까? 이것을 글쓰기에 빗대어 설명해 보자.

2. 생명이 없는 글은 아무리 온갖 수식어를 갖다가 치장해도 읽는 이에게 감동을 안겨 줄 수가 없다. 그렇다면 생명이 없는 글을 쓰지 않기 위해 우리는 어떤 노력을 기울여야 할까?

문장은 사람의 생각을 담는 그릇이다

─좋은 생각의 덩어리를 문장에 담는 방법

1. 생각의 덩어리란 무엇인가

얼마 전에, 어느 법원의 판사 한 사람이 200자 원고지 100매 분량 (단편 소설 한 편쯤의 분량)의 판결문을 단 한 문장으로 썼다고 하여 말썽이 된 적이 있다. 그렇게 긴 문장은 쓰기도 괴로운 일일 뿐 아니라 읽어 내려가기도 숨가쁘고 이해하기도 힘들다. 그 얼마나 미련스러운 일인가?

21

우리는 그처럼 미련스럽게 긴 문장의 글을 잘 쓴 것이라고 착각해서는 안 된다. 자, 그러면 그것이 왜 미련스러운 글인지를 함께 살펴보기로 하자.

앞에 붙인 번호에 주의해 가면서, 다음의 이야기를 읽어 보도록 하자.

(1) 어머니가 시장에서 쌀 한 부대를 사 가지고 오셨다. 어머니는 식구들의 식탁 위에 한 부대의 쌀을 올려놓고 그대로 먹으라고 하시지 않는다. 우선 그 쌀을 모두 쌀통에 부어 놓으신다.

(2) 그 다음에 식구 한 사람에 한 홉 정도씩의 쌀을 바가지에 담아 씻은 후 솥에 안치신다.

(3) 어머니는 솥에 안친 밥이 끓고 뜸이 들기를 기다리셨다가, 그것을 보온 밥통에 퍼 놓으신다.

(4) 식구들의 수대로 밥그릇을 준비한 다음, 거기에 퍼 담아 식탁 위에 놓아 두신다.

(5) 우리는 그 밥그릇을 두 손으로 들어, 입을 크게 벌린 채 한꺼번에 들이붓고 꿀꺽 삼켜 버리지 않는다.

(6) 한 숟가락씩 떠서 입에 넣는다.

(7) 우리는 또 그 밥 한 숟가락을 그냥 꿀꺽 삼켜 버리지 않고, 입 안에서 이로 오래오래 씹는다.

　1) 씹은 것 가운데서 잘 씹어진 것 일부를 먼저 삼키고,

　2) 덜 씹어진 것들은 더 씹은 다음에 또 일부를 삼키고,

　3) 마지막에 나머지를 몇 번 더 씹어서 삼킨다.

사람은 누구든지 한 무더기의 큰 생각 덩어리를 가지고 있고, 그

것을 누군가에게 말이나 글로써 전달하려고 한다.

글을 처음으로 쓰는 사람들은 매우 성급하여, 그 큰 생각 덩어리를 통째로 전달해 버리려고 하는 경우가 많다. 말하자면, 하나의 문장에다가 자기 생각의 큰 덩어리를 다 담으려고 한다는 것이다. 하나의 문장에는 생각 덩어리의 아주 작은 조각 한 개만 담는 것이 좋다. 너무 큰 생각의 덩어리를 담으면 조그마한 문장의 봉지가 터져 버리고, 담아 놓은 생각이 밖으로 줄줄 새어 나가고 빠져 나가 버린다. 전하려 하는 생각들이 다 새어 나가고 빠져 나가 버린 문장(봉지)은 온전한 문장일 리가 없다.

우리는 어머니가 시장에서 사 오신 쌀 한 부대(생각의 큰 덩어리)를 조금씩 나누어 먹어야 한다. 다시 말하면, (2)에서 (7)까지의 방법을 아침에 한 번 사용하고, 점심에 또 한 번 사용하고, 그리고 저녁에 또다시 한 번 사용하는 것이다. 그렇게 먹어야 그것이 우리 몸속에 들어가서 피와 살이 된다.

2. 생각의 덩어리를 어떻게 문장에 담을 것인가

우리가 '특이한 버릇'이라는 제목으로 글을 쓰려고 했을 때, 그 생각의 큰 덩어리는 어머니가 시장에서 사 가지고 오신 쌀 한 부대에 해당하는 것이다.

쌀 한 부대를 한꺼번에 먹어 치우려고 하는 것은 미련스러운 짓이다. 우리의 몸이 상하게 되는 것은 말할 것도 없고, 소화를 시킬 수도 없다.

다음의 글은 독자가 보내 온 글 가운데서 한 대목을 따온 것이다.

초등학교에 다닐 때는 곤충을 잡아다가 괴롭혀 죽이거나 집에다가 놓고 며칠씩 놓아 두면 어머니께서 죽은 곤충을 버리시곤 하셨다.

위의 글 속에 들어 있는 생각의 덩어리는 너무 크기 때문에 읽는 사람이 쉽게 입 안에 넣고 씹을 수도 없고, 목구멍 너머로 삼킬 수도 없다. 그러므로 아래와 같이 그 덩어리를 잘게 쪼개 주는 것이 좋다.

⑴ 초등학교 4학년인가 5학년 때였다.

⑵ 그 때 나는 곤충을 많이 잡곤 했다. 나비, 매미, 잠자리, 메뚜기, 거미, 방아깨비, 풍뎅이…….

⑶ 그러고는 잡은 그것들을 몹시 괴롭혔다.

  1) 꼬리에 실을 달아 가지고 놀기도 했고,

  2) 고개를 비틀어 놓고 빙글빙글 돌게 하기도 했다.

  3) 그냥 날개와 목을 떼어 죽이기도 했고,

  4) 곤충망 속에다가 며칠씩 가두어 놓기도 했다.

⑷ 학교에서 돌아오면 어머니께서 그 곤충들의 시체를 말끔히 치워 놓으셨다. 그리고 그 불쌍한 것들을 다시는 잡아오지 말라며 나를 꾸짖곤 하셨다.

3. 좋은 생각은 좋은 그릇에

자, 이번에는 다른 독자의 글을 한번 보도록 하자.

⑴ 사람이라면 누구나 자기 자신도 알게 모르게 갖게 되는 버릇들

이 있다. 내 친구들 중에도 불안하거나 긴장이 될 경우에는 손톱을 물어뜯기도 하고, 다리를 떨어 마음을 가라앉히고는 한다. 또 공부를 할 땐 항상 자기가 좋아하는 가수의 노래를 들어야만 한다는 친구도 있고, 무언가를 암기하기 위해서는 그 암기 내용을 노래부르듯이 흥얼거려야 외워진다는 친구도 있다. 참 특이한 버릇이다.

(2) 그러나 이 친구들뿐 아니라 나 또한 남이 보기엔 특이하다 싶은 버릇이 있다. 손톱을 깎았을 때 양 끝 살에 묻히는 부분을 깨끗하게, 아니 너무 깊게 많이 깎아 아플 정도까지 해야 마음이 놓인다. 특별한 이유는 없지만 약간의 손톱이 남아 있을 땐 왠지 더러워 보이고, 금세 때가 낄 것 같고, 또 그 손톱이 살을 파고들 것 같은 불안감 때문인 듯싶다. 평소에 여러 가지 점에서 지나치다 할 정도로 불안해하는 날 보고 히스테리가 있다고 하기도 하지만, 그 밖의 생활에서는 느긋하고 여유 있는 성격을 가진 나이기에 히스테리란 말은 곧 재언급되지 않곤 하지만, 어쩔 수 없이 그런 불안감을 특이한 버릇 탓으로 돌리게 된 것이다.

(3) 그 밖에도 여러 가지 버릇을 갖고 있다. 잠잘 때 볼이 베개에 닿아야 잠이 오고, 다리를 조금이라도 굽혀야 편히 잘 수 있는 이상한 버릇들을 가진 내가 어떨 땐 부끄럽기도 하다.

(4) 그래서 이런 버릇들을 고쳐 보려고 노력도 했지만, 그 때마다 따르는 것은 실패뿐이었다.

(5) 그렇지만 평범함 속에 튀는 사람이 되고 싶은 나는 이젠 버릇들을 굳이 고치려고 하지 않을 것이다. 특이하니까 튈 수도 있고, 그다지 해로운 버릇도 아니니까 말이다.

(6) 항상 자신감을 갖고 살라는 엄마의 말씀대로 나의 특이한 버릇에 내 나름대로의 긍지와 자신감을 갖고 지낼 것이다. 나만의 개성을

추구하면서…….

우리는 어머니 뱃속에서 막 나올 때 크게 소리를 지른다. 그 소리가 우렁차야 어른들은 튼튼한 아이를 낳았다고 좋아한다. 이렇듯 우리가 무엇인가를 말하려 할 때는 그 첫소리를 크게, 그리고 분명하게 외쳐야 한다. 글쓰기도 마찬가지다. 어떤 글이든지 그 글의 첫 문장은 주제와 밀접한 관계가 있기 때문이다. 그러므로 그 첫 문장은 명료해야 한다.

(1)의 첫 문장,

　사람이라면 누구나 자기 자신도 알게 모르게 갖게 되는 버릇들이 있다.

이것은 다음에 있는 이 글의 마지막 주장과 긴밀한 관계를 가지고 있어서 좋다.

　……항상 자신감을 갖고 살라는 엄마의 말씀대로 나의 특이한 버릇에 내 나름대로의 긍지와 자신감을 갖고 지낼 것이다. 나만의 개성을 추구하면서…….

그런데 이 첫 문장은 생각이 잘 정리되어 있지 못한 듯하다. 그것을 이렇게 고쳐 보면 어떨까?

　사람들은 누구나 자기만의 특이한 버릇을 가지고 있다.

그러면 이러한 방법으로 수정하고 가필한 글과 원래의 글을 비교해 보도록 하자.

(1) 사람들은 누구든지 자기만의 특이한 버릇을 가지고 있다. 내 친구들 가운데 몇 사람은 긴장이 되거나 불안해지면, 손톱을 물어뜯기도 하고 다리를 떨기도 하면서 마음을 가라앉히곤 한다. 또 어떤 친구는 혼자서 공부를 할 때, 반드시 자기가 좋아하는 가수의 노래를 들어야만 한다고 한다. 뿐만 아니라 무언가를 암기하기 위해서는 그것을 노래부르듯이 흥얼거려야 한다는 친구도 있다.

(2) 물론 나한테도 남의 눈에 특이하게 보일 만한 버릇이 있다. 손톱을 깎을 때, 손톱의 양쪽 끝 살 속에 묻히는 부분을 깨끗하게 깎아야만 하는 것이다. 아니, 아플 정도로 깊게 깎아야 마음이 놓인다. 그 부분에 손톱이 조금이라도 남아 있으면 더러워 보이고, 금세 그 사이에 때가 낄 듯싶고, 또 그 손톱이 살을 파고들 것만 같아 불안해진다.

덜 깎은 손톱 때문에 지나치다 싶은 정도로 불안해하는 나를 보고 친구들은 히스테리가 있다고 하기도 한다. 하지만 그 밖의 생활에서는 꽤 느긋하고 여유 있는 편이기 때문에 그 말은 내게 맞지 않는 듯하다. 나는 그냥 그 불안감을 아주 깨끗한 것을 추구하는 특이한 버릇쯤으로 돌리고 싶다.

(3) 그 밖에도 나한테는 여러 가지 버릇이 있다. 잠잘 때 볼이 베개에 닿아야 잠이 오는 것이라든지, 다리를 조금이라도 굽혀야 편히 잘 수 있다든지 하는 이상한 버릇들. 물론 이러한 버릇들은 결코 자랑할 만한 것이 못 된다.

(4) 그 때문에 이런 버릇들을 고쳐 보려고 노력을 하기도 했지만,

그 때마다 실패하곤 했다.

(5) 하지만 이제는 이 버릇들을 굳이 고치려 애쓰지 않기로 했다. 나는 평범한 삶 속에서도 남보다 뛰어난 사람이 되고 싶기 때문이다. 따지고 보면 그다지 해로운 버릇도 아니다. 아니, 특이한 만큼 남보다 뛰어날 가능성도 더 있는 것이 아닐까.

(6) 어머니는 나에게 항상 자신감을 가지고 살라고 말씀하신다. 나는 나의 특이한 버릇에 대하여 나 나름대로의 긍지와 자신감을 갖고 살아가기로 했다. 나만의 개성을 추구하면서…….

사람의 버릇은 성격을 형성하고, 그 성격은 인격을 만든다. 그렇다면 이 글에 윤기를 더하기 위하여, 바른 인격의 형성이나 삶에 대해 명상하는 모습을 보태 보는 것은 어떨까? 그러면 좋은 옷에 예쁜 꽃 장식을 달아 놓은 것처럼 글이 더욱 빛나지 않을까?

좋은 생각은 좋은 그릇(문장)에 담아야 한다.

◆ **생각해 봅시다!**

1. 사람들은 누구나 자신의 마음속에 커다란 생각의 덩어리를 가지고 있다. 그래서 말로써든지 글로써든지 그것을 다른 사람에게 전달하려고 애쓴다. 이 때, 그 큰 생각의 덩어리를 어떠한 방법으로 전달하는 것이 옳은지 각자의 생각을 말해 보도록 하자.

2. 사람과 사람이 만났을 때는 그 첫인상이 매우 중요하듯이, 글을 쓸 때는 첫 문장이 아주 중요한 구실을 한다. 그러면 첫 문장은 어떻게 쓰여야 하는지 설명해 보자.

읽는이가 공감할 수 있는 문장이라야 한다
―숫자를 셈하는 수학과 감정을 드러내는 문학의 차이

1. 나만 아는 이야기

어느 여름날 한밤중이었다. 누군가 초인종을 다급히 누르면서 문을
부서져라 두들겨 댔다. 막 잠자리에 들려던 시인 ㄱ씨는 깜짝 놀라
맨발로 달려 나갔다.

찾아온 사람은 그의 친구 ㄴ씨였는데, 술에 얼근하게 취해 있었

다. 친구 ㄴ씨는 ㄱ 시인과 함께 문학 공부를 하던 사람이었다. 그러나 아직 시인으로서 대접을 받지 못하고 있었다. 그 때문에 ㄴ씨는 자기의 실력을 인정해 주지 않는 기성 문인들에게 많은 불만을 가지고 있었다.

친구 ㄴ씨는 자기가 써 온 시를 주머니에서 꺼냈다.

"야, 이 사람 ㄱ군, 내가 오늘 내 일생 일대 최고의 아름다운 시를 써 가지고 왔네. 한번 읽어 보고 자네가 관여하고 있는 잡지에 추천 좀 해 주게."

하고 말했다.

"머리에 털이 돋은 이래 지금까지 이렇게 진한 감격과 감동을 받아 본 적이 없어. 가슴이 터질 것 같은 이 감격과 감동을 손톱만큼도 놓치지 않고 모두 다 이 시 속에다 담았다네. 아마, 보나마나 자네도 깜짝 놀랄 거야."

친구 ㄴ씨는 그 시를 쓸 수 있게 한 그 감격과 감동을 새삼 되새기면서 "아아, 하아!" 하고 탄성을 지르며 울먹이기까지 하였다.

시인 ㄱ씨는 잔뜩 기대를 하면서 ㄴ씨가 건네 준 시를 읽어 보았다.

오오, 나의 사랑, 나의 기쁨!
오! 나의 이 감격 이 감동을 누구에게 다 말할까!
하늘이 알까 땅이 알까, 오호! 나의 사랑이여!
나에게 이 감격과 아름다운 감동을 준 그대여!

그 시에는 정말로 감격과 감동을 주체할 수 없었던 듯 감탄사가 줄줄이 쓰여 있었다. 그러나 시인 ㄱ씨는 친구의 가슴속에 넘쳐흘렀다는 그 감격과 감동을 눈곱만큼도 느낄 수가 없었다. ㄱ씨는 정말로 난감했다. 솔직하게 말을 하면 ㄴ씨가 크게 실망할 테니까. 그렇지만, "미안한 일이지만, 나는 이 시에서 아무런 감동도 느낄 수가 없네" 하고 말하지 않을 수가 없었다.

ㄴ씨가 자신이 직접 느낀 감격과 감동을 표현하기 위해 수없이 많은 감탄사들을 연발하였음에도 불구하고, 그 시는 왜 읽는 사람을 감동시킬 수 없었을까? 그것은 그 감격과 감동이 어디에서 비롯되었으며, 그 느낌이 어떠한 것이었는지가 구체적으로 드러나 있지 않았기 때문이다. 그래서 글쓴이가 말하려고 하는 생각의 덩어리(주제)가 읽는 사람의 가슴에 와 닿을 수 없었던 것이다.

그러면 이런 경우를 한번 생각해 보도록 하자.

누가 들어도 배꼽을 잡고 까르르 넘어갈 만한 우스운 이야기 하나를 내가 알고 있다고 치자. 그 이야기를 해 주겠다고 친구들을 불러 모아 놓고는, "아이고, 나 이렇게 웃기는 이야기는 처음 들어 본다. 야아! 아이고! 내 배꼽 달아난다. 아하하하하······내가 어머니 뱃속에서 나온 이래 이렇게 웃어 본 일은 정말로 처음이다. 아하하하하······. 야, 너희들 우습지 않냐? 우습지? 우습지? 하하하하······" 하고 깔깔거리고 웃었다. 친구들은 과연 나를 따라 웃을까? 친구들은 "야, 참, 별 이상한 애 다 보겠네" 하고 투덜거릴 것이 뻔하다.

이런 실수는 글쓰기에서도 종종 나타난다.

2. 읽는 사람이 공감할 수 있는 글

4월, 봄이다. 학교에 가서 수업하기에는 마치 전쟁을 하는 것과 같다. 그러나 이제 곧 떠날 소풍만 생각하면 힘이 부쩍 솟는다. 선생님 말씀이 귀에 절로 들어 온다. 이와 같이 나에게는 소풍을 기다리는 것이 인생의 한 가지 낙이다. 내 인생 15년. 지금까지 소풍을 수없이 갔다가 왔다. 또 이러는 과정에서 소풍 가는 장소에 대하여 많은 감정이 생겼다. 놀이 공원, 고궁, 산성…… 많은 장소 가운데서 가고 싶은 장소가 있고, 그럭저럭 놀다 오는 장소도 있다. 누군가 나에게 소풍 가는 장소 가운데서 어디가 제일 좋은가?라고 물어 보면 나는 초등학교 4학년 때 간 경복궁과 중학교 2학년 때 간 드림랜드에 갔다 온 이야기를 해 줄 것이다.

경복궁은, 그냥 도착해 가지고 고궁을 둘러보고 점심을 먹은 다음 친구들과 즐겁게 뛰어놀다가 온 게 전부이다. ㉠드림랜드에 갔을 때는 사뭇 다른 느낌이었다. 왠지 같이 노는 것이라도 느낌이 달랐다. 그렇다고 해서 경복궁은 재미없고 드림랜드만 재미있다는 것은 아니다. 고궁은 나에게 있어서 공부가 되므로 거의 ㉡90퍼센트 이상 재미있다. 드림랜드에서 노는 것과 경복궁에서 노는 것은 많은 차이가 있다. 이렇듯 소풍도 각 장소마다 재미가 다르다. 소풍을 좋아하지 않는 사람이 어디 있겠는가. 옛날 누군가가 말했다. 소풍은 학생을 위한 거라고.

이 글에는 글을 쓴 사람 혼자서만 알 수 있을 뿐, 읽는 사람은 도저히 감을 잡을 수 없는 이야기가 많다. 그 대표적인 것이 밑줄 친 ㉠'드림랜드에 갔을 때는 사뭇 다른 느낌이었다. 왠지 같이 노는 것이라도 느낌이 달랐다'와 같은 말이다. 경복궁에 소풍 갔을 때와 드림랜드에 갔을 때의 느낌이 다르다는 것은 글 쓴 사람 혼자만이 아는 일이다. 그 느낌이 '사뭇 다르다'고 생각했다면, 무엇이 어떻게 다른가 하는 내용이 있어야 하지 않을까? 가령, 이런 식으로 말이다.

드림랜드에 갔을 때는 느낌이 사뭇 달랐다. 거기에는 우리들의 꿈이 깃들어 있었다. 마법에 걸린 공주를 구하러 가기 위해 금세라도 말을 탄 왕자님이 달려나올 것 같은 궁전, 거대한 강물 같은 하늘의 은하수 위를 달리는 공중 철도. 그뿐만이 아니었다. 나무꾼과 선녀가 살던 초가집, 도깨비불이 번쩍거리는 무시무시한 동굴, 간이 오그라붙을 듯 아찔하게 공중을 오르내리는 바이킹 등 눈길 닿는 곳마다 신비로움이 넘쳐흐르고 있었다. 드림랜드에서 노는 동안, 나는 내내 어릴 적 읽은 동화 세계 속을 헤엄쳐 다니는 기분이었다.

3. 수학적인 표현과 문학적인 표현

글을 쓸 때, 또 한 가지 주의할 점이 있다. 수학적인 표현과 문학적인 표현은 전혀 다르다는 것이다. 예를 들어, 밑줄 친 ㉡에서처럼 '90퍼센트 이상 재미있었다'든지 '100퍼센트 훌륭했다'든지 하는 표현은 쓰지 않는 게 좋다. 그런 표현에 유의하면서 다음 이야기를 읽어 보도록 하자.

어느 학교에 말주변이 무척 없는 교장 선생님이 있었다. 화창한 봄날을 맞아, 그 학교에서는 운동회를 개최하게 되었다. 그 날 아침에는 으레 운동회를 즐겁고 안전하게 치르기 위한 교장 선생님의 훈화가 있었다. 교장 선생님은 '아, 아' 하고 마이크 시험을 마친 뒤, 이야기의 서두를 꺼냈다.

"구름 한 점 없이 맑은 하늘 아래서……."

그런데 교장 선생님이 이렇게 말을 하자마자, 기다리기라도 했다는 듯 앞산 잔등 위로 구름 한 장이 떠올랐다. 당황한 교장 선생님은 자기가 실수를 했다고 생각하고, 즉시 그 구름장을 가리키면서 다음과 같이 고쳐 말했다.

"저기, 저 구름 한 장이 떠 있기는 합니다만, ……참으로 맑고 푸르른 하늘입니다."

그런데 이게 어찌 된 일일까? 이렇게 막 말하고 났을 때, 운동장에 줄을 맞춰 서 있던 학생들이 서쪽 하늘을 손가락질하면서 수군거렸다. 교장 선생님은 눈앞이 아찔했다. 이번에는 서쪽 하늘에 구름이 석 장이나 떠오르고 있었던 것이다. 더욱 당황한 교장 선생님은 다시 그 구름장을 가리키며 자기의 말을 수정하였다.

"저 서쪽 하늘에 또 구름 석 장이 떠오고 있기는 합니다만, ……어떻습니까? 그래도 참으로 맑고 푸른 하늘이기는 합니다."

운동장에 서 있던 학생들과 선생님들과 관중석에 모여 있는 학부모들은 배꼽을 잡고 웃어 댔다. 그러자 교장 선생님은 얼굴이 새빨개져 버리고 말았다.

사람들은 왜 그렇게 웃었을까? 하늘에 구름이 한두 장 또는 네댓 장 떠 있다고 해서 맑고 푸른 하늘이 아니라고 할 수는 없다. 그런데 그것을 기어이 수학적으로 따지려 하다 보니 그런 우스꽝스런 실수를 하게 된 것이다. 그러면 다음 글을 한번 보도록 하자.

우리 학교 운동장 가에는 느티나무가 열다섯 그루 서 있는데, 그 수천 개나 되는 가지들에서 바야흐로 새싹 수만 개가 트고 있다. 또 그 옆에 서 있는 다섯 그루의 늙은 벚나무들과 스물아홉 그루의 진달래 나무들은 꽃이 떨어진 뒤 녹색의 잎사귀들 수십만 개를 피워 내고 있다.

이런 표현은 어떨까? 만일 이런 식으로 남산의 숲을 표현해야 한다면 어떡할까? 그 산에 서 있는 수없이 많은 나무들의 수를 모두 다 헤아려 보아야 할까? 우리들의 느낌이나 생각은 이렇게 수학적으로 계산해 낼 수 있는 것이 아니다.

자, 그러면 이제 앞에 인용했던 글을, 앞에서 이야기한 부분에 주의하면서 함께 고쳐 보도록 하자.

4월이다. 아침 저녁으로는 아직 쌀쌀한 기운이 남아 있긴 하지만, 교정에 피어난 붉고 노란 꽃들을 보면 봄이 왔음을 절로 실감하지 않을 수 없다. 새 학년 새 학기 공부가 시작된 지도 어느덧 두 달째이다. 하지만 아직 새 학년의 공부에 적응이 잘 되지 않아서일까? 수업이 마치 전쟁을 치르기 위한 준비인 듯 무섭고 부담스럽게 느껴진다. 예습도 해야 하고, 복습도 해야 하고, 거기다 영어·수학 과외 수업까지…….

그렇지만 이제 머지않아 있을 소풍을 생각하면 힘이 부쩍 솟는다. 답답한 학교 교정 안에서 하는 공부를 잠시 접어두고, 야외로 나가 한바탕 뛰어놀 수 있다니. 생각만 해도 신이 난다. 그럴 때만은 선생님의 말씀이 절로 귀에 들어 오는 듯하다. 그러고 보면 해마다 두 번씩 가는 소풍은 학교 공부에 찌든 나에게 새 기운을 불어넣어 주는 활력소인 셈이다. 소풍 날짜를 헤아리며 기다리는 동안, 내 삶은 알수 없는 기대로 한없이 설레고 들뜨게 된다.

내가 살아온 15년의 세월 동안, 나는 초등학교 1학년 때부터 시작해서 꽤 여러 번 소풍을 다녀온 셈이다. 그런 만큼 소풍 장소도 여러곳이다. 각기 특색이 있는 그 여러 장소들에 대해 많은 추억과 느낌들이 있을 수밖에 없다. 놀이 공원, 고궁, 산성…….

그 많은 장소들 가운데는, 우리들이 반드시 가 보고 공부하지 않으면 안 될 장소가 있고, 그럭저럭 즐겁게 뛰어놀다가 오면 되는 장소도 있다. 누군가 나에게 어떤 곳이 소풍 장소로서 가장 적당하냐고묻는다면, 나는 초등학교 4학년 때 다녀온 경복궁과 중학교 2학년 때다녀온 드림랜드를 권하겠다.

경복궁은 우리 민족이면 누구나 한 번쯤은 가서 속속들이 둘러보아야 할 고궁이다. 그 때는 별 생각 없이 한 바퀴 휘둘러본 다음, 잔디밭에서 친구들과 점심을 먹고 즐겁게 뛰어놀다가 온 게 전부였다. 그런데 신기한 것은 조선 시대의 왕들이 살았던 궁궐의 예스러운 분위기가 아직도 내 가슴에 깊이 남아 있다는 점이다. 그 곳은 나의 마음속에 우리 민족의 오랜 뿌리를 소리 없이 심어 주었던 것이다.

그 다음에 드림랜드에 갔을 때는 느낌이 사뭇 달랐다. 거기에는 우리들의 꿈이 깃들어 있었다. 마법에 걸린 공주를 구하러 가기 위해 금세라도 말을 탄 왕자님이 달려나올 것 같은 궁전, 거대한 강줄기처럼하늘의 은하수 위를 내닫는 공중 철도. 그뿐만이 아니었다. 나무꾼과선녀가 살던 초가집, 도깨비불이 번쩍거리는 무시무시한 동굴, 간이오그라 붙을 듯 아찔아찔하게 공중을 오르내리는 바이킹 등 눈길 닿는곳마다 신비로움이 넘쳐흐르고 있었다. 드림랜드에서 노는 동안, 나는내내 어릴 적 읽은 동화 세계 속을 헤엄쳐 다니는 기분이었다.

경복궁에서 노는 것과 드림랜드에서 노는 것은 많은 차이가 있었다. 이렇듯 소풍은 가는 장소에 따라서 얻고 느끼는 맛과 재미가 각기 다르다. 학교 공부를 잠시 접어두고 바람을 쐬러 가되, 그 특이한 소풍 장소가 말없이 가르쳐 주는 것을 가슴에 빨아들이고 온다면 꿩 먹고 알 먹기가 아닐까.

소풍을 좋아하지 않는 사람은 이 세상에 아무도 없다. 답답한 학교 공부에 찌들어 있는 우리에게 풋풋한 활력을 불어넣어 주는 이 고마운 소풍을 이번 기회에는 더욱 잘 이용하도록 해야겠다.

◈ 생각해 봅시다!

1. 우리는 흔히 자신의 가슴속으로 밀려든 감동을 주체할 수가 없어 감탄사를 연발하는 경우가 있다. 하지만 그것을 바라보는 사람의 입장에서는 아무런 감동도 와 닿지 않는 게 사실이다. 왜 그런지 그 이유를 설명해 보자.

2. 숫자를 징확하게 세고 셈해야 하는 수학과 자신의 감정을 글로 써 솔직하게 그려 내 보이는 문학은 엄연히 차이가 있다. 그런데도 우리는 가끔 그것을 혼동할 때가 있다. 이런 경우, 어떤 문제가 발생하게 되는지 함께 이야기해 보자.

제4교시
앞뒤가 일관성 있는 글을 써라
—글쓰기는 옷 만들기 순서와 같다

1. 건망증이 심한 사람 이야기

햇볕이 쨍쨍 내리쬐는 어느 여름날, 건망증이 매우 심한 어떤 사람이 혼자서 밭을 매고 있었다. 그 사람은 땀도 식힐 겸 하늘을 바라보며, "하늘 한번 기차게 파랗구나" 하고 중얼거렸다. 그런데 다시 밭을 매려고 보니, 조금 전까지 자신이 부지런히 밭을 매 왔던 호미가 보이지 않았다. 그 사람은 벌떡 일어나서, "이놈의 호미가 어디로 갔나?" 하고 허둥거리며 온 밭을 다 둘러보았지만 그것은 도무지 눈에 띄지가 않았다. 호미에 발이 달린 것도 아닌데 어디로 갔을까?

사실 호미는 바로 그 사람의 오른손에 처음부터 그대로 쥐어져 있었다. 이런 일도 있었다. 담뱃대를 오른손에 들고 길을 갈 때였는데, 빨리 가려고 팔을 부지런히 휘젓다 보면 팔이 앞으로 갔다 뒤로 갔다 하는 것은 당연한 일이다. 그런데 그 사람은 팔이 뒤쪽으로 사라지면, "아이고, 내 담뱃대 잃어버렸네!" 하고 깜짝 놀라 걸음을 멈추고, 팔이 앞으로 나타나면 "아하, 여기 있구나!" 하고 안도의 숨을 내쉬곤 하였다. 그러니 그 사람은 어디를 갈 때든 길을 걸을 때마다 수백 번이나 간이 오그라들었다 펴졌다 하는 것을 막을 수가 없었다.

그 사람이 하루는 몇 가지 살 것이 있어 장엘 가기로 하였다. 어물전에서 사돈네 제사에 쓸 농어와 광어 두 마리씩을 사고, 또 튼튼하고 예쁜 암송아지 한 마리를 사 오려는 것이었다. 그 사람의 건망증을 잘 알고 있는 아내는, 송아지를 잃어버리지 않도록 고삐를 단단히 쥐고 오라고 대문 밖까지 따라 나와서 단단히 일렀다.

그 사람이 장에 도착해 보니, 거리거리마다 갖가지 물건들이 잔뜩 널려 있었다. 그 사람은 여기저기 기웃거리며 손으로 만져도 보고, 맛도 보면서 장 구경에 신바람이 났다. 그러다가 걸음을 멈추고 서서 골똘히 생각에 잠겼다.

'내가 무얼 하러 장에 왔더라?'

한참 뒤에야, "아하, 돼지 한 마리를 사러 왔지" 하고 손뼉을 마주 쳤다. 그래서 돼지 파는 데로 가 살찌고 퉁퉁한 놈으로 한 마리 골랐다.

돼지 모가지에다 고삐를 매어 질질 끌면서 집으로 가고 있던 그 사람이 산 중턱쯤에 다다랐을 때였다. 갑자기 대변이 마려워 왔다. 아랫배가 콕콕 쑤시는 것이 도저히 참을 수가 없었다. 그 사람은 할 수 없이 돼지를 나무에 묶어 놓고 숲속으로 들어가 볼일을 보았다.

그리고 허리띠를 맨 다음 다시 길 쪽으로 어기적어기적 걸어 나왔다. 그런데 이게 웬 횡재인가? 돼지 한 마리가 나무에 묶인 채 꿀꿀거리고 있지 않은가? 그는 사방을 슬그머니 휘둘러보았다. 지나가는 사람은 아무도 없었다.

"어느 정신 나간 사람이 돼지를 여기다 묶어 놓고 그냥 갔나?"

그는 호호호 하고 웃으며 집으로 가는 발길을 재촉했다. 어서 빨리 이 사실을 아내에게 자랑하고 싶었다. 그런데 돼지의 걸음이 너무 느린 게 아닌가. 참을성 없는 그는 급한 마음에 돼지를 등에 업었다. 그러고는 땀을 뻘뻘 흘리며 집으로 뛰어갔다. 물론 돼지는 등뒤에서 들컹거리는 괴로움을 견뎌 내며 연방 꿀꿀거렸다.

여러분은 이 이야기를 읽으며 절로 웃음이 터져 나오는 것을 느꼈을 것이다. 그러나 우리는 그 사람을 함부로 비웃어서는 안 된다. 왜냐하면 우리도 똑같기 때문이다.

글을 쓸 때, 우리도 건망증이 심한 그 사람처럼 주제를 잊어버리고 옆길로 새는 경우가 많다. 송아지를 사러 갔다가 돼지를 사 가지고 온 것이나, 사돈에게 줄 생선을 잊어버리고 사지 못한 일은 바로 글의 주제를 잊어버린 것과 마찬가지다. 게다가 마지막에 돼지를 등에 업고 뛴 것은 사람의 격에 맞지 않는, 채신머리 없는 행동이다. 그렇게 되면 글의 품위가 떨어져 버린다.

2. 글쓰기는 옷 만들기와 같다?

우리가 글을 쓸 때, 건망증이 심한 그 사람과 같은 실수를 저지르지 않으려면 어떻게 해야 할까? 무엇보다 글을 일관성 있게 써야 한다. 무엇에 대해 쓸 것인지를 늘 염두에 두어야 한다는 뜻이다. 글쓰기는 옷 만들기와 꼭 같다. 그렇다면 옷 만드는 일과 직접 비교해 보자.

옷을 만들기 위해서는 흔히 옷감을 먼저 고른다. 옷감에는 비단, 양복지, 가죽, 무명, 모시, 마 등 여러 가지가 있다.

그 중에서 알맞은 옷감을 골랐다면, 다음에는 그 옷감을 가지고 어떤 옷을 만들 것인가를 정해야 한다. 치마, 저고리, 두루마기, 청바지, 블라우스, 셔츠, 미니스커트, 내의…….

그 다음에는 옷을 어떠한 모양새로, 또 얼마만한 크기로 지을 것인가를 결정해야 한다.

그런데 뭔가 좀 이상한 듯한 느낌이 드는 것은 무슨 까닭일까? 아무래도 옷을 만드는 순서가 잘못된 성싶다. 옷 만들기를 제대로 하려면 옷감을 먼저 고를 것이 아니라, 어떤 옷을 만들 것인가부터 정해야 하지 않을까? 그래야만 옷의 쓸모(주제)에 맞는 옷감도 고를 수 있을 테니까 말이다. 그러면 처음부터 다시 하나하나 짚어 보도록 하자.

첫째, 옷을 만들려면 먼저 누가 언제 어디서 입을 옷인가(주제)부터 결정해야 한다. 옷 입을 사람의 나이, 성별, 성격, 계절, 또 어떠한 경우에 입을 옷인가를 생각해 보아야 한다. 즉 학교에 다니면서 입을 것인가, 파티에서 입을 것인가, 장례식장에서 입을 것인가 하는 결정을 내려야 한다.

우리는 여름철에 부담없이 입을 수 있는 블라우스 한 장을 만들어 보기로 하자. 그럼 이제 옷의 주제가 결정된 셈이다(글의 주제 결정).

둘째, 그 블라우스에 알맞는 옷감(소재)을 골라야 한다. 여름철이
니까 모시나 마가 시원하기는 하겠지만, 살갗이 그대로 비친다는 점
에서 학생의 옷차림으로는 적당하지 않다. 뭐니뭐니 해도 우리가 입
을 만한 옷의 옷감으로는 소박하고 부담 없는 옥양목이 알맞다(글의
소재 결정).

셋째, 옷감을 골랐으면 이제 어떤 모양으로 할 것인지(구성)를 정
해야 한다. 반팔로 할 것인가 긴팔로 할 것인가. 칼라를 달 것인가
말 것인가. 주머니는 달 것인가, 말 것인가. 단추를 달 것인가, 말
것인가. 그리고 등에는 주름을 잡을 것인가, 말 것인가.

우리는 지금 여름철 옷을 만드려는 거니까 반팔로 하는 게 좋지 않
을까? 칼라는 없는 쪽이 좀더 예쁘고 깜찍하게 보일 것 같다. 목선이
드러나도록 동그랗게 파면 좀더 시원해 보일 듯싶고……. 주머니는
단정하게 왼쪽 가슴 위에 하나만 달기로 하자(구성하기).

넷째, 이번에는 옷감에다가 밑그림을 그려야 한다. 물론 밑그림을
그리기 전에 필요한 부분들의 사이즈를 정확하게 재어 두는 건 기본
이다. 그럼 이제 밑그림에 따라 옷감을 마름질해 보자. 마름질이 끝
나면, 한 땀 한 땀 정성스럽게 바느질을 해야 한다.

이 때 주의할 점이 있다. 도중에 목표(주제)를 잊어버리거나 계획
(구성)이 바뀌지 않도록 세세하게 메모를 해 두어야 한다는 것이다.
그래서 그 메모에 따라 옷을 만들어 나가야 처음에 구상한 데서 어
긋나지 않은 옷이 완성될 수 있다(글쓰기).

다섯째, 자, 이제 바느질이 끝났다. 그럼 옷 모양이 제대로 갖춰
진 셈인가? 그런데 밖으로 입고 나가기에는 어쩐지 개운치 않은 느
낌이 든다. 왜 그럴까? 마무리 작업을 하지 않았기 때문이다. 주머

니도 달고, 단추도 달고……. 그리고 처음에 계획한 대로 만들어졌는지 꼼꼼히 살펴봐야 한다. 뜻대로 만들어졌다면, 끝으로 옷 매무새를 매끈하게 하기 위한 다림질을 한다(글 다듬기).

3. 소재 정하기

글의 주제와 소재와 구성이 분명하게 결정되어야 글도 일관성을 유지할 수 있게 된다. 그 중에서도 소재 선택은 아주 중요한 역할을 한다. 소재를 잘 선택해야만 주제가 제 모습으로 살아날 수 있기 때문이다. 그러면 어떤 소재가 좋은 글을 쓸 수 있게 하는지 알아보도록 할까? 옷을 만들 옷감을 고르기 위해 직접 시장으로 나가 보자는 말이다.

시장에는 옷감이 지천으로 널려 있게 마련이다. 그 수많은 옷감들 중에서 요즘 유행하는 비닐 천, 살갗이 아슬아슬하게 드러나는 편직물, 또 눈부시게 빛나는 반짝이, 이런 것들이 먼저 우리의 눈길을 잡아챌 것이다. 텔레비전에 나오는 연예인들이 즐겨 입는 이런 현란한 소재의 옷들은 우선 보기에 좋을지 모르지만 학생의 신분인 여러분들에게는 어울리지 않는 것들이다. 아무리 값나가고 화려한 옷이라 해도 내게 맞지 않는다면 입을 수가 없다(주제와 동떨어진 허황한 소재).

그러면 모시나 마를 보도록 할까? 그것은 너무 뻣뻣해서 몸에 닿으면 꺼끌꺼끌하다. 또 명주올로 짠 비단은 몸의 굴곡을 고스란히 드러내 보인다. 그뿐 아니라 여러분들이 입기에는 매우 고급스런 옷감이다. 이런 옷감으로 만든 옷을 입으면 거동하기가 아주 불편할 것이다. 먼지가 묻을까, 구김이 갈까 늘 노심초사하게 될 것이다(자기도 잘 알지 못하는, 겉보기에 번지르르한 소재).

뭐니뭐니 해도 여러분들이 입을 만한 옷은 순수한 무명실로 곱게 짠 것이 좋다. 그래야지 입었을 때 땀 흡수가 잘 되고, 보는 사람들에게도 좋은 인상을 줄 수 있다. 나의 개성을 가장 잘 드러내고, 나의 분수에 맞는 것이 가장 훌륭한 옷 아닐까?(주제를 잘 드러낼 수 있는, 자기가 잘 아는 소재)

그런데 시장을 아무리 뒤져 보아도 마땅한 옷감이 없다면 어떻게 할까? 적당한 것이 없으니, 내게 어울리지 않더라도 그 곳에 있는 것 중에서 아무거나 골라 와야 할까? 그래서는 안 된다. 마땅한 것이 없다면 내가 손수 그 옷감을 짜야 한다. 그렇게 해야만 내가 뜻한 대로의 옷을 만들 수가 있는 것이다.

4. 자신의 마음을 잘 담아 낸 글

그러면, 이제 독자들이 보내 온 글들을 좀 살펴보도록 하자. 이번에는 〈불국사의 장엄함〉과 〈나에게로의 여행〉이라는 제목의 글이 눈길을 끌었다. 이것은 모두 '여행'을 소재로 하고 있는데, 알맞은 소재를 고른 다음 잘 짜여진 구성에 맞추어 차근차근 착실하게 써 나간 글들이다. 그래서 주제를 중간에 흘려 버리지 않고 온전히 담아 내고 있다. 〈불국사의 장엄함〉을 먼저 보도록 하자.

S에게

전에 나는 몇몇 마음이 맞는 친구들과 경주에 있는 불국사를 갔었단다.

우리는 모두 7시 30분에 집결하여 버스를 타고 갔어. 푸른 하늘과

넓은 벌판이 우리를 부르는 것 같았어. 오랜만에 나와서인지 공기도 맑고, 기분도 상쾌하고, 머릿속이 깨끗해지는 것 같았어. 그렇게 약 두 시간쯤 가니 깨끗한 경주시가 우리를 맞았어. 경주시를 조금 벗어나자 한적한 도로를 따라갔지. 그리하여 우리는 불국사의 입구에 도착하였단다. 불국사라는 이름 그 자체에서도 느낄 수 있는 그 장엄함, 그리고 웅장함을 직접 눈으로 보니 더욱더 웅장하고 장엄해 보였어.

본관에서 조금 안으로 들어가자 두 탑이 버티고 있었어. 그게 바로 정교함을 자랑하는 석가탑과 다보탑이었어. 석가탑과 다보탑을 보면서 그 탑들을 다듬던 석공들의 망치 소리가 아직도 귓가에 맴도는 것 같았어. 책의 사진 속에서 본 석가탑과 다보탑의 모습보다 더욱더 멋있었고, 그것을 볼 때는 묘한 느낌이 느껴졌어. 나의 몸 속에 흐르고 있는 겨레의 끈끈한 얼이라고나 할까? 어쨌든 막 피가 뜨겁게 끓어오르는 것 같았어.

불국사의 대웅전 앞에 섰을 때 나와 친구들은 모두 부처의 은은한 시선에 눌려 엄숙해지는 것 같았어. 그렇게 불국사 경내를 다 둘러본 우리는 내일을 위하여 아쉽지만 발길을 돌려야 했어. 돌아오는 버스에서 피곤했던지 친구들은 잠이 들기도 하고 밤의 풍경을 보는 이도 있었어.

그 때 마침 해가 저편 너머로 지고 있었어. 붉은 노을 속에서 나는 신라인의 즐거운 모습을 보았어. 불국사는 정말 살아 있는 역사이자 우리 민족의 얼이 담긴 문화 유산인 것 같아. 기회가 된다면 너와 같이 가고만 싶다. 그럼 다음 편지를 기약하며 이만 줄인다.

—S의 영원한 친구 동훈으로부터

이것은 편지글이다. 그런데 편지글은 자신의 감정을 가장 솔직하게 전달할 수 있는 반면, 개인적인 감정에 치우칠 우려가 있다. 다시 말해, 일반 서술문보다 덜 냉정하고 덜 명쾌하다는 것이다. 그래서 이것을 일반 서술문으로 고쳐 보았다.

지난해 초가을에 나는 마음 맞는 친구들과 함께 경주에 있는 불국사에 갔었다.

우리는 7시 30분에 버스 터미널에 집결하여 경주행 버스에 몸을 실었다. 차창 밖으로 내닫는 푸른 하늘과 넓은 벌판이 마치 우리를 향해 손짓이라도 하는 듯했다. 오랜만에 하는 여행이어서일까? 답답하던 기분도 상쾌해지고, 머릿속도 깨끗해지는 것 같았다.

약 두 시간쯤 달렸을 때, 경주시가 깨끗한 얼굴로 우리를 맞이하였다. 버스는 경주시를 벗어나 한적한 도로를 얼마쯤 달리다가 불국사의 입구에 우리를 내려 주었다.

불국사는 들어 오던 이름 그대로 웅장했다. 돌로 된 계단을 올라 안으로 들어가자 두 개의 탑이 버티고 있었다. 그게 바로 정교함을 자랑하는 석가탑과 다보탑이었다. 석가탑과 다보탑을 바라보자, 그 탑들을 다듬던 석공들의 망치 소리가 아직도 그대로 남아 귓가에 맴도는 것 같았다. 책 속의 사진에서 본 석가탑과 다보탑보다 훨씬 더 멋있었다. 나의 가슴속에 묘한 느낌이 서렸다. 나의 몸 속에 흐르고 있는 겨레의 얼이 꿈틀거린 것이라고나 할까. 어쨌든 피가 뜨겁게 끓어오르는 것 같았다. 이윽고 우리는 대웅전 앞으로 걸음을 옮겼다. 부처님의 자비롭고 은은한 시선 앞에서 우리는 경건한 마음으로 옷깃을 여몄다.

불국사의 경내를 다 둘러본 우리는 내일을 위하여 아쉽지만 발길을 돌려야 했다. 돌아오는 버스에서 우리는 고도 경주의 저녁 노을을 구경했다. 해가 지평선 저쪽으로 가라앉자 붉은 노을이 새빨간 단풍빛으로 타올랐다. 구름도 들판도 친구들의 얼굴도 모두 붉게 물들었다. 그 속에서 나는 신라인의 아름답고 슬기로운 삶의 모습들을 보았다. 불국사는 정말 살아 있는 역사이자 우리 민족의 얼이 담긴 문화 유산이다. 기회가 된다면, 이 여행을 함께 하지 못한 친구들과 다시 한번 오고 싶다.

이번에는 〈나에게로의 여행〉을 보기로 하자. 이 글은 글의 구성이나 문장력이 아주 빼어나다.

5월의 둘째 주 일요일, 활짝 열린 창문으로 한낮의 햇살과 포근한 5월의 바람이 자꾸만 나를 부른다. 창문으로 살포시 들어온 5월이 나에게 그녀에게로의 여행을 권한다. 5월은 정녕 모든 달 중에서 여왕이다. 밖에 좀처럼 나가기 싫어하는 내가 이토록 여행을 떠나고 싶은 건 아마도 그녀의 여왕다운 매력 때문일 것이다.

시계를 본다. 벌써 정오이다. 나의 입에서 한숨이 새어 나온다. 한 시간 후면 과외 선생님이 오신다.

나의 조그만 여행, 아니 산책 계획은 부서진 셈이다. 그래도 왠지 여행을 떠나고 싶어 창 밖으로 고개를 내민다.

저 밑에 키 작은 나무들이 서 있다. 바람은 나무의 푸르름과 생기를 그대로 나에게 속삭여 준다. 문득 어릴 적 추억이 스친다. 초등학교 2학년 때, 난 나무라고도 할 수 없는 조그만 꽃나무를 키웠었다. 키는 내 팔 길이의 절반도 안 되었지만 그녀는 나에게 있어 가장 소중한 친구요 상담자였다. 그녀의 분홍빛 꽃을 난 매일 정성껏 닦아

주었고, 행여 꺾일까 봐 나 이외엔 아무도 못 만지게 했다. 학교에 갔다 와서 진딧물을 잡아 주고 물 주는 것이 나의 유일한 행복이었다. 그러던 어느 날, 그렇게도 소중했던 그녀는 동네 장난꾸러기 아이들의 발길질로 무참히 꺾여 버렸다.

한동안 그녀를 부여잡고 울다가 묻어 주었다. 그러고 나서 나는 속삭였다. 비록 넌 꺾여 버렸지만 난 널 언제까지라도 내 마음속에 심어 두겠노라고…….

지금 생각하면 그렇게 슬퍼했던 이유를 모르겠다. 꽃나무야 새로 사면 되고 어차피 한해살이 식물인데…….

8년을 더 보내면서 어느새 나는 순수하고 깨끗한 아이의 마음을 잃어버렸다. 사람이 자란다는 것, 어른이 된다는 것은 이렇게도 슬픈 일인가 보다. 저 아래 내려다보이는 천진한 초등학생들의 얼굴은 나에게 또 다른 여행을 권했다.

초등학생들은 아마 일기장이 한 권일 것이다. 그들은 진정 그들의 담임 선생님을 믿는 탓에, 아직 이중적인 인격을 지닐 만큼 마음이 오염되지 않았을 것이고, 그들의 진솔한 일기를 정성껏 써서 선생님께 보여 드릴 것이다.

그러나 그렇게 하기엔 난 너무 많이 자라 버렸다. 마음이 오염된 탓에 선생님을 믿지 못해 학교 검사용 일기장과 나 혼자만의 일기장이 따로 있다. 가끔 온갖 거짓으로 가득 차서 도저히 일기장이라고도 할 수 없는 나의 학교 검사용 일기장을 보면 슬퍼지기 일쑤다.

어느새 3시이다. 나는 나에게로의 여행에서 깨어나 부랴부랴 과외 선생님을 맞이할 준비를 한다. 오늘의 여행은 꼭 짜여진 시간표 속에 감추어 버린 어린 시절의 꿈들을 돌이켜 주었다. 오늘 나에게로의 여행은 정말 가치 있는 여행이 되었던 것 같다.

가슴이 뭉클하지 않은가? 그 이유는 무엇일까? 그것은 내용이 진솔하기 때문이다. 그런데 내용에 있어서 다시 한 번 생각해 봐야 할 부분이 있다. 자신의 은밀한 이야기를 선생님께 보여 주고 싶지 않은 (수줍어하는) 사춘기 소녀의 마음을 오염되었다고 표현한 대목이다. 이것은 지나친 자기 비하가 아닌가 싶다. 이러한 수줍음은 그만한 또래들만이 가지는 아름답고 순수한 마음 아닐까? 뭐든지 감추려 하지 않고 다 까발려 버린다면 그 얼마나 데면데면하고 멋없어 보일까?

◆ **생각해 봅시다!**

1. 글쓰기는 옷을 만드는 과정과 비슷하다. 글을 쓰든지 옷을 만들든지 우리는 그것을 제대로 완성해 내기 위해, 그 일을 시작하기 전에 그 진행 순서를 설정해 두는 것이 좋다. 그렇다면 일관성 있는 글을 써 내기 위해서는 어떤 순서를 밟아야 하는지 이야기해 보자.

2. 글쓰기에 있어서 '소재'는 매우 중요한 구실을 한다. 좋은 글을 쓰기 위해서는 어떤 소재가 필요한지 자세히 실명해 보자.

제5교시
비유, 글쓴이의 느낌을 그대로 나타내라
—비유는 공감을 이끌어 내는 생생한 글을 만든다

1. 배 타고 강 건너가기

　여러분들은 매일 아침마다 일찍 일어나 학교에 가곤 한다. 만약 여러분들이 학교에 가기 위해서는 반드시 드넓은 강을 건너야 한다면 어떻게 할까? 무작정 물 속으로 뛰어들어 헤엄쳐 볼 것인가? 그랬다가는 학교에 가는 건 고사하고 물에 빠져 죽기에 꼭 알맞다. 그럴 때는 강 너머로 안전하게 건너갈 수 있는 도구를 이용해야 한다.

배나 뗏목 같은 것 말이다. 아니면 다리라도 놓아야 한다.

이 때 강을 건너는 데에 사용하는 배나 뗏목, 다리 같은 것이 문장에서의 비유에 해당된다. 다시 말해, 비유란 주제(학교)를 보다 효과적으로 전달하기 위한(도달하기 위한) 하나의 수단이자 장치이다.

"어머니, 어머니, 굉장해요! 정말정말 굉장해요!"

하고 창길이는 현관 안으로 들어서면서, 그야말로 감격 어린 목소리로 소리쳤다.

"뭐가 굉장하단 말이냐? 차근차근 말해 봐라."

어머니는 여느 때 덜렁대는 버릇이 있는 창길이를 꾸짖으며 말씀하셨다.

"정말이야, 무지무지하게 굉장하다구요!"

하지만 창길이는 여전히 흥분된 목소리로 외쳐 댔다.

위의 글을 쓴 사람은 자기의 글에 비유를 동원할 줄 모르는 사람이다. '감격 어린', '굉장해', '정말정말', '무지무지하게' 이런 말들로는 그 글을 쓴 사람의 감정을 제대로 전달할 수가 없기 때문이다. 이것은 무턱대고 물 속에 뛰어든 다음, 헤엄을 쳐서 강을 건너겠다는 사람과 똑같이 어리석은 것이다.

앞의 글 가운데서 '창길이는 현관 안으로 들어서면서, 그야말로 감격 어린 목소리로 소리쳤다'고 하는 부분을 함께 고쳐 보도록 하자.

창길이는 현관 안으로 들어서면서, 난생 처음으로 쌍무지개를 보고 돌아온 소년처럼 상기되어 소리쳤다.

이렇게 비유를 해 놓고 보니까, 어머니 앞에서 감격적으로 말하고 있는 창길이의 모습이 요술처럼 강한 영상으로 머릿속에 그려지지 않는가?

이번에는 다음의 글들을 비교해 보도록 하자.

⑴ 진짜로 무더운 날씨였다. 할아버지께서 "아이고, 그 날씨 한 번 무지무지하게 덥다"하고 말씀하셨다. 그러자 아버지께서도 "굉장히 덥구나"하셨고, 형도 "아이고, 더워서 그냥 미치고 환장하겠네"하였다. 잠시 후에는 어머니께서도 "나, 이렇게 더운 날씨는 생전 처음 보겠네. 후유 덥다"하고 말씀하셨다.

⑵ 섭씨 사십 도가 넘는 한증막 속에 들어앉아 있는 것 같았다.

⑶ 하늘에는 구름 한 점 없었다. 마당에는 하얀 불볕이 쏟아졌다. 밖에 나갔던 바둑이가 혀를 길게 빼늘이고 헐떡거리며 들어와 담벽 그늘에 주저앉았다. 돌담벽에 기어 올라가는 호박 덩굴의 잎사귀들이 바둑이의 혀처럼 늘어져 있었다. 담벽에 둘러선 감나무에 매달린 잎사귀 하나 움직거리지 않았다. 선풍기를 틀고 얼굴을 그 앞에 들이밀어 보지만 그 바람마저 후끈거렸다. 등줄기에는 벌레가 기어가는 것처럼 땀방울이 스멀스멀 기어 내렸다.

⑴은 비유를 할 줄 모르는 사람의 글이므로, 공연히 엄살과 허풍만 떨고 있는 것처럼 보인다.

⑵는 단 한 마디의 비유를 통해서 그 무더움의 정도를 명쾌하게 표현하고 있다. 그러므로 이 글은 매우 차분하고 여유가 있다.

⑶은 무더위를 아주 차근차근하게 묘사해 주고 있다. 작가가 설명을 하려 애쓰지 않고 그 상황을 그대로 드러내 주어(형상화시켜) 읽는이가 저절로 느낄 수 있도록 하고 있다. 그래서 이 글 속의 무

더위는 읽는이의 가슴마저도 답답하게 할 만큼 절실하다.

2. 나의 느낌을 읽는이에게 그대로

우리는 다른 사람의 마음속에 나의 인상을 뚜렷이 심어 주고 싶을 때, 옷차림을 돋보이게 하든가 액세서리를 하든가 해서 시선을 끌려고 한다. 글을 쓸 때도 마찬가지다. 읽는이에게 나의 감정이나 기분을 보다 잘 보여 주기 위해서는 갖가지 비유들을 사용한다. 내가 느끼는 것들을 읽는이의 가슴에 고스란히 옮겨 주고 싶은 까닭이다. 그러므로 비유는 글을 쓰는 데 있어 아주 중요한 역할을 한다고 볼 수 있다.

이번에는 비유가 잘 드러나 있는 글을 한 편 소개할까 한다.

⑷ 우리 집 현관 앞 마당에는 붉은 모란나무가 세 그루 있다. 나무의 키가 내 가슴께에 이르는데, 그 가지와 잎이 무성하여 현관에서 마당으로 나가는 길을 늘 비좁게 한다. 여름철에 비가 올 때면 그 잎들은 물을 품고 있다가 지나가는 사람들에게 흩뿌리곤 해서, 나는 그 가지들을 끈으로 묶어 뒤쪽으로 잡아당겨 놓곤 한다.

몇 해 전에 이미 나이가 많은 것을 사다가 심어 두었기 때문에 우리 식구들은 해마다 5월 초순쯤이면 벌어지곤 하는 진홍에 보랏빛이 섞인 모란 이삼십 송이씩을 볼 수 있다. 그 꽃송이들이 하루쯤의 시차를 두고 모두 벌어질 때면 온 집 안이 불을 밝힌 듯 훤해진다. 그 때마다 그 꽃들은 눈에 보이지 않는 웃음과 가슴 두근거리는 환희의 말들을 가볍게 내지르곤 한다. 그래서인지 우리 식구들은 마당 가득히 모란이 피는 여름철이면 내내 넉넉해지고 또 들뜨게 된다.

모란나무에 사슴 뿔처럼 생긴 갈색 움이 트는 것은 4월 초순이다. 나는 이 때쯤이면 이미 5월에 피어날 꽃송이들의 수를 알아차린다. 모란의 갈색 움은 처음부터 꽃송이의 모양새를 갖추고 나오므로.

이 때부터 나는 날마다 그것들의 수를 헤아리며, 찬란한 5월의 대기 속에서 흐드러지게 벌어질 꽃송이들을 머릿속에 그려 보면서 그 날을 기다린다.

그런데 지난 4월에 나는 모란나무가 틔운 움을 보고 크게 실망하고 말았다. 갈색 움 속에서 솟아올라야 할 꽃송이들이 전혀 보이지 않는 것이었다. 세 그루의 나무 가운데 오직 하나의 가지만 꽃 모양새를 갖춘 움을 밀어 올리고 있을 뿐이었다.

한참 만에야 나는 '아차, 그렇구나' 하고 속으로 부르짖었다.

나는 모란나무들이 너무 무성하여 귀찮다는 생각을 한 나머지, 지난해 늦은 가을 잎사귀들이 다 떨어졌을 때 모란나무 가지들의 가운데 부분을 모두 끊어 버렸던 것이다. 그래도 다음해에 나오는 새 움들은 별일 없이 꽃들을 만들어 내리라는 생각을 하며.

⑸ 꽃 모양새를 갖춘 움을 밀어 올린 그 가지는 다른 가지들에 비해 길이가 짧은 까닭으로 유일하게 잘려 나가지 않았던 것이다. 아, 얼마나 미련한 사람인가, 모란나무가 늦가을에 잎을 떨어뜨리면서 다음해에 피울 꽃을 미리 준비해 둔다는 사실을 알지 못한 나는.

이 글을 쓴 사람은 ⑷에서 모란나무의 가지를 자른 일화 하나를 그저 담담하게 말하고 난 뒤, ⑸에서는 주제를 이야기하고 있다. 그 주제는 '자연의 순리에 따라 살지 못하는 어리석음을 경계' 하는 것이다. 자기의 편의에 따라 자연의 순리를 무너뜨려 놓고는 자연에게서 거저 얻으려고만 하는 인간의 심리를 경계하고 있다. 그러한 주제를 보다 생생하게 전달하기 위해 글쓴이는 여러 가지 비유를 사용하고 있다.

3. 비유가 돋보이는 글

이번에는 '이성 친구의 모순성'이란 제목으로 보내 온 독자의 글을 한번 살펴보도록 하자.

이성 친구란 무엇일까.

사전에도 나오지 않은 이 별것 아닌 존재는 지금 우리에겐 너무나 많은 비중을 차지하고 있다. 물론 한 번도 사귀어 보지 못한 나조차도 말이다.

남녀간의 강한 본능일까. 남자만 보면 좋아지고 여자만 보면 부끄러워지는, 하느님께서 주신 하나의 혜택일지도 모른다. 그리고 남녀가 만나서 하나의 결실을 맺고⋯⋯. 그런 위험한 일들, 왜 이리도 하고 싶은지 내 자신도 이해할 수 없다.

중학교라는 곳에 와 보니까 더욱 이것을 강조하는 것이 눈에 보이고 있다.

가정책에 노오란 별표를 몇 개씩이나 쳐 놓은 곳엔 '사춘기의 이성 교제는 성관계나 건전하지 못한 이성에 대한 관심이 아니어야 한다'라는 것⋯⋯. 나도 모르게 웃음을 토했다. 길거리에서 팔짱을 끼고 좋아하는 중·고등학생, 남의 눈은 의식하지도 않은 채 길거리에서 진한 포옹을 나누는 나의 선배들⋯⋯. 그들이 왠지 미워 보인다. 그들이 왠지 나빠 보인다.

난 이런 교과서에나 나올 듯한 딱딱한 모순만을 가지다 이렇게 용기 없는 사람이 된 것일까. 내가 그들을 이토록 미워하는 건 아마 내가 가지지 못한 그 무엇을 소유하고 있기 때문일지도 모른다.

이성 친구란 결코 나쁜 것만은 아니다.

난 물론 서로를 존중하고……뭐 이런 말은 하지 않는다. 단지 우리가 시기가 너무 빨랐을 뿐……어른이 아니기 때문……. 이 말 말고는 달리 할 말도, 하고 싶은 말도 없다. <u>마음의 성숙</u>이 이루어지지 않은 이상 남녀의 이성 교제는 위험한 모험이 될 수밖에 없을 것이다. 그리고 그것은 다음 세대에게도 적용될지 아무도 모른다.

여기에서 '마음의 성숙'이란 표현은 재미있는 비유이다. 우리들의 몸이 성숙해 가는 것은 쉽게 눈에 보인다. 사춘기 시절의 남성과 여성은 한 해가 다르게 키가 크고 어른스럽게 변해 간다. 여성은 살갗이 하얘지고 가슴이 부풀어오르고 머릿결이 고와진다. 또 남성은 수염이 나고 변성기가 되면서 가슴이 떡 벌어진다.

그런데 마음의 성숙은 눈에 보이지 않는다. 어리광을 부리지 않게 되어 가는 것, 무엇이든 자기 혼자서만 다 가지려 하지 않고 남들과 나누어 가질 줄 알게 되어 가는 것, 시기하고 질투하는 마음을 자제하고 나보다 나은 사람에게 부러움 없는 박수를 보낼 줄 알게 되어 가는 것. 이것이 바로 마음의 성숙일 것이다.

그리고 '하나의 결실', '교과서에나 나올 듯한'과 같은 표현도 모두 비유라고 할 수 있다. '하나의 결실'이라는 말은 나무가 대지에 뿌리를 내린 뒤 싹을 틔우고 꽃을 피우고 열매를 맺는 것처럼, 남녀도 만나 사랑을 하게 되면 그 열매로 서로의 아이를 낳게 된다는 뜻을 담고 있다.

'교과서에나 나올 듯한'이라는 말도 마찬가지다. 그것이 실제로 교과서에 나왔다는 것이 아니라 교과서라는 이미지가 가지고 있는 느낌을 읽는이에게 전달하려는 것이다.

자, 그러면 이제 이 글을 함께 다듬어 보도록 하자.

이성 친구란 무엇일까.

사전에도 나오지 않는, 이 별스럽지 않은 이성간의 사귐이란 말은 지금 우리의 가슴속에 매우 버거운 무게를 실어 주고 있다. 남자 친구를 한 번도 사귀어 보지 못한 나조차도 이성 친구에 대한 생각을 하면 가슴이 두근거리곤 하니 말이다.

그것이 바로 남녀 모두의 어찌할 수 없는 본능일까. 여성은 훤칠하고 씩씩한 남자만 보면 가슴이 두근거려지고, 남성은 얼굴이 예쁜 여자만 보면 접근해 보고 싶어지는 심리. 그것은 어쩌면 하느님께서 주신 하나의 혜택일지도 모른다.

그리고 남녀가 만나서 사랑을 고백하고, 그 사랑이라는 이름으로 서로를 소유하고, 그런 다음 하나의 결실을 맺는 것……. 그런 것들은 우리처럼 이제 사춘기에 접어든 학생들에게는 아직 엄두도 낼 수 없는 위험스런 일들이다. 그렇다는 것을 알고 있으면서도 남성과 여성은 왜 이다지도 서로의 신비한 세계를 알고 싶어지는지 얼른 이해가 가지 않는다.

중학교에 진학을 하고 나니까, 가까운 친구들이 초등학교 시절과는 비교할 수 없을 정도로 이성 친구 문제에 대해 신경을 곤두세우고 있다. 그러다 보니, 옷차림에 지나치게 신경을 쓰고, 머리 모양을 예쁘게 만들려 하고, 의젓하게 행동하려 하고, 이성 친구를 의식해서 호들갑스럽게 소리쳐 웃기도 하는 것이 자주 눈에 띈다.

가정책에 노오란 별표를 몇 개씩이나 쳐 놓은 곳엔, '사춘기의 이

성 교제는 성관계나 건전하지 못한 이성에 대한 관심이 아니어야 한
다'라고 쓰여 있다. 이것을 읽을 때마다 나는 나 자신도 모르게 쓴웃
음을 짓곤 한다. 길거리에서 이성 친구와 팔짱을 끼고 다니는 중·고
등학생들, 남의 눈을 의식하지도 않은 채 아무데서나 진한 포옹을 나
누는 선배 오빠와 언니들……. 나는 왠지 그들이 미워 보인다. 어쩐
지 부도덕해 보이기 때문이다.

나 자신마저도 이성 친구에게 관심이 많은 것이 사실이면서도 그들
을 좋지 않게 바라보는 나의 시각이 오히려 모순된 것일까. 아니면
도덕 교과서에나 나올 듯한 케케묵은 생각을 가지고 살다 보니 진짜
로 용기 없는 사람이 되어 버린 걸까. 아니, 내가 그들을 이토록 미
워하고 부도덕하게 보는 것은, 내가 가지지 못한 그 무엇을 그들이
소유하고 있기 때문에 질투와 시기심이 생겨서 그러는지도 모른다.

우리도 자라면 이성 친구를 사귀게 될 것이다. 이성 친구를 사귀는
것은 결코 나쁜 일만은 아니다. 사람이 이성 친구와 사귀는 것은 다
른 사람과 조화를 이루며 사는 일 중의 하나일 것이다. 우리 집안에
는 어머니와 아버지가 계시고, 우리는 그분들의 금슬 좋은 삶 속에서
태어난 존재들이 아닌가. 하늘이 있으니 바다가 있고, 산이 있으니
강물이 있듯이.

나는 물론 이성간에 서로를 존중하고 서로를 사랑하고……. 아직
중학생인 우리로서는 더 깊은 것까지 생각할 필요는 없겠다. 우리가
이성 친구 문제에 신경을 쓰기에는 지금 시기가 너무 이르다. 어른이
될 때까지 당분간 보류해 놓고 지금은 공부를 하는 것이 좋겠다. 마
음의 성숙이 이루어지지 않은 상태에 있는 우리 사춘기 시절의 이성
교제는 위험한 모험이 될 수밖에 없으니까. 이 말은 다음 세대에게도
그대로 적용될지 아무도 모르는 일이다.

4. 맺음말

이렇듯 비유는 나타내려고 하는 대상이나 내용을, 읽는이가 알기 쉬운 다른 대상이나 내용에 빗대어서 보다 구체적이고 생생하게 드러내는 것이다.

청잣빛 하늘이
육모정 탑 위에 그린 듯이 곱고
연못 창포잎에
여인네 맵시 위에
감미로운 첫여름이 흐른다.

라일락 숲에
내 젊은 꿈이 나비처럼 앉은 정오
계절의 여왕 오월의 푸른 여신 앞에
내가 웬일로 무색하고 외롭구나.

밀물처럼 가슴속으로 몰려드는 향수를
어찌하는 수 없어
눈은 먼 데 하늘을 본다.

기인 담을 끼고 외따른 길을 걸으며 걸으며
생각은 무지개처럼 핀다.

풀 냄새가 물큰
향수보다 좋게 내 코를 스치고

청머루 순이 뻗어 나오던 길섶
어디메선가 한나절 꿩이 울고
나는
활나물 흔닢나물 젓갈나물 참나물 고사리를 찾던—
잃어버린 날이 그립구나, 나의 사람아.
아름다운 노래라도 부르자.
아니 서러운 노래를 부르자.

보리밭 푸른 물결을 헤치며
종달이 모양 내 마음은
하늘 높이 솟는다.

오월의 창공이여.
나의 태양이여.

—노천명의 〈푸른 오월〉

　이 시는 시인의 자유분방한 상상을 상징적 수법으로 포착한 시이
다. 화창한 초여름날 산책을 하며 아름다운 경치를 보다가, 문득 어
린 시절을 회상하고 슬픔을 느낀다. 화사한 오월의 아름다움이 시인
의 초라함과 대비되면서, 자연 속에서 자연의 일부로 살아가던 어린
날이 그리워지는 것이다.
　시인을 서러움으로 물들인 그 화사한 오월은 '계절의 여왕'이라는
말로 표현된다. 시인은 '오월'을 '여왕'에 빗댐으로써 계절 중에서
오월이 가장 아름답고 우아하다는 것을 나타낸 것이다. 오월은 무한
히 아름답다고 하는 것보다 훨씬 더 또렷하게 그 느낌이 가슴에 와

닿지 않는가? 이것이 바로 비유의 참맛이다.

◆ **생각해 봅시다!**

1. 우리는 글을 쓸 때, 여러 가지 비유를 동원한다. 그 이유는 무엇일까?

2. 강나루 건너서/밀밭 길을, // 구름에 달 가듯이/가는 나그네. // 길은 외줄기/남도 삼백리. // 술 익는 마을마다/타는 저녁놀. // 구름에 달 가듯이/가는 나그네. // 박목월의 〈나그네〉를 감상해 보고, 대표적으로 쓰인 비유법이 무엇인지 알아보자.

제6교시
직유법과 은유법은 글맛을 돋운다
— '무엇은 무엇과 같다' '무엇은 무엇이다' 의 묘미

1. 무심히 던졌던 한 마디

강도 푸르고
산도 푸르고
하늘도 푸르고
길섶의 풀잎도 푸르다.

이러한 문장이 하나 있다고 하자. 얼핏 보면 매우 잘 쓴 문장 같지만 사실은 그렇지가 않다. 이 문장은 뜻이 아주 애매모호하다. 이 문장을 쓴 사람과 읽는 사람 사이에 드높은 성벽이 가로막혀 있는 느낌이다. 그렇다면 그 성벽이란 어떤 것일까?

중학교 2학년 때, 나는 아주 절친한 친구와 짝이 되어 무척 기뻤다. 그런데 얼마 가지 않아 그 친구와 나는 돌이킬 수 없을 만큼 심각하게 사이가 나빠져 버리고 말았다. 그 이유는 대수롭지 않은 말한 마디 때문이었다.

점심 시간에 운동장에서 축구를 하다 들어온 친구는 운동장에서 느꼈던 신나는 기분을 떨쳐 버리지 못한 채 한창 들떠 있었다. 그는 여느 때처럼 내 자리로 와서 책상 위에 엎드려 있는 나에게 실없이 장난을 걸었다. 옆구리에 간지럼을 먹이기도 하고, 뒤통수를 슬쩍 때리며 킥킥거리기도 하고…….

하지만 나는 그 장난을 받아 줄 만큼 마음이 여유롭지 못했다. 그 전날 저녁, 평소에 좋아하던 여학생에게 버림을 받았기 때문이다. 게다가 엎친 데 덮친 격으로 학원비가 든 지갑까지 잃어버리고 말았다. 결국 나는 내 인생에 있어 아주 귀중한 것 두 가지를 한꺼번에 잃어버린 채 맥이 빠져 있던 참이었다. 그래서, "뒈지지 않으려면 건드리지 마" 하고 거칠게 말을 뱉어 버렸다. 내 말을 들은 친구는 나의 어깨를 흔들면서, "무슨 일 있었어?" 하고 조심스럽게 물었다. 무슨 중대한 일이라도 생겼으면 위로를 해 주겠다는 뜻인 듯.

"이 자식아, 건드리지 말라고 그랬잖아? 너, 정말 죽을래?"

나는 친구의 손을 뿌리치며 이렇게 소리치고는 책상에 얼굴을 묻었다.

"야아, 왜 그러니? 말 좀 해 봐."

"아니야, 아무것도 아니라구."

친구는 자신의 위로와 친절이 순식간에 거부당한 것이 분하고 억울한 듯, 잠시 생각에 잠기더니 새삼스럽게 따지고 들었다.

"야, 뒈지지 않으려면 건드리지 말라고? ……아니, 이제 보니까, 너 사람을 아주 우습게 여기는구나."

그제야 나는 당황하기 시작했다. 나는 애써 표정을 부드럽게 바꾸면서, "아무것도 아니니까 상관하지 마" 하고 말했다. 그것은 '네가 상관한다고 해서 해결될 일이 아니니 모른 체해 달라'는 뜻이었다. 그러나 친구는 "아무것도 아니라니? 아니긴 뭐가 아무것도 아니라는 거야? 내가 싫으면 솔직하게 싫다고 그래. 정 싫으면 선생님한테 자리를 바꿔 달라고 할 테니까" 하고 토라져 버렸다.

"아니라니까."

나는 다시 강하게 부인했다. 그것은 '절대로 너와 짝이 된 걸 못마땅하게 여겨서 그렇게 말을 한 것이 아니다'라는 뜻을 담고 있었다. 그렇지만 친구는 나의 뜻을 제대로 받아들이지 못했다. 신경질적인 목소리로 "너는 '아니라니까'라는 말 말고는 할 줄 아는 말이 없니? 말끝마다 '아니라니까, 아니라니까…….' 나는 네가 '아니라니까'라고 할 때마다 속이 상해 죽겠어" 하고 말했다.

나는 이제 어떤 말을 하더라도 토라진 친구의 마음을 돌이킬 수 없으리라는 것을 깨달았다. 그것이 그렇듯 절망스러울 수가 없었다. 그날 저녁에는 슬프고 쓸쓸한 심정을 가누지 못한 채 혼자서 맥없이 집으로 돌아왔다. 나는 그 날 밤 내내 엎치락뒤치락하다가 친구에게 편지를 쓰기 시작했다.

내가 왜 '뉘지지 않으려면' 이라는 극단적인 말을 했는지, 또 '건드리지 마라'고 한 말의 의미는 무엇이었는지, '아니라니까'라는 말은 어떤 뜻으로 했는지에 대해 누누이 설명했다. 그런데 그러한 설명을 하면 할수록 더욱더 깊은 수렁 속으로 빠져 들어가는 것만 같았다. 나의 구구한 설명을 친구가 오해할까 두려워졌다. 이젠 한 마디 한 마디의 말 그 모든 것이 무서워졌다. 나는 친구가 꼬투리를 잡을 수 있을 만한 말에 대해 또 설명하고, 그 설명 가운데서 마음에 걸리는 부분을 또다시 설명하였다. 그러고 나서 보니, 공책 9쪽을 빽빽하게 메워 놓았다.

그 때 무심히 던졌던 '뉘지지 않으려면 건드리지 마라'는 한 마디가 나와 친구 사이의 감정을 이토록 복잡하게 비틀어 놓은 것이다.

이렇듯 우리들이 사용하는 말 한 마디 한 마디는 내 뜻을 상대방에게 온전히 전달해 주지 못할 때가 있다. 또 전해질 필요가 없는 뜻까지 전해져서 감정을 상하게 하기도 한다. 글도 마찬가지다. 아무리 글을 길게 써 보아도 내가 말하려는 내용이나 감정, 기분이 읽는이에게 쉽게 전달되지 않을 때가 있다. 이럴 때 우리는 비유를 사용한다.

2. 무엇은 무엇과 같다

이 글의 앞머리에 인용한 문장은 '푸르다'란 말을 생각 없이 너무 함부로 써 버렸다. 낱말은 쓴다고 해서 그 뜻이 오롯이 다 전해지는 것은 아니다. 그러므로 그 '푸르다'는 말은 어떤 부분에서는 그 느낌을 온전히 전해 주지만, 또 어떤 부분에 대해서는 그 뜻을 제대로 전해 주지 못하고 있다. 이 때, 글쓴이가 자신의 뜻을 보다 분명하게 전달하기 위해 동원하는 것이 비유이다.

강, 산, 하늘, 풀잎이 똑같이 푸르를 수는 없다. 그런데도 이 글을 쓴 사람은 '푸르다'라는 낱말 하나로 일관하고 있으니 아주 무책임하다고 할 수 있다. '푸르다'라는 낱말이 표현해 낼 수 있는 능력에는 한계가 있다. 비유는 그 한계를 극복하기 위해 사용하는 표현 수단이자 장치이다.

(1) 옥색 비단을 깔아 놓은 것 같은 강

(2) 진한 쑥물을 부려 놓은 듯한 산

(3) 쪽물을 들여 놓은 듯싶은 하늘

(4) 늦은 가을 아스팔트 바닥에는 은행잎들이 노랑나비들의 시체처럼 퍼덕거리고 있었다.

(5) 함박꽃마냥 탐스런 눈송이가 쏟아지고 있었다.

(6) 황소같이 큰 파도들이 모래톱을 들이받고 있었다.

(7) 직유법은 안내원이나 누님처럼 다정다감한 비유법이다.

(8) 밤중을 지난 무렵인지 죽은 듯이 고요한 속에서 짐승 같은 달의 숨소리가 손에 잡힐 듯이 들리며, 콩 포기와 옥수수 잎새가 한층 달에 푸르게 젖었다. 산허리는 온통 메밀밭이어서 피기 시작한 꽃이 소금을 뿌린 듯이 흐뭇한 달빛에 숨이 막힐 지경이다. 붉은 대궁이 향기같이 애잔하고 나귀의 걸음도 시원하다.

　　　　　　　　　　　　　　─이효석의 〈메밀꽃 필 무렵〉 중에서

(9) 넓바우 연안에서 앞메 잔등 위로 펼쳐진 하늘에 민들레 꽃가루 같은 별들이 달려 있었다. 가득 밀려 오른 바닷물은 살아 움직이는 거대한 원시 양서류처럼 넘실거리면서, 잠든 사람의 숨길처럼 불규칙적으로 게으르게 모래톱을 핥고 있었다. 그 물결에

서 별들이 덩어리지기도 하고 더욱 잘게 깨어지기도 하였다.

— 한승원의 〈아리랑 별곡〉 중에서

위의 문장들은 직유법이 잘 드러나 있는 예들이다. 직유법은 비유법 가운데서 가장 소박하고 친근한 비유이다. 고급스런 지식을 필요로 하지 않는다. 어렵거나 까다롭지도 않다. 딱 보면 그 느낌이 그대로 와 닿으므로 부담스럽지 않다. 길눈이 어두운 사람을 친절하게 손잡아 안내해 주는 예쁜 안내원이나 누님처럼 다정다감한 비유법이다. 그만큼 호소력이 강하다고 할 수 있다. 그렇기 때문에 이 세상에서 가장 많이 쓰이는 비유법이기도 하다.

직유법은 표현하고자 하는 대상, 즉 '원래의 생각(원관념)'에다가 '비유가 동원된 생각(보조 관념)'을 고리로 연결해 놓은 것이다. 손을 잡아 안내해 주는 고리들은 '～처럼', '～듯이', '～같이', '～듯싶다', '～마냥', '～인 양' 등이 쓰인다. 그래서 직유법은 '무엇은 무엇과 같다'의 형태를 띤다. 하나의 문장 속에 '원래의 생각'과 '비유가 동원된 생각'이 어우러져 그 의미를 더욱 생생하게 드러내 준다. 이 때, 이 둘 사이에는 반드시 같거나 비슷한 점이 있어야 한다.

(6)의 '황소같이 큰 파도들이 모래톱을 들이받고 있었다'를 표로 만들어 보면 다음과 같다.

· 파도 = 원래의 생각
· 황소 = 비유가 동원된 생각
· 같이 = 위의 두 개념을 연결시켜 주는 고리

여기에서 '원래의 생각'과 '비유가 동원된 생각'은 '크다'는 점에서 같다고 할 수 있다.

이번에는 독자들이 보내 온 글들 중에서 직유법이 잘 쓰인 문장 하나를 인용해 보겠다.

어미새가 알을 보호하듯(이) 조심스럽게 내 맘에 품어 둔 꿈이 있다.

자, 그러면 여기에서 어떤 것이 '원래의 생각'이고, 어떤 것이 '비유가 동원된 생각'이며, 또 어떤 것이 둘을 '연결시켜 주는 고리'인지 각자 생각해 보자.

3. 무엇은 무엇이다

글을 쓰는 데 있어 비유법은 싸움터에 나간 장수가 비밀스럽게 숨겨 가지고 있다가, 문득 꺼내어 휘두르는 칼과 같다. 그러므로 비유법을 적절하게 잘 쓰는 사람일수록 글을 잘 쓴다고 할 수 있다.

비유법 중에서 직유법보다 약간 어렵게 느껴지는 것이 은유법이다. 은유법은 직유법에서 사용하던 연결 고리를 생략한 모양새이다. 그래서 은유법은 '무엇은 무엇이다'의 모양으로 나타난다. '황소같이 큰 파도들이'라는 말을 은유법으로 바꾸려면 '같이'를 생략하면 된다. 즉 '파도는 황소이다'가 그것이다. 그러면 밑줄 친 부분에 유의하면서, 아래의 예문들을 살펴보도록 하자.

(1) 낙엽은 폴란드 망명 정부의 지폐
포화에 이지러진 도룬 시의 가을 하늘을 생각게 한다.
길은 한 줄기 구겨진 넥타이처럼 풀어져

일광의 폭포 속으로 사라지고

조그만 담배 연기를 내뿜으며

새로 두 시의 급행 열차가 들을 달린다.

— 김광균의 〈추일 서정〉 중에서

(2) 고독은 나의 광장

　　나의 침실

　　나의 우주

　　나의 초원

— 조병화의 〈고독〉 중에서

(3) 이슬은 가을 예술의 주옥편이다. 하기야 여름엔들 이슬이 없으
랴? 그러나 청랑 그대로의 이슬은 청랑 그대로의 가을이고야
더욱 청랑하다. 싱싱한 가을 아침 풀잎마다 꿰어진 이슬 방울
들의 영롱도 표현할 말이 막히거니와, 달빛에 젖고 벌레 노래
에 엮어진 그 청신한 진주 떨기야말로 보는 이의 눈만 부실 뿐
이다.

— 이희승의 〈청추 수제〉 중에서

(4) 수필은 청자 연적이다. 수필은 난(蘭)이요, 학이요, 청초하고
몸맵시 날렵한 여인이다. 수필은 그 여인이 걸어가는 숲속으로
난, 평탄하고 고요한 길이다. 수필은 가로수 늘어진 페이브먼
트(포장한 길)가 될 수도 있다. 그러나 그 길은 깨끗하고 사람
이 적게 다니는 주택가에 있다.

— 피천득의 〈수필〉 중에서

이제 은유법이 무엇인지 머릿속에 어느 정도 개념이 잡혔으리라 믿는다. 그렇다면 앞에서 직유법의 예로 들었던 문장을 모두 은유법으로 바꾸어 보도록 하자.

· 옥색 비단을 깔아 놓은 것 같은 강→강은 옥색 비단이다.

· 진한 쑥물을 부려 놓은 듯한 산→산은 진한 쑥물이다.

· 쪽물을 들여놓은 듯싶은 하늘→하늘은 쪽물이다.

· 늦은 가을 아스팔트 바닥에는 은행잎들이 노랑나비들의 시체처럼 퍼덕거리고 있었다.

→은행잎들은 노랑나비들의 시체이다.

· 함박꽃마냥 탐스런 눈송이가 쏟아지고 있었다.

→눈송이는 함박꽃이다.

· 황소같이 큰 파도들이 모래톱을 들이받고 있었다.

→파도는 황소이다.

· 직유법은 안내원이나 누님처럼 다정다감한 비유법이다.

→직유법은 안내원이나 누님이다.

4. 직유법과 은유법이 잘 드러난 글

이번에는 독자들이 보내 온 글들 중에서 비유법을 한번 훑어보도록 하자. 아래 문장은 직유법이 잘 드러나 있는 것이다.

(잘못된 장래 희망을) 겨울이 가고 봄이 왔을 때 얼음이 녹고 눈이 녹듯이 서서히 녹여서 저 수평선 너머의 바다로 던져 버려야 할 것이다.

그런데 이 문장은 앞뒤가 안 맞는 부분이 있다. 다음과 같이 고쳐 보자.

(잘못된 장래 희망을) 겨울이 지나 따스한 봄이 왔을 때 햇살이 얼음을 녹이고 눈을 녹이듯이 서서히 녹여서 저 수평선 너머의 바다로 던져 버려야 할 것이다.

왜 이렇게 고쳐야 하는지 자세히 살펴본다면 매우 흥미로운 것을 발견할 수 있을 것이다.

이렇게 쓸모 없이 지내고 있는 시간이 아깝지 않느냐고, 내 마음속 어느 깊숙한 곳에서 내 뒤통수를 내리쳤다.

위의 문장에서 '내 뒤통수를 내리쳤다'를 직유법으로 바꾸어 보는 건 어떨까?

내 뒤통수를 내리치는 것 같았다.
그런데 이 문장도 다음과 같이 고치는 것이 바람직하다. 어느 부분을 어떻게 고쳤는지 살펴보기 바란다.

이렇게 쓸모 없이 지내고 있는 시간이 아깝지 않느냐는 생각이, 내 마음속 어느 깊숙한 곳에서 뒤통수를 내리쳤다.

다음 문장도 직유법을 잘 쓰고 있다.

나의 미래는 뿌연 안개에 가려져 있는 것만 <u>같다.</u>

이것을 은유법으로 바꾸어 보도록 하자.

나의 미래는 뿌연 안개이다.

5. 비유는 글쓴이의 개성에 따라 다르다

직유법과 은유법은 어떤 차이가 있을까?

직유법은 그 뜻을 쉽게 알 수 있어 친근하고 소탈한 반면, '같이', '처럼', '듯이', '마냥' 등의 연결 고리를 붙이기 때문에 조금은 너덜너덜해 보인다. 이에 비해 은유법은 그 연결 고리를 생략하기 때문에 깨끗하고 산뜻한 느낌을 준다. 그런 만큼 은유법은 좀 거만해 보이고 쌀쌀해 보인다고 할까.

하지만 이 둘 가운데 어느 것이 더 훌륭하다고 한 마디로 잘라 말할 수는 없다. 둘 다 그 나름의 장·단점이 있으니까. 글을 쓰면서 직유법으로 쓸 것인가, 은유법으로 쓸 것인가 하는 것은 그 글을 쓰는 사람의 성격이나 취향에 따라 다를 뿐이다.

◆ **생각해 봅시다!**

1. 비유법 중에서 가장 소박하고 단순한 것은 직유법이다. 이 직유법에는 반드시 연결 고리가 사용된다. 그렇다면 그 문장이 직유법을 쓰고 있음을 단박에 알아차릴 수 있는 그 연결 고리로는 어떠한 것들이 있는지 아는 대로 적어 보자.

2. '내 마음은 호수요'나 '독서는 마음의 양식이다' 등은 은유법의 대표적인 예들이다. 이 문장을 직유법으로 바꾸어 보고, 은유법과 직유법은 어떤 차이점을 가지고 있는지 설명해 보자.

제7교시
가장 멋있는 비유법의 보기
—상징법, 의인법, 활유법, 풍유법

1. 구체적인 사물에 빗대어 표현하는 비유법—상징법

(1) 상징법이란

밤 파도 소리가 은은히 울려 퍼지는 해운대 모래밭을 한 남자가 사랑하는 여자와 함께 거닐고 있었다. 그저 바라보기만 해도 가슴이 뭉클해지는 그 두 사람에게 장미꽃 장수가 다가왔다. 남자는 장미 한 송이를 사서 여자의 손에 쥐어 주었다. 그리고 난 며칠 후, 그 남자가 사랑하는 여자를 다시 만났을 때, 여자는 그 남자에게 백합 한 송이를 수줍게 내밀었다.

그 남자는 장미를 통해 무슨 말을 하려 했을까? 또, 그가 사랑하는 여자는 하고많은 꽃들 중에서 하필이면 왜 백합을 그에게 내밀었을까?

우선 그 사람들이 주고받았던 장미와 백합이 무엇을 '상징'하는가부터 생각해 보도록 하자. 사람들이 흔히 말하기를 장미는 '정열적인 사랑'을 상징하고, 백합은 '순결'을 상징한다고 한다. 그렇다면 그 남자는 "나는 당신을 정열적으로 사랑합니다"라고 말한 셈이고, 여자는 "저는 순결합니다"라고 말한 셈이 된다.

이렇듯, 상징법은 한 마디로 딱 꼬집어 말하기 어려운 감정이나 느낌을, 그것과 가장 잘 어울릴 만한 구체적인 사물에 빗대어 표현하는 방법이다.

모든 사람들에게 한 시울의 눈물을 줄 수 있는 작은 책

여기서 '눈물'은 무엇인가를 상징하고 있다. 무엇을 상징하고 있는지는 문장 속에 구체적으로 드러나 있지 않다. 하지만 우리는 '눈물'이 어떠한 '감동'이나 '공감'을 의미한다는 것을 금방 알아챌 수 있다. 같은 사람이 쓴 또 다른 문장을 한번 보도록 하자.

· 소박하기도 벅차기도 한 이내 꿈들을 언제……
· 내게는 꿈이 있다.

이 글을 써 보낸 독자는 여기서도 '꿈'이라는 상징법을 쓰고 있

다. 그렇다면 여기서 말하는 '꿈'이란 무엇을 상징하는 것일까? 각자 생각해 보도록 하자. 다만 '꿈'이란 우리가 가장 즐겨 쓰는 상징법 중의 하나라는 것을 염두에 두고…….

자, 이번에는 앞에서 이야기한 '장미'를 가지고, 직유법과 은유법, 상징법의 차이를 살펴보도록 하자.

	원래의 말(생각)	연결 고리	비유가 동원된 말(생각)
직유법	정열적인 사랑	처럼	빨간 장미
	→빨간 장미처럼 정열적인 사랑		
은유법	내 사랑은	생략	빨간 장미
	→내 사랑은 빨간 장미이다.		
상징법	생략	생략	빨간 장미
	→장미		

(2) 흔히 쓰는 상징들

가만히 보면, 상징법은 문장에서뿐 아니라 일상 생활 속에서도 흔히 쓰인다. 다음의 보기를 곰곰이 생각하면서 읽어 보자.

· 깃발 : 그 나라, 그 학교, 그 단체를 상징한다.
· 국화(나라꽃) : 그 나라 그 민족의 국민성과 민족성을 상징한다. 우리 나라의 나라꽃은 무궁화이고, 북한의 나라꽃은 진달래이며, 일본의 나라꽃은 벚꽃이다.
· 황금 : 재물을 상징한다.
   예) 황금 보기를 돌같이 하라. 황금에 눈이 어두워서……등등.
· 우리의 태양 : 우리들의 희망, 우상을 상징한다.

· 서울의 달 : 서울 지방의 가난한 사람들의 꿈을 상징한다. 여기에
  서 꿈은 신분 상승을 위한 노력을 뜻한다.
· 곱슬머리와 옥니 : 오기와 집념이 강하고 영악한 사람을 상징한다.
· 뿌리 : 전통, 근본을 상징한다.
· 날개 : 자유나 상승할 수 있는 도구를 상징한다.

또한 상징법은 산문보다는 시에서 더 많이 쓰인다. 다음에 인용한
시를 읽어 보자.

창공을 움켜쥔 적이 있었다.
창공도 별것이 아니다.
내 손아귀 속에서 펄럭펄럭 가슴 두근거리고 있었다.
처마 구멍에 그물을 받치고 잡아 낸 참새 한 마리

그 참새와 한 구멍에 있다가 푸르륵
어둠을 가르고 날아간 다른 참새는
어느 창공을 헤매고 있을까
그 때 실수로 날려 보낸 참새의
발목에 묶어 놓은 내 가슴속의 명주실 꾸리는 계속 풀렸고
어른이 되었다.

나는 지금 내 손아귀 속에 가슴 두근거리던
그 참새같이 누군가의 거대한 손아귀에
잡혀 있다. 그는 나를 놓아 주지 않는다.
서울에서 부산으로
부산에서 제주로

제주에서 광주로
광주에서 서울로
날고 또 날아 보아도 나는
내내 붙잡혀 있는 참새 한 마리일 뿐.

— 한승원의 〈새〉

여기서 '새'는 자유를 상징하고 있다. 또 그것을 붙잡고 있는 것은 그 새를 억압하는 어떤 거대한 존재이다. 다시 말해, 사람의 힘으로는 어찌할 수 없는 하느님이라든지 부처님이라든지, 혹은 나를 지배하는 사랑하는 사람이라든지…….

2. 사물이나 동물도 사람처럼 생각하는 비유법—의인법

아주 외로운 아이가 하나 있었다. 그 아이는 친구가 없어 늘 혼자 놀았다. 딱지치기나 구슬치기나 공놀이도 혼자서 할 수밖에 없었다. 그러다 보니, 그 아이에게는 딱지나 구슬이나 공들에게 이야기를 하는 버릇이 생겼다. 그 아이에게는 그 딱지나 구슬, 공들이 사람 못지않게 좋은 친구였던 것이다.

사람들은 자기의 외로움을 달래기 위해, 그 아이처럼 자기 주변에 널려 있는 사물이나 동물들과 이야기를 나누는 경우가 많다. 때로는 그런 것들이 사람하고 똑같이 느껴지기 때문이다. 그래서 개나 고양이, 소, 말을 키우는 사람들이나 난초 같은 식물을 기르고 분재하는 사람들은 그것들을 자기 부모나 형제처럼 소중히 여기기도 하는 것이다.

이렇듯 의인법은 세상에 존재하는 모든 것을 사람으로 여기고, 그것의 모양새나 움직임을 사람의 그것인 것처럼 표현하는 방법이다. 그래서 의인법은 읽는 사람을 친근하고도 그윽한 정겨움 속으로 끌어들인다.

· 간지럼을 먹이듯 불어오는 따스한 바람에 부끄러워 고개 숙이는 아카시아 잎사귀들
· 잉크병, 그는 언제나 말없이 앉아 있다.
· 도시락 뚜껑은 나를 향해 눈물을 흘리고 있었다.
· 함께 늙어 온 그와 나는 늘 서로의 눈을 들여다보곤 한다. 내 우울을 먼저 알고 그는 꼬리를 치면서 산책을 하자고 조른다. 그는 앓을 때 나한테 미안해한다. 나를 위하여 함께 즐길 수 없음을 사과하듯이 여리게 꼬리를 치면서 안타까워한다.
　　　　　　　　　　　—한승원의 〈개에 관한 이야기〉 중에서

· 청춘! 이는 듣기만 하여도 가슴이 설레는 말이다. 청춘! 너의 두 손을 가슴에 대고 물방아 같은 심장의 고동을 들어 보라. 청춘의 피는 끓는다. 끓는 피에 뛰노는 심장은 거선(巨船)의 기관과 같이 힘있다. 이것이다. 인류의 역사를 꾸려 내려온 동력은 바로 이것이다. 이성(理性)은 투명하되 얼음과 같으며, 지혜는 날카로우나 갑 속에 든 칼이다. 청춘의 끓는 피가 아니더면, 인간이 얼마나 쓸쓸하랴? 얼음에 싸인 만물은 죽음이 있을 뿐이다.
　　　　　　　　　　　—민태원의 〈청춘 예찬〉 중에서

· 기다리지 않아도 오고
　기다림마저 잃었을 때에도 너는 온다.

어디 뻘밭 구석이거나

썩은 물 웅덩이 같은 데를 기웃거리다가

한눈 좀 팔고, 싸움도 한판 하고,

지쳐 나자빠져 있다가

다급한 사연 들고 달려간 바람이

흔들어 깨우면

눈 부비며 너는 더디게 온다.

—이성부의 〈봄〉 중에서

3. 죽어 있는 것에게 생명을 불어넣는 비유법—활유법

글을 잘 쓰려면 우선 사랑하는 마음을 가져야 한다. 사랑하는 마음을 가지면 세상에 존재하는 모든 것들이 다 아름답고 예쁘게 보인다. 세상의 모든 것들이 다 자기 한 사람을 축복해 주기 위하여 존재하는 것처럼 느껴진다는 뜻이다. 달도 해도 별도 구름도 무지개도 바람도 강물도 파도도…….

이 드넓은 우주 속에는 살아 있는 것(생물)과 죽어 있는 것(무생물)들이 있다. 가령 바위나 돌이나 산이나 강이나 바다는 죽어 있는 것이고, 사람, 뱀, 닭, 소, 소나무, 메뚜기, 파리, 벌, 애벌레 따위는 살아 있는 것이다. 여기에서 죽어 있는 것들을 살아 있는 것처럼 표현하는 방법이 활유법이다.

· 강물은 슬피 울면서 꿈틀거리며 달려가고 있었다.

· 푸나무들도 우쭐우쭐 춤을 추고, 시냇물도 소리쳐 노래하고 있었다.

· 자동차들은 눈을 부릅뜨고 식식거렸다.

· 풀이 눕는다.

비를 몰아오는 동풍에 나부껴

풀은 눕고

드디어 울었다.

날이 흐려서 더 울다가

다시 누웠다.

— 김수영의 〈풀〉 중에서

· 시(市)를 남북으로 나누며 달리는 철도는 항만의 끝에 이르러서
야 잘려졌다. 석탄을 싣고 온 화차(貨車)는 자칫 바다에 빠뜨릴
듯할 머리를 위태롭게 사리며 깜짝 놀라 멎고, 그 서슬에 밑구멍
으로 주르르 석탄 가루를 흘려 보냈다.

— 오정희의 〈중국인 거리〉 중에서

그렇다면 활유법과 의인법은 어떻게 다를까?

의인법은 반드시 그 대상을 사람으로 여기고 표현하는 것이며, 활
유법은 책상이나 바위 같은 무생물들을 생물로 여기고 표현한다는
것이 그 차이점이다.

4. 사람들의 잘못을 꼬집는 비유법─풍유법

(1) 당나귀 두 마리가 길을 가고 있었다. 앞에 가는 당나귀는 황금
보따리를 싣고 가고, 뒤에 가는 당나귀는 보리 자루를 싣고 갔다. 황

금을 실은 당나귀는 기세 당당하게 가고 있었으므로 방울이 요란스럽게 딸랑거렸고, 보리를 실은 당나귀는 기가 죽어 있었으므로 방울 소리가 그리 크게 나지 않았다.

얼마나 갔을까. 별안간 산모퉁이에서 도둑들이 나타나더니 방울 소리가 요란한 당나귀를 죽여 버린 뒤, 황금을 모두 빼앗아 갔다. 살아난 당나귀는 후유 하고 안도의 숨을 내쉬면서 생각했다. 황금을 싣지 않기를 얼마나 잘 한 일이냐, 하고.

(2) 이 세상에서는 너무 호화롭고 너무 당당하고 너무 오만하면, 사람들의 표적이 되어 해를 입을 수 있는 법이다.

―《이솝 우화》 중에서

이러한 것을 풍유법이라고 한다.

(1)에서는 동물들의 이야기를 그냥 재미있게 늘어놓았고, (2)에서는 독자들에게 경고를 하고 있다. 물론 그 동물들의 이야기는 《시튼 동물기》처럼 실제로 있었던 이야기가 아니라 지어 낸 것들이다. 여기에서 만일 (1)을 생략하고 (2)만 써 놓았다면, 얼마나 딱딱하고 재미없는 글이 되겠는가?

· 송충이는 솔잎을 먹어야지 갈잎을 먹으면 죽는다.

· 상여 내가는데 귀청 파 달라고 한다.

· 옹기점에서 돌팔매질하고, 우는 아기 꼬집어 주고, 불난 데 부채질한다.

· 혹을 떼러 갔다가 되레 하나 더 붙이고 왔다.

· 초저녁에는 살이 통통하게 찐 암송아지나 한 마리 잡았으면 하고 바라던 호랑이가, 새벽녘이 되니까 비루먹은 강아지라도, 쥐나 개구리라도, 하루살이라도 한 마리 잡혔으면 한다.

- 절이 싫으면 중이 떠난다.
- 산에 가야 범을 잡는다.
- 하룻강아지 호랑이 무서운 줄 모른다.

이러한 속담을 비유로 표현하는 것도 풍유법이다. 즉 **풍유법은 인간들의 잘못된 행동을 직접적으로 꼬집는 것이 아니라, 속담이나 우화 등에 빗대어 표현하는 방법이다.** 다시 말해, 독자가 숨겨진 뜻을 짐작하여 깨달음을 얻도록 하는, 경고의 뜻을 담고 있는 것이다.

속담은 선조들로부터 전해 내려온 보석 같은 지혜의 말이다. 민족의 정서가 고스란히 담겨 있으므로 해학이 있고, 재치가 깃들어 있다. 그래서 거부감이 없고 친밀하게 느껴진다. 우리 민족의 생활과 정서를 잘 이해하고, 그것을 잘 드러내는 글을 쓰려면 속담 공부를 하는 것이 좋다. 그리하여 글을 쓸 때 속담을 직접 활용해 본다면 더욱 유익할 것이다.

5. 글에는 글쓴이의 영혼이 담겨 있다

모든 글에는 글쓴이의 영혼이 담겨 있게 마련이다. 우리들이 글을 읽는다는 것은 그 글을 쓴 사람의 영혼과 만나는 일이다. 좋은 글을 쓰려면 영혼을 건강하고 아름답고 풋풋하게 가꾸어야 하고, 또 그렇게 하려면 좋은 글을 골라 읽어야 한다. 물론 차원 높은 예술 세계하고도 가까이해야 한다. 향을 싼 종이에서는 향내가 나고, 고기를 싼 종이에서는 비린내가 나기 때문이다.

◈ **생각해 봅시다!**

1. 한 마디로 딱 꼬집어 말하기 어려운 감정이나 느낌을, 그것과 가장 잘 어울릴 만한 구체적인 사물에 빗대어 표현하는 방법을 상징법이라 한다. 이러한 상징법은 우리의 일상 생활 속에서도 자주 발견된다. 상징법이 잘 드러나는 예를 들어 보자.

2. 의인법과 활유법은 비슷한 점이 많으면서도 엄연히 차이가 있는 비유법이다. 두 비유법의 같은 점과 다른 점을 설명해 보자.

3. 우리는 생활을 해 나가다가 잘못된 일이나 훈계해야 할 일이 생겼을 때, 흔히 속담이나 우화를 이용하여 상대편에게 깨우침을 주려 한다. 이러한 경향은 글쓰기에서도 자주 나타나는데, 이처럼 속담이나 우화를 이용해 잘못을 꼬집는 비유법을 무엇이라고 하는가?

제8교시
글에도 업어치기가 있다
—반어법, 도치법, 인용법, 문답법, 점층법, 열거법

1. 반대되는 말을 겉으로 내세우는 표현법—반어법

　어느 날, 무학 대사는 왕좌에 앉은 이성계를 찾아뵙고 인사를 올렸다. 그러자 이성계는 무학 대사를 시험해 보기 위해, "자세히 보면 대사는 영락없는 돼지야" 하고 말했다. 그것은 무학 대사에 대한 심한 모욕이 아닐 수 없었다. 그러나 무학 대사는 눈썹도 까딱하지 않았다. 오히려 얼굴빛 하나 변함 없이 이렇게 말했다.

"상감께서는 부처님 같사옵니다."

그 말을 듣자, 이성계는 어허허허 하고 너털거렸다. 자기가 그를 돼지 같다고 비하했음에도 불구하고, 자기를 '부처님'이라는 최고의 존재에 비유해 준 것이 통쾌하게 느껴졌던 것이다. 그러면서 속으로는, '승려라는 것들도 권력 앞에서는 어찌할 수 없이 아부, 아첨을 하는 무리로구나' 하고 무학 대사를 경멸했다.

그 일이 있고 난 며칠 뒤, 한 신하가 무학 대사를 추궁하였다.

"대사께서는 어찌하여 그러한 모욕을 당하고도 화 한 번 내지 않고, 도리어 왕에게 아첨만 하셨소이까?"

무학 대사는 신하의 말을 듣고 빙그레 웃으면서 대답했다.

"당연하지 않습니까? 돼지 눈에는 돼지만 보이고, 부처님 눈에는 부처님만 보이는 법이니까요."

옛날 이름 높은 스님들이 주고받았다는 말(선문답)들에는 이렇듯 우리들의 마음을 통쾌하게 씻어 주는 맛이 있다. 그렇다면 위의 이야기에 쓰인 비유법은 무엇일까?

이성계가 "대사는 영락없는 돼지야"라고 한 말은 언뜻 보기에 하나의 은유법에 지나지 않는다. 또 무학 대사가 "상감께서는 부처님 같사옵니다"라고 한 것도 직유법에 지나지 않는다.

그러나 훗날 무학 대사가 신하에게 한 말에는 어마어마한 뜻이 숨어 있다.

"돼지 눈에는 돼지만 보이고, 부처님 눈에는 부처님만 보이는 법이니까요."

이 말로 인해 그들 두 사람이 주고받은 말의 뜻은 정반대로 달라지고 만 것이다. 즉 무학 대사를 돼지라고 말한 이성계는 돼지처럼 천하고 안목 없는 눈을 가진 사람이 되고, 이성계를 부처님이라고 한 무학 대사는 부처님처럼 지혜로운 눈을 가진 자비로운 사람이 된 것이다.

이와 같이, 나타내려는 뜻과 반대되는 말을 앞으로 내세우는 표현법을 반어법이라고 한다. 이것은 겉으로 드러낸 내용과 그 속에 감추어져 있는 내용을 반대로 말함으로써 표현 효과를 높이는 방법이다.

가령, 어른이 타이르는 말을 듣지 않은 채 장난치고 까불거리던 아이가 땅바닥에 넘어졌다고 하자. 그 때, 어른들은 대개 "아이고, 잘한다!" 하고 말한다. 그러나 그것은 '진정으로 잘했다는 뜻'도 아니고, '아이고, 네가 다치니 내 마음이 시원하다는 뜻'도 아니다. "그것 보아라. 어른 말을 듣지 않더니 그렇게 다치지 않느냐? 앞으로는 어른의 타이름을 잘 받아들여야 한다. 알겠느냐?" 하는 뜻인 것이다.

이러한 반어법에는 상대방을 비꼬아서, 말하려는 의미를 한층 더 강조하는 익살과 해학과 유머가 담겨 있다. 이것은 또한 지리하고 건조한 글에 재미를 더하기 위해 이야기의 끝 부분에서 반전을 일으키기도 한다.

2. 문장의 순서를 바꿔 놓는 표현법—도치법

· 보고 싶어요, 붉은 산이, 그리고 흰 옷이!
· 보십시오, 얼마나 장엄한지를.
· 안녕하십니까, 여러분.
· 왔구나, 봄이.
· 울렸네, 새벽종이.

· 아아 잊으랴, 어찌 우리 이 날을.

이 문장들은 모두 문장의 배열 순서를 앞뒤로 바꿔 놓은 것이다. 그 바뀐 순서를 제자리에 놓으면 다음과 같다.

· 붉은 산이, 그리고 흰 옷이 보고 싶어요!
· 얼마나 장엄한지를 보십시오.
· 여러분, 안녕하십니까.
· 봄이 왔구나.
· 새벽종이 울렸네.
· 아아, 우리 이 날을 어찌 잊으랴.

그런데 사람들은 왜 차근차근 순서대로 말하지 않고 그 순서를 바꾸는 것일까?

그것은 누구나 자기가 강조하고 싶은 말을 먼저 뱉아 내려는 경향이 있기 때문이다. 앞에 내세운 말이 그만큼 상대방에게 먼저 가 닿으므로 돋보이게 되는 것은 당연한 일이다. 말하자면, 위의 보기에서는 '보고 싶어요', '보십시오', '안녕하십니까', '왔구나', '울렸네', '아아 잊으랴'를 강조하려 한 것이다.

이렇듯, 문장의 배열 순서를 바꾸어 놓음으로써 강한 인상을 주는 **표현법을 도치법**이라고 한다. 이것은 흔히 특정한 내용을 강조하려 할 때나, 문장에 변화를 주려고 할 때에 쓴다.

· 가노라 삼각산아, 다시 보자 한강수야,
　고국 산천을 떠나고자 하랴마는

시절이 하 수상하니 올동말동하여라.

—김상헌의 시조

· 그 색시 서럽다. 그 얼굴 그 동자가
가을 하늘 가에 도는 바람 씻긴 구름 조각
핼쑥하고 서느라워 어디로 떠갔으랴.
그 색시 서럽다. 옛날의 옛날의.

—김영랑의 〈그 색시 서럽다〉 중에서

3. 다른 사람의 말을 인용하는 표현법—인용법

요즘 우리는 국어 시간을 참 쓸쓸하게 보내고 있다. 국어 선생님이 편찮으셔서 며칠째 출근을 못 하셨기 때문이다. 그런데 오늘 국어 시간에는 뜻밖에도 아주 예쁘게 생긴 여선생님이 들어오셨다. 기다란 머리칼을 등 너머로 너풀거리며 우리 앞으로 사뿐사뿐 다가오시는 선생님. 그분이 오늘부터 우리 빈 국이 수업을 맡으셨다는 게 아닌가. 선생님 말씀이 끝나기도 전에, 우리 반 아이들은 '와아!' 하고 환호성을 내질렀다.

아이들은 먼젓번 국어 선생님은 까맣게 잊어버린 채 새 선생님에 대한 기대와 설렘으로 한껏 들떠 술렁거렸다. 그 바람에 국어 시간 50분이 어떻게 지나갔는지도 모를 만큼 후딱 흘러가 버렸다. 아이들은 수업을 마치는 종이 울리자, 전에 없이 책상을 두드리고 발을 동동 구르며 아쉬움을 표했다.

그런데 선생님이 나가신 지 얼마 되지 않아, 화장실에 갔다 온 소식통 빠른 한 아이가 대뜸, "야야야, 들어 봐! 지난해 그 선생님한테서 배운 3학년 형들이 그러는데, 그 선생님 되게 무섭다더라. 숙제를 엄청나게 많이 내는데, 만일 안 해 오면은 손바닥에 불이 나도록 때린대" 하고 소리쳤다. 그 말을 들은 우리 반 아이들은 찬물이라도 뒤집어쓴 듯 입을 꾹 다물고 말았다.

여기에서 국어 선생님이 무서운 분이니 쉽게 생각하지 말라는 말을 전하는 소식통 빠른 아이는, 행여 친구들이 자기 말을 믿지 않을까 싶어 3학년 형들의 말을 인용했다. 이처럼 글을 쓰는 사람도 동서고금에 널리 알려져 있는 성인이나 유명한 시인, 또 소설가나 철학자나 정치가들이 한 말을 끌어다가 자기의 말을 합리화시킬 때가 있다. 다시 말해, 다른 사람의 말이나 격언, 속담, 일화 등을 인용하여 자기 주장을 뒷받침하는 것이다. 이러한 표현법을 우리는 인용법이라 한다.

이것은 어떤 문제에 대해 자신의 주장을 펼 때 흔히 쓰인다. 적절한 인용은 자기 주장에 대한 신뢰도를 높이고, 또 글의 흐름에 변화를 주어 단조로움을 피할 수 있게 하기 때문이다.

· 일찍이 타고르가 '한국은 동방의 등불'이라고 말했듯이…….
· 석가모니가 마음을 비우라고 한 것처럼, 우리도 겸허한 마음으로 그 일에 착수해야 한다.
· 예수가 가난한 자는 복이 있다고 했듯이, 헛욕심을 부리지 않고 성실하게 사는 사람은 반드시 복을 받게 된다.
· 인생은 짧고, 예술은 길다고 누군가 그랬듯이…….
· 어느 성인이, 다른 사람을 사랑하면 그 사람들이 자기를 마찬가

지로 사랑해 준다고 말했듯이…….

· '인생은 한 권의 책이요, 우리는 태어나서 죽을 때까지 매일 그
한 페이지를 창작한다.' 《파랑새》의 저자 메테를링크의 이 말은
인생을 책에 비유한 명언이다.

4. 스스로 묻고 대답하는 표현법—문답법

· 우리는 왜 자연을 보호해야 합니까? 그것은 자연이 곧 우리를 보
호하기 때문입니다.

파도는 한 순간에 몰아쳐 와 모래톱을 휩쓴 뒤 바닷물 속으로 다
시 돌아간다. 만약 바다에 파도가 없다면 얼마나 밋밋하고 따분하고
지리할까? 파도는 바다를 음악적이고 경쾌하게 할 뿐 아니라, 우리
에게까지 활력을 불어넣어 준다. 그 때문에 우리는 마음이 답답할
때면 바다를 찾아가곤 한다.

문답법은 바닷가 모래밭의 파도와도 같은 것이다. 글을 쓰다가 답
답하고 지리하다 싶으면, 글쓰는 사람이 스스로 묻고 대답하는 문답
법을 써 보라. 이것은 답답하고 지리한 글에 변화를 줄 뿐만 아니
라, 읽는이로 하여금 생각을 하게 하는 효과가 있다. 이 문답법은
읽는이들을 글 속으로 끌어들이는 강한 힘이 있어서 연설문에 많이
쓰인다.

(1) 여러분은 왜 공부를 해야 하는가. 정녕 누구를 위해서 하는 공
부인가. 부모를 위해서인가, 형제들을 위해서인가.

(2) 내가 공부를 하는 것은 지금보다 더 나은 삶을 살기 위해서이며, 또한 나의 발전을 위해서이다. 그리고 나의 발전은 나라와 민족과 인류의 발전을 가져오는 것이다.

(1)에서는 질문을 던져서 읽는이의 생각을 유도한 다음, (2)에서는 대답을 했다. 그 대답은 곧 글쓴이의 주장이라고 할 수 있다.

· 연극은 우리 사회에 대하여 무엇을 할 수 있어야 하는가? 우리를 변혁시킬 수 있어야 한다. 그것은 정치 사회적 변혁의 개념이 아니다. 그러나 그것은 정치 사회적 변혁에 티끌만큼이라도 영향을 줄 수 있는 변혁이라야 한다. 연극은 적어도 오늘의 세계를 재현할 수 있어야 하고, 그 재현은 이 세계의 창조적 발전에 기여할 수 있는 것이어야 할 것이다.

　　　　　　　　—이태주의 〈연극은 무엇을 할 수 있는가〉 중에서

· 선이란 무엇인가? 위엄을 바라는 마음을 높이는 모든 것이다. 사람이 가진 힘 자체이다. 악이란 무엇인가? 악함으로써 일어나는 일체의 것이다. 행복이란 무엇인가? 위엄이 커짐을 느끼고 저항을 이겨내었다고 느끼는 일이다.

　　　　　　　　　　　　　　　　　　—니체

5. 그 정도나 범위를 점차 높여 가는 표현법—점층법

손오공은 요술 막대기 여의봉을 들고 독수리처럼 하늘을 날기도 하고, 공중에서 재주를 부리기도 한다. 이 세상에 손오공처럼 요술을 부리는 사람이 있다면 어떨까?

그가 만약 등산을 한다면, 아래서부터 차근차근 올라가지 않아도 쉽게 산중턱으로 뛰어오를 수 있을 것이다. 그러다가 마음이 달라지면 산 밑으로 훌쩍 뛰어내리기도 할 것이다. 어디 그뿐인가? 거기에서 다시 산꼭대기로 단숨에 올라가 버릴 수도 있을 것이다.

그런 사람이 나타나 재주를 부린다면, 그것을 바라보는 사람들은 모두 깜짝깜짝 놀랄 것이다. 뿐만 아니라, 그의 모습이 여기서 번쩍 저기서 번쩍 하기 때문에 상상도 할 수 없는 혼란에 빠져 들게 된다.

글은 손오공이 요술을 부리듯이 어지럽게 써서는 안 된다. 읽는이가 갈피를 잡을 수 없게 되기 때문이다.

지도책을 펴 보면, 산에는 낮은 곳에서 높은 곳으로 올라가는 등고선이 그려져 있다. 정상까지 제대로 오르기 위해서는 그 등고선에 따라 한 걸음씩 한 걸음씩 위쪽으로 올라가야 한다. 글도 마찬가지다. 가장 작은 것에서 점차 큰 것으로 나아가거나, 아니면 덜 중요한 것에서부터 점점 더 중요한 것으로 나아가야 한다.

사람은 집에서 부모의 아들딸 노릇을 해야 하고, 학교에서는 그 학교의 학생 노릇을 해야 하고, 동네에서는 동네 사람 노릇을 해야 하고, 그 민족 속에서는 민족의 한 구성원 노릇을 해야 하고, 그 나라 안에서는 그 나라의 국민 노릇, 더 나아가 세계에서는 세계인으로서의 노릇을 충실히 하지 않으면 안 된다.

위의 예에서 알 수 있듯이, 한 마디 한 마디를 더할 때마다 그 정도나 범위, 또는 그 중요성이나 강도를 점점 높여 가는 표현법을 점층법이라 한다. 처음에는 작은 이야기로 시작해서 읽는이를 잔잔히

끌어들이다가, 나중에는 읽는이의 감정을 최고조로 이끌어 갈 수 있기 때문에 점층법도 문답법처럼 연설문에 많이 쓰인다.

점강법은 이러한 점층법과 반대되는 표현법이다. 다시 말하면 점**강법은 큰 데서 작은 데로 조금씩 좁혀 가는 표현 방법을 가리킨다.**

저 끝에선 황소만하게 밀려오던 파도가 방파제께로 올수록 작아져 강아지만해지고 곧 암탉으로 되더니, 이윽고 둑에 철썩 부딪히면서 점점이 물보라를 일으키며 사라진다.

보다시피 점강법은 점점 범위를 좁혀 가면서 글의 내용을 강조하고 있다.

6. 비슷한 것들을 죽 늘어놓는 표현법—열거법

조금 전에 이야기한 인용법의 일화를 다시 한 번 보도록 하자.

"야야야, 들어 봐! 지난해 그 선생님한테서 배운 3학년 형들이 그러는데, 그 선생님 되게 무섭다더라. 숙제를 엄청나게 많이 내는데, 만일 안 해 오면은 손바닥에 불이 나도록 때린대."

이 때, 만약 한 아이가, "그 형 한 사람의 말만 듣고 어떻게 아냐? 그 형이 잘못 알고 있을 수도 있잖아" 하고 말했다면, 그 소식통 친구는 이에 지지 않고 다음과 같이 말했을지도 모른다.

"그 반 반장이었던 영식이 형, 또 지난번 백일장에서 장원한 찬일이 형, 총학생회장 규정이 형, 생활 반장 종석이 형도 옆에 있었는데, 다들 그러더라. 믿기 싫으면 관둬. 괜스레 깝죽거리다가 된통 혼나 보라구."

여기에서 영식이 형, 찬일이 형, 규정이 형, 종석이 형 하면서 많은 사람들의 이름을 죽 늘어놓는 것, 이것이 바로 열거법이다. 다시 말해, 열거법은 서로 비슷한 성격을 지닌 낱말들을 죽 늘어놓음으로써 그 내용을 강조하는 표현법이다.

· 들국화, 쑥부쟁이, 코스모스, 장다리는 모두 가을 꽃이다.
· 들판 한가운데 서 있는 한 그루의 소나무는 무척 외로워 보이지만 사실은 그렇지 않다. 그의 옆에는 들과 강과 바다를 건너온 바람이 있고, 또 구름과 별과 달과 해와 이슬, 그리고 합창하는 새들과 벌레들이 열심히 자기 표현을 하고 있으므로.
· 자기네는 동물이 아니고 인간이라고. 잘났다고. 배는 부르고 할 일은 없으니 머릿속에서 갖은 요물을 조작해 낸 것이다. 이 따위 조작꾼들을 예로부터 철학자라 하여 떠받들어 왔다. 이 자들을 떠받들어 배불리 먹여 놓으면 별의별 색동 저고리가 다 터져 나왔다. 그리하여 인간이라는 요물 위에다가 가지각색 색동 저고리를 입혔겠다. 도덕이다, 정의다, 의리다, 인간애다, 애국이다, 애족이다, 가치다, 세월이 흘러감에 따라 색동 저고리에다 또 가지각색 노리개를 붙임으로써 교수도 되고 박사도 되고 권력 있는 인간 동물의 총애를 받아서 고깃점이나 더 얻어먹고 못나도 잘난 체하다가 땅 속에 들어가서 구더기 밥이 되었겠다.

　　　　　　　　　　　　　　　　　　　　　　　—김성한의 〈방황〉 중에서

◆ **생각해 봅시다!**

1. 자신이 나타내려는 뜻과 반대되는 말을 앞으로 내세우는 표현법을 반어법이라고 한다. 이 반어법은 소설 속에서 흔히 반전 효과로 모습을 드러내는데, 이것이 잘 드러나는 단편 소설로는 어떤 것들이 있는지 말해 보자.

2. 문장의 배열 순서를 바꾸어 놓음으로써 보다 강한 표현 효과를 노리는 방법을 도치법이라 한다. 이러한 도치법을 쓰게 됨으로써 얻어지는 효과는 어떠한 것이 있는지 설명해 보자.

3. 한 마디 한 마디를 더할 때마다 그 정도나 범위, 또는 중요성이나 강도를 점점 높여 가는 표현법을 점층법이라고 한다. 그렇다면 이와 반대되는 표현법은 무엇이라고 하는가?

글의 따뜻한 체온과 향기와 멋을 알아라

―글 속에는 글쓴이의 진실이 드러나야 한다

1. 그림자 없는 사람

요즘 시중에는 귀신 이야기 묶음이 유행하고 있다. 그것들은 모두 허무 맹랑하고 우스꽝스러운 것들이다. 그렇지만 나는 절대로 허랑하지 않은 귀신 이야기 하나를 여러분들에게만 살짝 귀띔해 주려 한다.

옛날 옛적에 한 귀신이 있었다. 그 귀신은 살았을 적에 공부를 너무 게으르게 한 것이 한스러워서, 죽은 뒤에도 사람 노릇을 하면서 친구들과 어울려 공부를 하기로 하였다.

바야흐로 약관의 나이(스무 살)에 접어든 친구들은 그 귀신한테 감쪽같이 속아 넘어갔다. 왜냐 하면, 그 귀신은 그 곳에 살다가 서울로 이사를 간 다음에 죽었기 때문이다. 어린 시절의 그 친구들은 그가 죽었다는 사실을 아직 모르고 있었다.

그 귀신은 예전에 그 곳에서 살 때, 기생집을 들락거리는가 하면 투전판에서 노름을 하고, 또 술에 취하여 싸움질을 하는 등 아주 방탕한 생활을 하였다. 그런데 어떻게 된 일인지 그 귀신은 다른 친구들이 모두 잠자리에 든 뒤에도 혼자 남아 낮은 목소리로 글을 읽곤 했다. 그 귀신의 어린 시절의 이름은 김창호였다.

"야, 그런데 저 김공이 새 사람으로 다시 태어났나 보다. 왜 저렇게 공부를 열심히 하는 거야?"

하고, 과거 시험을 앞둔 친구들은 모두 혀를 내둘렀다. 이제 늦게나마 정신을 차리고 공부에 몰두하는 귀신 김창호를 두고, 백발백중 합격을 하게 될 거라고들 수군거렸다. 그를 시기 질투하는 친구들도 하나 둘 생겨났다. 어릴 적에 함께 어울려 다니며 쌀을 퍼다가 엿이나 떡을 사 먹기도 하고, 훈장 선생 몰래 기생집에 드나들며 술을 마시기도 했던 친구들은 귀신 김창호를 밖으로 끌어내리려고 유혹하기도 했다. 그렇지만 귀신 김창호는 모든 유혹을 의젓하게 뿌리치고 오직 글 읽기에만 전념하였다.

그러한 귀신 김창호를 의심하는 친구들은 하나도 없었다. 오직 훈장 선생과 여덟 살 난 아이 하나만이 그를 의심하고 있었다. 여덟 살 난 영특한 그 아이는 귀신 김창호에게서 이상한 점을 발견했기 때문이다. 햇빛 아래 서 있는데도 그에게는 그림자가 생기지 않았던 것이다.

어느 날 밤, 귀신 김창호는 자기 집으로 가서 옷을 갈아입고 오겠다고 하며 서원을 나섰다. 영특한 그 아이는 귀신 김창호의 뒤를 몰래 따라가 보았다.

귀신 김창호는 들을 건너고 산을 넘고 소나무 숲이 칙칙한 산 속으로 한없이 들어가더니, 이윽고 자기의 무덤 속으로 홀연히 사라졌다.

이튿날 한낮쯤에 그 영특한 아이는 훈장 선생에게 뵙기를 청했다.

"선생님, 이 세상에 살고 있는 것들은 모두 그림자가 있게 마련인데, 요즘 저는 그림자가 없는 사람 하나를 발견했습니다."

훈장 선생은 재빨리 그 영특한 아이의 옆으로 다가앉았다. 그리고 그 아이의 옆구리를 꼬집으며 말을 중단하게 하였다. 그 때 귀신 김창호는 출입문 밖의 뒷마루에서 낮은 소리로 글을 읽고 있었던 것이다.

훈장 선생과 영특한 아이가 주고받는 말을 엿들은 귀신 김창호는, 그 날 황혼 무렵이 되자 배가 살살 아프다면서 밖으로 나갔다. 이튿날부터 귀신 김창호는 서원에 나타나지 않았다. 자기의 정체가 들통났음을 알고 무덤으로 돌아가 버린 것이었다.

이것은 내가 어린 시절에 어른들로부터 들은 이야기이다.

글 속에는 그 사람의 진실이 들어 있게 마련이다. 진실하지 못한 사람은 아무리 글을 그럴듯하게 거짓으로 꾸며 쓰더라도 진실하지 못함이 드러나게 되어 있다. 햇빛 아래 서면 반드시 그림자가 생기는 것처럼, 체구가 작으면 작은 그림자가 생기고 크면 큰 그림자가 생긴다. 제아무리 맞춤법 하나 틀린 것 없이 문장을 매끄럽게 잘 쓰고, 또 현란한 수사법을 동원하여 이런저런 기교를 부렸을지라도, 글쓴이의 진실한 마음이 담겨 있지 않은 글은 읽는이를 감동시킬 수가 없다.

사람의 진실함은 솔직 담백함으로부터 끌어낼 수 있다. 그 진실은 남들에게 보이기 위한 솔직함이 아니고, 글쓴이 스스로에 대한 솔직함이다.

글쓴이의 마음이 온전히 솔직해지려면, 먼저 기막히게 좋은 글을 써야겠다는 욕심부터 떨쳐 버려야 한다. 좋은 글을 쓰겠다는 욕심을 부리면 필요 이상으로 과장하게 되기 때문이다. 또 좋은 글을 써야 한다는 욕심은 자기 자신을 억누르게 되고, 그것은 중압감이 되어 글이 나오는 생각의 구멍을 막아 버린다.

글은 살아 있는 것이다. 글에도 핏줄이 있어서 피가 돈다. 숨을 쉰다. 그것들은 글쓴이의 솔직함과 진실을 먹고 산다고 할 수 있다.

아까의 귀신 이야기에서, 김창호라는 귀신에게 그림자가 없다는 것은 진실이 없다는 것이고, 생명이 없다는 것이며, 숨이나 피가 통하지 않는다는 것이다.

2. 사람의 냄새와 글의 향기

사람에게 체온과 냄새와 분위기가 있듯이 글에도 그러한 것들이 있다. 인정머리가 없는 사람의 글에서는 인정머리 없음이 나타나고, 잘디잔 정이 깊은 사람의 글에서는 그 잔정이 함빡 담겨 있게 되는 것이다.

다음의 글을 읽어 보고, 어떤 정이 느껴지는지 살펴보자.

어머니는 팥죽 가게로 나를 데리고 들어갔다. 팥죽 솥뚜껑 위로 김이 모락모락 피어났다. 솜옷을 두툼하게 입은 팥죽 장수 아주머니가 팥죽 퍼 줄 채비를 하면서 어머니와 나를 번갈아 살폈다.

"팥죽 드릴까요?"

"한 그릇만 주셔요."

팥죽 장수는 한 그릇만 달라고 하는 어머니의 말에 실망을 한 채 팥죽 한 사발을 탁자에 놓아 주었다. 그것은 나 혼자 먹기에도 양이 적은 것이었다. 팥죽 장수는 숟가락 한 개와 입가심을 할 수 있는 싱건지국(김장할 때 좀 싱겁게 담근 무김치로 만든 국) 한 종지를 내주었다.

"배고프겠다, 얼른 먹어라. 따끈한 이놈 먹으면 얼었던 속이 풀릴 게다."

나는 어머니의 뱃속이 비어 있다는 것을 잘 알고 있었다. 아침 일찍이 바쁘게 시장에 나오느라고 아침밥을 제대로 먹지 못했던 것이다. 그런데도 어머니는, "나는 밥 생각이 없다. 엊저녁에 먹은 것이 체했는지 어쨌는지······. 싱건지국이나 한 모금 마실란다" 하면서 억지 트림을 해 보였다. 팥죽 장수 아주머니에게 숟가락 한 개를 더 달라고 했고, 그것으로 싱건지 국물을 한 번 떠 마시며, "아따, 시원하다" 하고 말했다.

어머니에게는 김 판 돈이 있었지만, 그것은 내게 줄 등록금이 빠듯할 뿐이었다. 어머니는 그 돈을 축내지 않으려 하고 있었다.

나는 가슴이 아파 팥죽을 먹을 수가 없었다. 어머니가 싱건지 국물을 마시는 것만 물끄러미 보고 있었다. 순간 어머니가 나를 꾸짖었다.

"너는 먹을 것을 보면 서둘러 달게 좀 먹어 봐라."

어머니는 어느 사이엔지 싱건지국 한 종지를 다 마셔 버렸다. 내가 입가심할 것이 없어진 것이었다. 어머니는 팥죽 장수에게서 싱건지국 한 종지를 더 얻어 내기 위하여 비굴한 목소리로 한 사발을 더 달라고 아쉬운 말을 했다.

팥죽 장수의 눈꼬리가 매섭게 찢어졌다.

"날씨까지 추운데 웬걸 그렇게 마시는고?"

하고 강파르게 말을 하더니, 놋대접으로 싱건지국을 퍼다가 어머니 앞에 놓아 주었고, 어머니는 어색하게 웃었다.

나는 그 날 팥죽 맛을 알 수 없었다.

뽀얀 눈보라 속에서 어머니와 나는 헤어졌다. 뜨거운 팥죽 한 사발을 먹은 나는 버스에 올랐고, 팥죽 장수의 눈치 어린 차가운 싱건지 국물만 마신 어머니는 눈보라 속을 뚫고 신작로를 걸어갔다. 45년이 지난 지금도 어머니는 내 의식 한 자락 속에서 그렇게 그 눈보라 속을 뚫고 걸어가고 있었다.

　　　　　　　　　　　　　　─ 한승원의 《키 작은 인간의 마을》 중에서

이 글 속에 나오는 어머니의 사랑은 매우 짙다. 그러나 그것보다 더 값진 것은 글쓴이의 솔직성이다. 글쓴이는 자기가 가난하게 살았던 지난날과, 자기 어머니가 배고픔을 싱건지국으로 달래다가 수모를 당한 것을 숨김없이 진술하고 있다. 솔직성을 발휘하려면 용감하지 않으면 안 된다. 솔직성은 읽는이에게 가슴 아픔을 안겨 주어 진한 여운을 남기게 된다.

자기가 경험한 어떤 일을 수치스럽게 여긴 나머지, 그것을 그대로 진술하지 않는 것은 가식이고 가면이다. 가식이 어떻게 읽는이를 감동시키겠는가?

그러면 가슴 찡한 감동을 자아내는 글을 한 편 더 감상해 보자.

예전 상하이에서 본 일이다. 늙은 거지 하나가 전장(錢莊, 돈 바꾸는 집)에 가서 떨리는 손으로 1원짜리 은전 한 닢을 내놓으면서, "황송하지만 이 돈이 못쓰는 것이나 아닌지 좀 보아 주십시오" 하고 그는 마치 선고를 기다리는 죄인과 같이 전장 사람의 입을 쳐다본다. 전장 주인은 거지를 물끄러미 내려다보다가, 돈을 두들겨 보고는 "하오(좋소)" 하고 내어 준다. 그는 '하오'라는 말에 기쁜 얼굴로 돈을 받아서 가슴 깊이 집어 넣고 절을 몇 번이나 하며 간다. 그는 뒤를 자꾸 돌아보며 얼마를 가더니 또 다른 전장을 찾아 들어갔다. 품 속에 손을 넣고 한참 꾸물거리다가 그 은전을 내어 놓으며, "이것이 정말 은으로 만든 돈이오니까?" 하고 묻는다. 전장 주인도 호기심 있는 눈으로 바라보더니, "이 돈을 어디서 훔쳤어?"

거지는 떨리는 목소리로, "아닙니다, 아니에요."

"그러면 길바닥에서 주웠다는 말이냐?"

"누가 그렇게 큰 돈을 빠뜨립니까? 떨어지면 소리는 안 나나요? 어서 도로 주십시오."

거지는 손을 내밀었다. 전장 사람은 웃으면서 "하오" 하고 던져 주었다.

그는 얼른 집어서 가슴에 품고 황망히 달아난다. 뒤를 흘끔흘끔 돌아다보며 얼마를 허덕이며 달아나더니 별안간 우뚝 선다. 서서 그 은전이 빠지지나 않았나 만져 보는 것이다. 거친 손가락이 누더기 위로 그 돈을 쥘 때 그는 다시 웃는다. 그리고 또 얼마를 걸어가다가 어떤 골목 으슥한 곳으로 찾아 들어가더니 벽돌 담 밑에 쪼그리고 앉아서 돈을 손바닥에 놓고 들여다보고 있었다. 그가 어떻게 열중해 있었는지 내가 가까이 선 줄도 모르는 모양이었다.

"누가 그렇게 많이 도와 줍디까?"

하고 나는 물었다. 그는 내 말소리에 움찔하면서 손을 가슴에 숨겼다. 그러고는 떨리는 다리로 일어서서 달아나려고 했다.

"염려 마십시오, 뺏어 가지 않소."

하고 나는 그를 안심시키려 하였다. 한참 머뭇거리다가 그는 나를 쳐다보고 이야기를 하였다.

"이것은 훔친 것이 아닙니다. 길에서 얻은 것도 아닙니다. 누가 저 같은 놈에게 1원짜리를 줍니까? 각전(예전에 쓰던, 1전이나 10전짜리의 잔돈) 한 닢을 받아 본 적이 없습니다. 동전 한 닢 주시는 분도 백에 한 분이 쉽지 않습니다. 나는 한 푼 한 푼 얻은 돈에서 몇 닢씩 모았습니다. 이렇게 모은 돈 마흔여덟 닢을 각전 닢과 바꾸었습니다. 이러기를 여섯 번을 하여 겨우 이 귀한 은돈 한 닢을 갖게 되었습니다. 이 돈을 얻느라고 여섯 달이 더 걸렸습니다."

그의 뺨에는 눈물이 흘렀다. 나는, "왜 그렇게까지 애를 써서 그 돈을 만들었단 말이오? 그 돈으로 무얼 하려오?" 하고 물었다. 그는 다시 머뭇거리다가 대답했다.

"이 돈 한 개가 갖고 싶었습니다."

— 피천득의 〈은전 한 닢〉

3. 좋은 글을 쓰려면 자기의 경험부터 이야기하라

모든 글이 다 그렇지만 수필류의 글을 쓸 때에는 먼저 자기가 경험한 일화 하나를 이야기하고, 그것과 관련된 진리를 말하면 쉽게 감동적인 글을 써 낼 수 있다.

일화는 자기가 직접 경험한 이야기, 할머니나 할아버지의 이야기, 어머니나 아버지 혹은 형제들의 이야기를 끌어오는 것이 가장 좋다. 자기와 가장 가까운 것일수록 이야기는 진솔해지게 마련이다.

글은 남의 목소리나 창법을 흉내내는 것이 아니고, 자기의 목소리와 자기의 방식으로 부른 자기의 노래여야 한다.

그러면 다음에 인용한 글을 읽고, 글쓴이의 진실에 대하여 다시한 번 생각해 보도록 하자. 그 다음에는 그 진실을 여러분들의 글쓰기에 적용하여 좋은 글을 써 보기 바란다.

군 복무 중에 휴가 나온 나는 부대로 돌아가기 위하여 어머니에게잘 다녀오겠다는 인사를 하고 집을 나섰다. 후배 인이가 나를 회진포구까지 배웅해 주려고 왔다. 그가 가방을 들고 앞장섰다. 어머니는우리들을 뒤따라 나왔다. 집 모퉁이 수숫대 울타리 앞에서 헤어졌다.

우리들은 이런저런 이야기를 하며 한재 고개를 올라갔다. 숨가쁘게삼십 분쯤은 걸어야 다 오를 수 있는 가파른 고개였다. 한재 꼭대기에 이르렀을 때 후배 인이가 문득 발을 멈추더니, "아이고, 형님, 뒤좀 돌아보아 드리시오" 하고 꾸짖듯이 말했다.

한재 아래쪽 소나무 숲 사이로 우리 집 모퉁이가 보였다. 수숫대울타리 앞에 개미만하게 어머니의 모습이 박혀 있었다. 우리가 이야기에 취하여 올라오는 동안 단 한 순간도 딴 데 눈길을 보내지 않고아들의 뒷모습만 바라보고 있었을 어머니.

서른다섯 해가 지난 지금도 내 가슴속에서는 그 어머니가 그렇게고향 마을 집 모퉁이의 그 자리에 서 계신다.

아, 어머니, 우리 어머니.

— 한승원의 《키 작은 인간의 마을》 중에서

◆ **생각해 봅시다!**

1. 누구든지 햇볕 아래에 서면, 체구가 작으면 작은 대로 크면 큰대로 그림자가 생긴다. 이 말은 곧 진실은 진실대로, 거짓은 거짓대

로 그 본모습을 드러내게 마련이라는 뜻이다. 이것을 글쓰기에서는 어떻게 이해할 수 있는지 각자의 생각을 정리해 보자.

2. 모든 글이 읽는이에게 감동을 안겨 주지는 않는다. 그렇다면 읽는이에게 가슴 찡한 감동을 주기 위해서는, 글쓴이가 어떤 자세를 갖추고 있어야 하는지 설명해 보자.

제10교시
왜 볼펜 방아질만 하고 있는가
—글을 쓰기 전에 제목과 소재, 주제에 관한 생각을 가다듬어라

1. 누구든지 볼펜 방아질을 한다

여기저기에서 봄이 왔다고들 야단이다. 그러나 한 아이는 그 봄이 실감나지 않았다.

그 아이는 봄을 절실하게 느껴 보고 싶어서 들로 나가 보았다. 남쪽에서 훈훈한 바람이 불어오고, 사람들이 농사를 준비하고……. 정말

로 봄은 봄인 것 같은데, 그 아이의 가슴속 깊은 곳엔 봄이 와 닿지 않았다.

산으로 올라가 보았다. 앞산과 지평선 저쪽에서 아지랑이가 수런거리고, 보리밭에서 종달새가 표롱표롱 날아다니고, 새까만 염소가 풀을 뜯고, 마을 쪽에서는 꼬끼오 하는 수탉의 울음소리가 아스라이 들려왔다. 그래도 '아, 이것이 봄이로구나!' 하는 생각이 들지는 않았다.

'아무래도 내 감성이 둔해서 그런가 보다.'

그 아이는 이렇게 생각하면서 쓸쓸하게 자기 집으로 돌아갔다.

그런데 뜻밖에도 그 아이는 자기 집의 돌담 앞에서 깜짝 놀라 걸음을 멈추었다. 그 아이가 찾아 헤매던 봄의 실체가 바로 거기에 있었던 것이다. 돌담 사이에서 바야흐로 돋아 나오고 있는 명아주풀의 새순 하나.

이 이야기를 통해 우리는 무엇을 느낄 수 있는가?

'봄은 약동하는 계절이다. 그 약동을 느끼게 하는 실체는 어디에 있을까?'

그 아이는 어렴풋이나마 이러한 생각을 한 채 산과 들을 헤매었을 것이다. 그 때문에 그 아이는 봄바람이나 아지랑이나 종달새나 수탉이나 염소에게서는 그 생명의 약동을 절실하게 느끼지 못했다. 그러다 매우 뜻밖에도 돌담 사이에서 돋아 나오고 있는 어린 새싹 하나를 보고 나서야 비로소 그것을 느꼈다.

이 이야기를 글쓰기에 견주어 보자.

그 아이가 느끼려고 한 '봄'은 좋은 글감(대상)이라 할 수 있다. 하지만 아무리 좋은 글감이라 할지라도 그 큰 것을 통째로 글 속에 담아 내려고 하면 글쓰기가 힘들어진다. 그것의 부피와 높이와 길이가 너무나 엄청나기 때문이다. 그것을 다 담아 내려고 욕심을 부리다 보면, 끝내는 그것의 반의 반쪽도 담아 낼 수가 없다. 그것은 마치 작은 보자기 속에 산이나 바다를 담으려는 바보와도 같다고 할 수 있다.

이처럼 처음부터 큰 것을 잡으려고 하다 보면 글쓰기에 실패하기가 쉽다.

옛날에 김황원이라는 선비가 있었다. 그는 시짓기에 통달했다고 은근히 뽐내면서 스스로 오만함에 빠져 있었다. 그러던 어느 날, 그는 친구인 평양 감사를 찾아 유람을 떠났다. 평양 감사는 그를 반가이 맞아들인 뒤 을밀대로 안내하였다.

그 곳에는 대동강의 아름다운 정경을 읊은 시를 새긴 현판들이 여기저기에 걸려 있었다. 그 시들을 찬찬히 읽어 보던 김황원은 그 시에 담겨 있는 저급한 내용들을 참을 길이 없었다. 그래서 그 현판들을 모조리 뜯어 내어 불살라 버리고 말았다. 그러고는 당황하여 어쩔 줄 몰라 하는 평양 감사에게, 자기가 그 모든 것들을 깨끗하게 덮어 버릴 수 있는 명작을 지어 보이겠다고 큰소리쳤다.

이윽고 그는 을밀대의 난간에 기대어 서서, 푸른 비단을 펼쳐 놓은 듯한 강물을 굽어보며 시를 읊기 시작했다.

긴 성 한쪽으로 강물은 출렁거리며 흐르고,
드넓은 들판 동쪽 머리에는 산들이 점점이 늘어서 있구나.

한데 그 두 줄을 읊고 나니 글줄이 막혀 버리고 말았다. 아무리 머리를 이리 짜고 저리 짜 보아도 다음 구절이 이어지지 않았다. 그는 자신의 글재주가 겨우 이 정도밖엔 되지 않는가 하고 깊은 절망에 빠져 들었다. 결국 그는 자신의 부족함을 마음속 깊이 한탄한 나머지, 울면서 을밀대를 내려와 버렸다.

자신의 글재주에 대해 그토록 자부심이 강했던 그가 왜 시를 두 줄밖에는 읊지 못했을까?

그 까닭은 세 가지로 나누어 생각해 볼 수 있다.

첫째는, 너무 큰 글감(대동강의 기막힌 장관) 때문이라고 할 수 있다. 그것에 대한 감동이 너무 큰 나머지 그만 시인이 눌려 버린(압도당한) 경우이다.

둘째는, 첫머리에서 너무 큰 내용(장관)을 읊어 버린 까닭이다. 이렇게 되면, 뒤에 이어 쓸 수 있는 더 큰 말을 찾기가 몹시 어려워진다.

셋째는, 처음 두 줄에서 눈앞에 나타난 경치를 읊었으니, 다음에는 인간사를 끌어내어 읊어 나가는 것이 일반적인 순서이다. 그런데 그에게는 그럴 만한 능력이 없었을 거라는 짐작이다.

글을 제법 쓴다는 선비들도 이러한 걸 보면, 이제 글쓰기 공부를 막 시작하는 여러분들이 좋은 글을 쓰기 위해 고심하는 것은 어쩌면 당연한 일인지도 모른다.

글의 제목을 받고 나면 대부분의 사람들은, 글 쓸 거리가 얼른 잡히지 않기 때문에 볼펜 끝으로 애꿎은 종이 한복판을 꾹꾹 쑤셔 댄다. 종이 가장자리에다가 자기도 알 수 없는 지렁이들을 새까맣게 그려 댄다. 그러다가 쓸 거리가 언뜻 떠올라서 '아, 이것이다!' 하고는 몇 글자를 써 나가다가, '아니야, 이게 아니야!' 하고 절망하면서 썼던 것들을 북북 그어 버린다. 마치 실이 나오지 않아 자기가 들어갈 집을 짓지 못하는 누에처럼 고개를 홰홰 내젓곤 한다. 그리고 또 얼마쯤 뒤에 '그렇지, 바로 이거야!' 하고는 서너 줄쯤 써 나가다가 이번에는 종이를 아예 구겨 던져 버린다. 자기 머리를 쿵쿵 때려 보기도 하고, 쩝쩝 쓴입맛을 다셔 보기도 하고…….

우리는 이렇듯 글의 제목을 앞에 두고 고통스러워하는 경우가 자주 있다. 이렇게 되면 글을 쓰는 일이 재미있는 게 아니라 고문을 당하는 것과 마찬가지가 되어 버리고 만다.

2. 너무 큰 제목과 글감에 깔려 질식하지 말라

자, '가을'이란 제목을 받았다고 가정하자.

물론 이렇게 미련스러운 제목을 주는 사람들은 애초에 글 쓸 사람들을 고문하려는 의도를 가진 사람이거나, 좋은 글을 받아 낼 의사가 없는 사람이라고 봐도 무방하다.

'가을'이라는 제목은 아직 인생을 배워 가는 입장에 있는 여러분들이 쓸 수 있는 글의 제목치고는 엄청나게 큰 것이기 때문이다. 글을 쓸 여러분들이 보듬어야 할 대상(제목)이 너무 크면, 그것이 여러분들의 품속으로 들어오지 않을 뿐 아니라 여러분들의 힘으로서는 감당조차 할 수 없게 된다. 그것(제목)을 보듬기는커녕 그 밑에 깔려 죽기 십상이다.

그런데도 대개 이런 경우, 여러분들은 그 제목만큼 커다란 글감과 주제를 처음부터 들고 나선다. 자기가 감당할 수 없을지라도 말이다. 나도 여러분들만할 때는 그랬으니까.

가을, 그렇다. 가을은 퇴락하는 계절이고 이별의 계절이다…….

중학생 시절, 작문 시간에 나는 글의 서두를 이렇게 시작했다. 이 얼마나 거창한 말인가? 한껏 고심한 후에 써 낸 첫 문장이 이렇듯 큰 말이면 다음 말을 이어 쓸 수가 없게 된다. 그래서 나는 그 때 연필 방아만 내내 찧어 대다가, 결국 글다운 글을 쓰지 못하고 말았다.

3. 작은 이야기부터 시작하라

큰 강물을 거슬러 올라가 보면 조그마한 샘물에서 시작되는 것을 알 수 있다. 그 샘물에 다른 샘물이 보태지고 또 다른 샘물이 보태 지면서, 물줄기는 점차 커지다가 마침내 강물이 되는 것이다.

글쓰기도 그와 같다.

앞에서 우리는 봄을 찾기 위해 온 산과 들을 헤매어 다니다가 결 국 찾지 못하고, 집으로 돌아오는 길에 돌담 사이에 돋아난 어린 새 싹에게서 그것을 느끼게 되는 한 아이를 보았다. 글쓰기도 마찬가지 다. 글을 쓸 때는 먼저 우리 주변의 작은 것에서부터 시작해야 한 다. 씨름도 나(글쓴이)보다 힘이 약하고 체구가 작은 사람과 하게 되면, 상대가 만만하게 여겨져서 마음대로 꾀를 부려 힘을 쓸 수가 있다. 하지만 나보다 힘이 세거나 체구가 큰 상대(너무 큰 제목이나 글감)를 만나면, 여느 때 자기가 잘 쓰곤 하던 꾀나 힘을 제대로 한 번 써 보지도 못한 채 상대(제목이나 글감)에게 지고 만다.

가령 '가을'이라는 커다란 글감이 주어졌다면 대개 당황을 할 것 이다. 그렇지만 범위를 좁혀서 '귀뚜라미'나 '낙엽', '기러기' 따위 로 글감을 삼는다면 한결 덜 부담스러워진다.

그러면 '낙엽'에 관한 작은 이야기를 써 보낸 독자의 글을 한 편 읽어 보자.

올 가을도 어김없이 갈색 옷을 입은 낙엽이란 손님이 우리를 방문한다. 자신에게는 죽음이랄 수 있는 그 순간까지 아름다움을 뽐내며 우리에게 여러 가지 감정을 느끼게 하는 그들……

나는 그들을 보며 한 해도 이제 거의 저물어 가고 있다는 생각과 올해 나는 만족할 만한 생활을 하고 있는가 하는 반성을 하게 된다.

수업 시간에 아무 생각 없이 그저 하늘을 쳐다볼 때, 하늘에 닿을 듯 우뚝 솟아 있는 나무는 나약한 나를 나무라는 듯이 미동도 없다. 그러나 전혀 변하지 않을 듯이 보이는 그도 계절이 바뀔 때마다 다른 모습으로 치장하며 나를 마주본다.

이제 그는 벌거벗은 몸으로 내년의 또 다른 영광을 준비하고 있다. 그런데 지금 이렇게 흘러가는 나날처럼 한 장 한 장 떨어지는 나뭇잎을 보는 나는 과연 한 해를 어떻게 보냈는지…….

변하지 않는 것 같으면서도 내실 있는 꾸준한 변화로 미래를 준비하는 나무와는 달리 나는 겉으로는 화려하게 보이지만 한 꺼풀 벗겨 보면 아무것도 없는, 실속 없는 행동을 너무 많이 행했던 것 같다.

낙엽이 또 한 장 떨어진다. 손을 뻗어 떨어지는 낙엽 한 장을 잡아 책갈피에 곱게 끼워 넣는다. 그리고 생각한다.

이 나뭇잎이 바삭바삭 마르고, 이 나뭇잎이 있던 자리에 새순이 돋아날 때쯤이면 나는 다시 새로운 계획을 세워 내 자신을 좀더 향기 있게 가꿀 수 있을 것이라고……. 이 나뭇잎 한 장을 항상 떠올리며.

이 글의 지은이는 감수성이 아주 예민하여 대상을 자기의 정서 속에서 잘 소화하고 있고, 문장 또한 차근차근 밀도 있게 쓰고 있다. 생각을 잘 정리하여 진술하는 힘도 믿음직스럽다.

4. 작은 이야기(글감) 속에 큰 이야기(주제)를 담으라

논술을 쓸 때 유의할 점이 바로 이것이다.

우리는 글을 쓰기 전에 먼저 마음속으로 큰 이야기(강=주제)를 생각하지 않으면 안 된다. 머릿속으로 먼저 큰 강을 그려 놓은 뒤, 그것의 연원(작은 샘물=소재)에서 강으로 더듬어 내려가야 한다.

이번에는 '은행나무는 은행이라는 열매를 성취한 존재이다. 나도 그것처럼 목표를 달성하자'는 큰 생각(주제)을 한 다음, 작은 강줄기를 따라 글을 써 내려간 독자의 글을 한 편 읽어 보도록 하자.

요즘 들어 우리 학교 운동장 보도 쪽에는 은행잎들이 상당히 많이 떨어져 있다. 며칠 전까지만 해도 우리 학교의 은행나무들은 얼마 되지 않은 은행잎으로 가지를 가리고 있었지만, 지금 운동장에 나가 보면 앙상하게 가지만 내어 놓고 있다.

전에는 가끔씩 창 밖을 보면 떨어지는 낙엽을 보며 잠시나마 옛 생각을 떠올릴 수 있지만, 이제는 창 밖을 보아도 앙상하게 나와 있는 가지밖에 볼 수 없어서 무척 안타깝다.

그렇지만 이 추운 겨울이 지나가고 다시 봄이 오면 앙상했던 은행나뭇가지엔 새파란 은행잎이 다시 태어날 것이다. 그리고 여름이 오면 열매를 맺고 가을이 오면 잎이 노랗게 물이 들어 겨울이 다가오면 다시 잎이 떨어지는 것을 반복할 것이다.

우리가 열심히 노력해서 자신이 바랐던 것을 이루고 다시 다른 것을 위해 열심히 노력해서 이루는 것이나 은행나무가 그러는 것이나 비슷하다.

나는 이 때까지 무엇을 겨냥하여 열심히 노력하여 그것을 이룬 적이 없는 것 같다.

이제부터라도 어떤 것을 목표로 정하여 그것을 위해 열심히 노력하여 그 목표를 달성할 것이다.

이 글은 문장이 좀 서투르고 같은 말을 반복하는 흠이 있기는 하지만, 자기의 주장을 분명하게 나타내는 데에 성공하고 있다. 먼저 큰 생각(주제)를 분명하게 머릿속에 담고 이 글을 써 나갔고, 또한 은행나무의 삶을 세심하게 관찰한 뒤 그것을 우리의 삶에 비유하여 잘 표현했기 때문이다.

자, 이제 앞에서 공부한 내용을 간단히 정리해 보도록 하자. 글의 제목을 받고 나서 볼펜방아만 찧고 있지 않으려면 어떻게 해야 하는지⋯⋯.

(1) 무턱대고 큰 이야기부터 하려고 하면 글줄기가 막혀 버려서 실패하게 된다.
(2) 먼저 큰 강(주제)을 머릿속에 그려 놓은 뒤,
(3) 그 강을 거슬러 올라가 조그마한 샘물(소재)에서부터 이야기를 풀어 나가야 한다.
(4) 제목은 절대로 크게 정하지 말고,
(5) 자기 힘으로 감당할 수 있는 작은 것으로 정해야 한다.

봄을 느끼기 위하여 산과 들을 헤매어 다녔지만 결국 느끼지 못하고 자기 집으로 돌아오다가, 돌담 사이에서 돋아 나오고 있는 새싹에게서 비로소 느끼게 되었다는 한 아이의 이야기를 다시 한 번 생각해 보자. 멀리 떨어져 있는 덩치 큰 것을 이야기하려 애쓰지 말고, 가까운 곳에 있는 자기의 작은 이야기부터 시작하라는 뜻이다.

1. 우리는 글쓰기 과제를 받고 난 뒤, 얼른 글을 써 내려가지 못하고 연필만 원고지 위에 콩콩 찍어 댈 때가 있다. 이런 경우에는 제목을 어떻게 정하느냐가 매우 중요하다. 그렇다면 글의 제목을 어떻게 정해야 글을 무리 없이 잘 써 내려갈 수 있는지 설명해 보자.

2. 좋은 글과 그렇지 않은 글은 소재와 주제를 어떻게 잡느냐에 따라서 크게 달라진다. 좋은 글을 쓰기 위해서는 소재와 주제를 어떻게 형상화해야 하는지 각자의 생각을 말해 보자.

첫머리 쓰기는 첫숟가락질하기

—잘 쓴 글과 못 쓴 글은 '서두'에서 판가름난다

1. 첫머리 쓰기는 첫숟가락질하기와 같다

어머니께서 식탁 위에 저녁밥을 차리셨다. 이 날의 특별 요리는 갈비찜이었다. 그래서 식탁 한가운데는 갈비찜 냄비가 놓여 있었고, 그것을 중심으로 하얀 밥·된장국·생선구이·김치·구운 김·젓갈·깍두기들이 둘러앉아 있었다.

자, 우리는 이제 그 식탁 앞에서 무엇부터 먹을 것인가를 결정해야 한다. 그래야만 먼저 젓가락을 들 것인가, 숟가락을 들 것인가 하는 문제를 정할 수 있으니까.

그 때, 어머니께서 말씀하셨다.

"없힐까 싶으니까 국부터 한 숟가락 떠 먹고 다른 것을 먹기 시작해라. 천천히 꼭꼭 씹어서."

어머니께서 국을 한 숟가락 떠 먹고 나서 다른 음식을 먹으라고 하는 것은, '먼저 입 안을 국물로 적시어 혀가 잘 움직일 수 있게 한 다음, 목구멍과 위에게 음식 받아들일 준비를 하라'고 일러주려는 뜻이다.

만일 어머니의 말씀이 옳다면, 이 날 특별하게 많이 먹어야 할 음식이 갈비찜이라 할지라도, 우리는 젓가락보다 숟가락을 먼저 들고 국물부터 떠 먹어야 한다.

양식당에서 식사할 때도 그렇다. 우리는 자리를 잡아 앉은 뒤, 차림표를 보고 음식을 주문한다. 하지만 우리의 식탁 위에 가장 먼저 놓여지는 것은 방금 주문한 그 음식이 아니다. 그 음식을 먹기 전에 먼저 수프와 야채 등의 가벼운 음식(전채 요리)으로 미각을 돋운 뒤에야 비로소 주문한 음식(주 요리)을 먹게 된다. 그 식사를 마치고 나면, 끝으로 후식이 나온다. 다시 말해, 전식(전채 요리)과 본식(주 요리), 후식의 순서를 밟는다는 것이다. 이 때, 전식은 대체로 국물(수프)이고, 본식은 주문을 한 음식이며, 후식은 차나 과일인 경우가 많다(이것은 글쓰기의 짜임과 똑같다).

즉, 동양이나 서양이나 첫숟가락질은 대부분 국물 있는 것으로부터 시작한다는 것이다. 국물 있는 것은 대개 부드러우므로 그리 오래 씹을 필요가 없으며, 목구멍으로 쉽게 넘길 수 있다. 먼저 입 안의 천장과 혀와 목구멍과 위 속을 적셔 놓아, 그것들이 음식을 받아들일 준비를 하게 해 놓은 다음 본식을 먹는 것이다.

하지만 우리는 우리가 좋아하는 갈비나 돈가스가 식탁 위에 차려져 있는 것을 보면, 한 점이라도 빨리 먹고 싶은 마음에 "아아, 맛있는 갈비다!", "야아, 돈가스다!" 하면서 고기부터 집어 먹을 때가 있다. 이렇듯 국물로 목을 축이지도 않은 채 질긴 갈비나 기름진 돈가스를 먼저 먹게 되면 위가 놀라 체하게 마련이다.

가령 우리가 영양 보충을 하기 위해 그것을 먹어야 한다면, 그것을 어떻게 먹어야만 체하지 않는지, 또 몸 속 곳곳에서 고른 영양을 섭취할 수 있는지 생각하지 않으면 안 된다.

화가 고흐는 화폭에 그려야 할 '무엇'이 깃들기 전에는 붓을 들지 않았다고 한다. 화폭에 '무엇'인가가 깃들게 되려면, 먼저 머릿속에 어떤 그림인가가 그려져야 한다. 또 머릿속에 어떤 그림이 그려지게 하려면, 그 전에 그려야 할 대상을 세심히 관찰해야 한다. 뿐만 아니라 자신이 왜 그 대상을 그리려 하는지에 대해서도 깊이 생각해 보아야 한다. 그래야만 그 그림을 어디에서부터 어떻게 그릴 것인가를 결정할 수 있기 때문이다.

글쓰기도 마찬가지다. 쓰려는 내용이 종이 위에 선명하게 나타나지 않으면 펜을 들지 않아야 한다. 어떻게 써야겠다는 대강의 요령이 떠올랐다고 해서 섣불리 펜을 들면, 가장 중요한 부분 몇 마디, 즉 글의 중간에 나와야 할 말들이 먼저 튀어나와 버리기 쉽다. 그렇게 되면 겨우 그 몇 줄만 써 놓고 난 뒤, 다음을 이어 쓰지 못해 쩔쩔매게 된다.

2. 첫 문단, 첫 문장, 첫 낱말

나는 그믐달을 몹시 사랑한다.

그믐달은 요염하여 감히 손을 댈 수도 없고, 말을 붙일 수도 없이 깜찍하게 예쁜 계집애 같은 달인 동시에 가슴이 저리고 쓰리도록 가련한 달이다…….

— 나도향의 〈그믐달〉 중에서

이 글은 첫 문장을 '나'로 시작하고 있다. 이처럼 '나'로부터 시작하는 글쓰기는 매우 평범하고 쉬운 서두법(첫머리 쓰는 법)이라 할 수 있다. 그래서 많은 사람들이 이러한 글쓰기를 즐겨 하는데, 이 방법은 글이 매우 순탄하게 풀린다는 장점을 지니고 있다.

그렇다고 '나'라는 말을 반드시 앞에 써야 할 필요는 없다. 그렇게 하지 않아도 '나'로부터 시작되고 있음을 쉽게 알아차릴 수 있는 글도 있으니까.

오늘 아침 자습 시간에 같은 반 친구 은영이로부터 빨간 색지에 쓴 고운 편지를 받았다. 편지 속 이야기를 대하던 중, 가장 반가웠던 사연은, "믿음아, 오늘 눈이 온다더라"였다.

또 글의 제목이 명사일 경우에는, 바로 그 명사를 첫머리의 첫 낱말로 삼을 수도 있다.

겨울.

내가 '겨울이구나' 하고 생각이 든 때나, 누군가가 그렇게 말하면, 내 마음은 고삐 풀린 망아지 혹은 갈 곳 없는 떠돌이처럼 괜히 들뜨고 설레인다.

글쓰기에 자신이 없는 사람일수록 첫 문장은 길게 쓰지 않는 편이 좋다. 첫 문장이 길어지면, 그것을 매끄럽게 마무리하기가 힘들어지기 때문이다. 첫 문장은 가능한 한 짧게 끊어 쓰는 것이 좋다. 다시 말해, 첫 문장에서부터 멋을 잔뜩 부려 장황하게 쓰려고 하면, 내용이 얽히고설켜서 써 나갈 방향을 놓쳐 버리기 쉽다는 것이다.

3. 주제와 밀접한 관계가 있는 첫머리

사람은 누구든지 어머니 뱃속에서 막 태어날 때, "응아!" 하고 소리를 지른다. 그것은 절대로 아파서 내는 소리가 아니다. '내가 이 세상에 태어났음'을 알리는 외침인 것이다. 다시 말하면, 이 세상에 자기가 분명하게 있다는 사실(존재)의 확인인 셈이다.

사람들은 그 '응아' 소리를 질러 대는 순간부터 자기 삶의 폭과 깊이를 조금씩 넓혀 나가기 시작한다. 자기로부터 가족으로, 가족에서 나라로, 나라에서 세계 인류 사회로…….

우리가 이 세상을 '살아가는 의미나 가치'는 태어나면서 외친 그 첫소리, 즉 '응아' 소리가 가지고 있는 의미 그 이상도 그 이하도 아니다. 우리가 학교에서 공부를 하는 것, 장차 직장인이 되어 나와 내 가족, 내 나라, 세계 인류를 위하여 끊임없이 분투하는 것도 따지고 보면, '자기의 존재 확인' 그 이상도 그 이하도 아니기 때문이다.

결국 글의 첫머리도 태어남의 첫소리인 그 '응아' 소리와 마찬가지다. 새로 태어난 아기가 그 우렁찬 소리로 주위 사람들의 마음을 사로잡듯이, 글의 첫머리에서도 읽는이의 관심을 끌어낼 수 있어야 한다. '응아' 소리의 우렁찬 정도를 두고 사람들이 아기의 건강과 미래를 점치게 되는 것처럼, 글의 첫머리에서도 말하려는 대상이나 내용, 그 글을 쓰는 목적 등을 내비춰 주어야 한다. 그래야만 읽는 이가 글의 방향을 쉽사리 잡아낼 수 있으니까. 다시 말해, 글의 첫머리는 주제로 나아가는 길목의 안내자 정도로 생각하면 되겠다.

다음 글은 첫 문장과 주제가 아주 밀접한 관련을 맺고 있다. 이 글의 지은이가 첫 문장을 왜 그렇게 시작했는지, 글 전체의 흐름을 파악하면서 꼼꼼히 살펴보길 바란다.

나는 우리 나라가 세계에서 가장 아름다운 나라가 되기를 원한다. 가장 부강한 나라가 되기를 원하는 것은 아니다. 내가 남의 침략에 가슴이 아팠으니 내 나라가 남을 침략하는 것을 원치 아니한다. 우리의 부력(富力)은 우리의 생활을 풍족히 할 만하고, 우리의 강력(强力)은 남의 침략을 막을 만하면 족하다.

오직 한없이 가지고 싶은 것은 높은 문화의 힘이다. 문화의 힘은 우리 자신을 행복되게 하고 나아가서 남에게 행복을 주겠기 때문이다.

지금 인류에게 부족한 것은 무력도 아니요, 경제력도 아니다. 자연 과학의 힘은 아무리 많아도 좋으나, 인류 전체로 보면 현재의 자연 과학만 가지고도 편안히 살아가기에 넉넉하다. 인류가 현재에 불행한 근본 이유는 인의가 부족하고 자비가 부족하고 사랑이 부족한 때문이다. 이 마음만 발달이 되면 현재는 물질력으로 30억이 다 편안히 살아갈 수 있을 것이 인류의 이 정신을 배양하는 것은 오직 문화이다.

나는 우리 나라가 남의 것을 모방하는 나라가 되지 말고, 이러한 높고 새로운 문화의 근원이 되고 목표가 되고 모범이 되기를 원한다. 그래서 진정한 세계의 평화가 우리 나라에서, 우리 나라로 말미암아서 세계에 실현되기를 원한다. 홍익 인간(弘益人間)이라는 우리 국조(國祖) 단군의 이상이 이것이라고 믿는다.

— 김구의 〈내가 원하는 나라〉 중에서

4. 모든 글은 '나'와의 관계로부터

찬바람이 불면 코와 귓불이 유난히 빨개져 겨울을 그리 달갑게 여기지 않는 나이지만, 눈만 오면 끈 풀린 강아지처럼 유난을 떨며 무조건 밖으로 나가고 본다.

아파트 옆 터미널의 시끄러움까지 덮어 버린 새하얀 눈 위에서 마음껏 뒹굴고 뛰어다닌다. 그러다 보면, 이 세상에 나 혼자 남겨진 듯한 기분에 휩싸여 코 아래로 흘러내리는 콧물까지 잊어버리기 일쑤이다.

깊은 밤에 아무도 모르게 내려 발목까지 수북이 쌓인 눈. 그것도 모르고 깊이 잠든 사람들을 제쳐두고 아무도 밟지 않은 그것을 밟고 호흡할 때의 기분은 게으름뱅이들은 알지 못하는 아주 특별한 것이다.

눈부시도록 하얀 눈을 바라보면서 그것은 어쩌면 산타 할아버지가 만인에게 주는 유년의 꿈과 추억이 아닌가 하는 생각을 한다. 어른들에게는 어린 시절의 기억과 낭만을 선물하고…….

코트에 묻은 눈을 털고 흐르는 콧물을 힘껏 들이킨 뒤, 다음 번의 더 희고 깨끗한 눈을 기약하며 아쉬운 발걸음을 집 쪽으로 이끈다.

안에서 내다본 눈이 유독 새하얀 겨울이다.

글쓴이는 이 글에서 나와 '눈', 혹은 나와 '겨울의 추위'와의 관계를 이야기하려 한 듯하다. 글은 이렇게 자기와 관계 깊은 사람,

즉 절친한 친구나 부모님, 형제 중 누구한테 이야기를 하듯이 편한 마음으로 써 나가는 것이 가장 좋다.

글은 자기가 쓰려고 하는 대상(글감)이 이러이러할 때에, '나'는 그것에 대하여 어떤 반응을 나타내는가를 잘 관찰하여 말(진술)하는 것이다. 좋은 글을 쓰려면 그 진술 속에는 다음과 같은 것들이 들어 있어야 한다.

그 대상은 나에게 어떤 의미와 가치를 지니고 있는가. 나는 왜 하필 그 대상에 대하여 이렇게 생각하고 있는가. 그 대상에 비추어 볼 때, 결국 '나'라는 인간은 무엇이며 어떤 의미와 가치를 지니고 있는가.

글의 첫머리는 바로 그러한 이야기들의 첫 실마리를 풀어 내는 곳이다.

앞서 인용한 글은 첫머리와 중간 부분을 아주 매끄럽게 진술하고 있다. 하지만 끝으로 가면서 조금씩 힘이 없어지더니, 나중엔 다소 엉뚱하게 끝을 맺어 버려 읽는이로 하여금 아쉬움을 자아내게 한다.

그 이유는 무엇일까? 그것은 그 대상(글감)은 나에게 무엇이며 어떤 의미를 지니고 있는지, 나는 그 대상에 대하여 왜 이런 진술을 하고 있는지에 대해 깊이 생각해 보지 않은 채 펜을 들었기 때문이다.

어떤 사람이 써놓은 한 편의 글은 그 사람이 가지고 있는 실력을 한데 합쳐서 만들어 낸 조형물(모양을 가진 물체)이라 할 수 있다. 그러므로 자기의 생각을 제대로 표현해 낼 만한 실력을 기르는 것은 참으로 중요한 일이다.

1. 한 편의 글에 있어서 첫 문장은 처음 마주치는 사람의 첫인상과도 같다. 그렇기 때문에 첫 문장은 그 글에 있어 매우 중요한 구실을 한다. 그렇다면 좋은 글을 쓰기 위해서는 첫 문장을 어떻게 쓰는 것이 좋을지 서로 이야기해 보자.

2. 글의 첫머리는 주제로 나아가는 길목의 안내자라고도 할 수 있다. 이러한 글의 첫머리에는 어떠한 내용을 담는 것이 좋을까?

제12교시
줄곧 달려가야 하는 골인 지점
—글 마무리 잘 돼야 잘 쓴 글 된다

1. 먼저 골인 지점을 설정해야

남편은 징용에 끌려가 목숨을 잃고, 아들은 월남전에서 가루가 되어 돌아오고, 기댈 데라곤 손자 하나밖에 없는 늙은 여자가 있었다. 그런데 어느 날, 손자까지 여자 문제로 칼부림을 하다가 세상을 떠나고 말았다. 손자가 죽은 지 며칠 뒤, 그 늙은 여자는 가슴이 찢기는 듯한 고통을 억누르며 밭에 앉아 김을 매었다. 그 때, 누군가 우

리 민요 〈아리랑〉을 부르면서 재를 넘어갔다. 다 알다시피 〈아리랑〉
에는 아주 재미있는 가사가 있다.

　　나를 버리고 가시는 임은 십 리도 못 가서 발병 난다.

'사랑하는 임아, 나를 버리고 가려는 생각일랑 아예 버려라.' 이
것은 임과 이별하기 싫은 우리 선인들의 마음을 매우 잘 표현하고
있는 것이다. 이 노래를 들은 그 늙은 여자는 슬프게 중얼거렸다.
　"발병도 안 나고 잘만 가더라."
　이것은 내가 쓴 소설 〈아리랑 별곡〉에 나오는 대목이다. 결말 부
분에 나오는 이 말은 이 소설의 주제를 한 마디로 함축하고 있다.
사랑하는 사람을 잃지 않으려고 몸부림을 쳐도 그들은 내 곁을 잘만
떠나가더라는 한스러움. 모든 것을 다 잃고도 살아 배기려는 인간의
생명력…….
　나는 이 소설을 쓰기 전에 이미 이 결말을 머릿속에 담고 있었다.
그리고 그 결말을 향해 모든 이야기를 몰고 갔던 것이다. 글을 잘
쓰는 비결은 이렇듯 글을 쓰기 전에 먼저 골인 지점을 확실하게 설
정하는 것이다. 아무리 좋은 줄거리가 만들어졌다 하더라도, 또 아
무리 좋은 인물이 설정되었다 하더라도 결말 부분이 마련되어 있지
않으면 글을 써 나가지 않는 게 바람직하다.
　만일 첫머리로서 그럴듯하다 싶은 문장이나 일화 하나가 머릿속에
떠올랐다고 해서, 무작정 써 나가게 되면 오래지 않아 쓸 말이 막혀
글쓰기를 중단할 수밖에 없다. 써 나가는 도중에 결말을 정하게 되
면, 이 때껏 써 온 것들과 방향이 달라져 그것들이 모두 쓸모 없어
지기 십상이니까.

나는 소설을 삼십 년째 써 오고 있는데, 어떤 소설을 쓰든지 맨 먼저 결말 부분을 미리 머릿속에 마련해 놓은 다음 첫 문장을 쓰기 시작한다. 그렇기 때문에 결말 부분이 떠오르지 않으면 절대로 펜을 들지 않는다.

글쓰기는 여행이나 마라톤과 똑같다. 출발점(출발선)이 있고 도착 지점(골인 지점)이 있다. 부산에 가려고 작정했다면 자기가 살고 있는 곳의 터미널이나 기차 역에서 출발하여 반드시 부산에 도착해야 한다. 순간순간의 느낌이나 분위기에 휩쓸려, 대전이나 대구에서 내려 버리면 안 되는 것이다. 출발 역(출발선)은 종착 역(골인 지점)으로 달려가기 위하여 있는 것이고, 골인 지점은 그 경기를 끝맺음하기 위하여 있는 것이다.

대개의 마라톤 출발선은 곧 골인 지점이라는 사실, 그것은 아주 재미있는 의미를 지니고 있다. 어떤 글의 첫 문장은 곧 그 글의 결말이 갖고 있는 의미와 닿아 있다는 뜻이기 때문이다(특히 논술의 경우, 결말은 반드시 서두와 긴밀한 연관을 가져야 한다).

"……자기가 죽거든 자기 입던 옷을 꼭 그대로 입혀서 묻어 달라고……."

이것은 황순원이 쓴 〈소나기〉의 결말 부분이다. 이것은 작가 황순원이 그 소설의 끝 부분에 설정해 놓은 골인 지점이다. 작가는 결국 이 한 마디의 말을 하기 위하여 그 기나긴 이야기를 한 것이다. 그 결말에는 주제가 함축되어 있다. 다시 말해, 소설 속에 등장하는 소년과 소녀의 모습을 통해 이 세상에서 가장 순수한 사랑을 보여 주려는 작가의 마음이 담겨 있다는 뜻이다.

2. 골인 지점에서 뒤집어엎는 콩트의 묘미

결말 부분(골인 지점)이 특히 중요한 것은 콩트에서이다. 대개의 작가들은 콩트를 쓸 때, 마지막 부분에서 독자들이 예상치 못했던 방향으로 이야기를 뒤집어엎어 버린다. 물론 그러기 위해서는, 그렇게 해도 될 만한 복선(독자들에게 주는 암시)을 깔아 두어야 한다.

우리가 잘 아는 모파상의 〈목걸이〉는 단편 소설이면서도 콩트의 묘미를 아주 잘 살려 내고 있는 작품이다.

평범한 하급 공무원의 아내인 르와젤 부인은 아름답고 매력적인 외모를 지니고 있었지만, 집안 형편이 어려워 치장할 만한 옷이나 보석이 마땅찮은 게 늘 불만스러웠다. 그러던 어느 날, 그녀는 부자 친구에게 다이아몬드 목걸이를 빌려 걸고 파티에 나가 즐겁게 놀다 집으로 돌아왔는데……. 옷을 갈아입다 보니 목걸이가 어디로 사라지고 없었다. 하릴없이 그녀는 그것과 똑같은 목걸이를 사기 위해 많은 빚을 지게 되었고, 그 빚을 갚기 위해 10년 동안이나 갖은 고생을 다해야 했다. 그 때문에 예전의 모습을 찾아볼 수 없을 만큼 초라하게 변해 버린 그녀는 산책길에 우연히 목걸이의 주인인 옛 친구를 만나게 되었다. 친구에게 그간의 사정을 이야기하자, 친구는 깜짝 놀라 말했다. "어머, 내 목걸이는 가짜였는데……."

모파상은 "어머, 내 목걸이는 가짜였는데……"라는 말 한 마디를 준비해 놓고 그 이야기를 써 나간 것이다. 결국 〈목걸이〉의 주제는 그 한 마디 속에 다 들어 있는 셈이다. 가짜 목걸이 하나가 허영심 많은 한 여인의 운명을 바꾸어 놓았다는……. 하지만 가짜 목걸이 때문에 운명이 바뀐 사람이 어디 그 여인 한 사람뿐이겠는가? 어쩌면 세상 사람들은 모두 그 여인처럼 뜻 없는 무언가에 얽매여 헛살고 있는지도 모른다. 그래서 모파상은 그 한 마디를 통해 독자들에게 묻고 있다. '우리 삶의 진실은 무엇이며, 그것은 어디에 있는가?' 라고…….

이와 같이, 콩트 쓰기의 재미는 결말 부분에 가서 독자를 감쪽같이 속이는 데에 있다. 독자가 전혀 예상하지 못한 곳에 골인 지점(결말)을 설정해 놓고 독자를 이끌어 가는 것이다. 수필을 쓰거나 논술을 쓸 때도 골인 지점을 미리 설정해 놓고 써 나가야 하는 것은 똑같다. 나룻배가 건너가야 할 강 저쪽에는 나루터가 있고, 기차가 달려가는 그 끝에는 종착 역이 있는 것처럼…….

3. 결말은 죽어 가는 사람의 유언과도 같다

'응아!' 하고 힘껏 소리를 지르며 태어난(삶의 출발선에 오른) 우리 모두의 종착점은 죽음이다. 그렇다면 우리는 죽음을 맞기 전에 무엇을 어떻게 이룩해야 하고, 죽은 다음에는 무엇을 남겨야 하고, 또 마지막에는 무엇을 말해야 할까?

수없이 많은 가르침을 남긴 부처님은 제자들에게 "나는 아무 말도 한 적이 없느니라"고 했고(이 세상이 텅 비어 있음을 가리킴), 예수님은 십자가에 못 박히며 "아버지, 왜 날 버리시나이까?" 하고 절망(인간의 절대적인 외로움)했다. 또 어떤 사람은 "문을 열어라"고 했고, 어느 한국인 의사는 "내 몸을 제자들의 실험용으로 제공한다"고

했으며, 어느 스님은 "화장을 해서 날려 버리되, 절대로 나를 위해 비석을 만들지 말라"고 했다.

그들이 남긴 유언들은, 앞에서 이야기한 것들을 한데 마무르는 글의 결말(골인 지점)처럼 아주 깊고 높으며 보석처럼 값진 것(진리 혹은 우리 삶의 진실)이다. 결국 우리가 글을 쓴다는 것은 이처럼 결말 부분에서 독자들에게 우리 삶의 진실을 들려 주려는 것이다.

그러면 이번에는 서두와 결말을 아주 잘 처리하고 있는 독자의 글한 편을 읽어 보도록 하자.

오늘은 아침부터 운이 없다. 나와 관련된 모든 사람으로부터 꾸중을 들었다.

아침에 늦잠을 자고 나서 허둥지둥 바쁘게 집 안을 돌아다녔다. 이를 딱하게 보신 어머니께서, "무슨 애가 그렇게 게으르니?" 차를 타러 나오는데 차 안의 운전수 아저씨께서 "또 늦었군. 너만 타는 건 아니니깐 빨리 나와!" 오늘은 이것만……. 하지만 오늘은 꾸중의 여신이 나에게 마음이 있었나 보다.

조회 시간. 이를 어째! 분명히 넣어 두었는데, 난 몰라.

"성적표 안 가지고 온 사람, 오늘 청소하세요."

선생님의 말씀에 나는 한숨만 푹푹. 아이들은 만세 삼창.

1교시 시작. 안 걸리겠지? 날짜를 보니, 오늘은 9번대만 걸리는 날이잖아?

결국 오늘 하루, 나만 걸리고 혼나고 또 걸리고 또 혼났다.

집에 돌아오는 길. 정말 오늘은 피곤한 하루였어. 열심히 수다를 떠는데, "학생, 회수권 제대로 넣은 거야?" 이건 또 웬 날벼락이냐.

"넣었는데요."

아, 창피해. 누명까지 쓰다니.

내일부터는 제발 꾸중의 여신이 운 나쁜 나에게 질려서 멀어져 갔으면 좋겠다. 그런데 이것은 또 무슨 호통 소리인가.

"수남아! 가방은 챙기고 자는 거니?"

이 글의 지은이는 매우 익살스런 진술을 하고 있다. 미리 글의 결말을 설정해 놓은 다음 글을 써 나갔기 때문에 서두나 결말을 짜임새 있게 구성하고, 또 조리 있게 써 나갈 수 있는 것이다. 그런데 이 글쓴이는 문장을 너무 과감하게 생략하는 버릇이 있어 독자를 당황하게 만든다. 가능하면 하나하나의 문장을 완결시켜 놓은 후에, 다음 이야기로 넘어가는 여유로운 습성을 들이는 것이 좋겠다. 물론 어떤 사실을 분명하게 전달하려는(형상화하려는) 노력 또한 꾸준히 해야 한다.

특히 논술의 끝마무리에서는 반드시 글 전체의 논지를 요약하여 제시해야 한다. 그러기 위해서는 내용의 핵심을 간결하고 명확하게 서술하는 게 좋다. 용 한 마리를 다 그린 다음, 마지막으로 두 눈에 검은 점을 찍어 살아나게 하듯이. 그런 의미에서 다음의 글을 한 번 읽어 보자.

요즘 시중에는 많은 상품권이 유통되고 있다. 추석을 맞아 웬만한 소비업체에서는 선물용 상품권을 발행하는 등 상품권 유통 붐이 일고 있는데, 여기서 파생된 문제점 역시 적지 않다.

상품권을 보면 금액이 80% 이상을 구입했을 때에는 잔액을 현금으로 거슬러 주게 되어 있다. 하지만 많은 업체에서는 이 금액으로 다른 물품을 구입하도록 종용하거나 현금 영수증이라는 것을 끊어 주고 있다. 그리고 세일 품목에 대해서는 상품권을 가지고 쇼핑을 나가 보면, 현금 사용의 불편을 덜기 위해 만들어진 상품권이 현금을 사용할 때보다 훨씬 많은 애로 사항이 있음을 알게 된다. 우리는 지난 1월 구두 상품권을 발행한 ○○사의 부도로 겪었던 많은 피해 사례를 아직도 기억하고 있다. 19년 만에 부활된 상품권 유통의 올바른 정착을 위해서라도 이상의 문제는 시급히 고쳐져야 할 것이다.

　상품권이 업계의 얄팍한 상술에만 이용되는 것이 아니라, 진정 어린 정성과 마음을 담은 선물이 될 수 있기를 바란다.

─허정의 〈상품권의 불편〉 중에서

4. 끝마무리를 방해하는 것들

　글을 써 나가다 보면, 끝마무리를 제대로 하지 못하게 방해하는 것들이 있다.

　첫째, 자기가 쓰려고 하는 글의 주제가 무엇인지 확실하게 인식하지 못하면 글의 끝마무리를 망치게 된다.

　밀양에 있는 표충사에 가서, 땀을 흘리곤 한다는 비석을 구경하려고 마음먹었다면 가다가 대전이나 대구에 내리지 말고 곧장 밀양으로 달려가야 한다. 구경할 거리가 많은 경주로 가는 차가 보이더라도 바꾸어 타서는 안 된다. 옆자리에 앉은 여학생이 아무리 예쁘더라도 따라가서는 안 되며, 가장 친한 친구가 중간에 내리자고 손을 잡아 끌어도 과감히 물리치고 기어이 밀양 역으로 달려가야 한다. 그리하여 표충사의 바로 그 비석 앞에 서야 한다.

　둘째, 지나치게 잘 쓰려고 하는 욕심이 끝마무리를 망쳐 놓는다.

　낙동강의 도도한 물너울과 들판을 살피다가 내려야 할 밀양 역을 놓쳐 버리고 허둥대는 수가 있다. 여행을 떠나는 사람에게는 저마다 자기가 멈추어 서야 할 역이 있게 마련이다. 마라톤 또한 반환점을 분명하게 돌고 나서 정해진 골인 지점으로 달려가야 한다. 글도 마찬가지이다. 욕심이 넘치면 멈추어 서야 할 곳(끝마무리)을 지나쳐 버리는 수도 있고, 그 곳을 찾지 못해 다른 데서 헤매는 수도 있다.

셋째, 끝마무리에 대한 생각이 너무 약하면 끝마무리를 망치기 쉽다.

용 한 마리를 그린 다음에는 그것의 눈 한가운데다 검은 눈동자를 분명하게 찍어야 한다. 너무 크지도 않고 너무 희미하지도 않은, 그 그림에 알맞게 검은 점을 찍어야 용이 생명을 얻어 살아나게 된다. 줄곧 맨 앞에서 달리던 마라톤 선수가 골인 지점을 1미터쯤 남겨 두고 쓰러져 일어나지 못하게 된다면 어떻게 될까?

◈ 생각해 봅시다!

1. 글쓰기는 여행이나 마라톤과 똑같다. 그렇기 때문에 반드시 출발점이 있고 도착점이 있으며, 그것은 서로 길게 맞닿아 있다. 그렇다면 글쓰기에 있어서 글 마무리(결말)는 여행이나 마라톤에서의 도착점이라고도 볼 수 있다. 여행이나 마라톤에서 반드시 다다르지 않으면 안 되는 도착점, 즉 글 마무리는 어떻게 하는 것이 좋은지 말해 보자.

2. 글 마무리를 아무리 잘 하려 해도 자꾸만 머리 끝을 따라다니며 그것을 방해하는 것들이 있다. 그것이 과연 무엇인지 이야기해 보자.

제13교시
글 잘 쓰는 천재들의 거짓말은 믿지 말라
—글은 다듬을수록 빛이 난다

1. 글 잘 쓰는 사람들도 거듭 고쳐 쓴다

한 신문의 신춘 문예에 소설이 당선된 어느 신인 작가에게 기자가 물었다.

"이번에 당선된 귀하의 소설을 읽어 보니까, 문장이 아주 매끄럽고 아름다울 뿐 아니라 주제 또한 감동적이었습니다. 그 동안 습작을 많이 해 온 모양이지요?"

그런데 그 신인 작가의 대답은 뜻밖이었다.

"이번에 당선된 제 소설은 난생 처음 써 본 것입니다. 애초에 소설가가 되겠다고 작정했던 게 아니라, 궁한 김에 상금이나 타 먹자는 생각이었거든요. 그래서 일 주일 만에 갈겨쓴 다음, 쉼표 하나 고치지 않고 곧바로 응모했습니다."

옛날에 시를 잘 짓는다고 소문난 선비가 한 명 있었다. 그는 자신을 찾아온 벗이나 후배들에게 새로 쓴 시를 내 보이면서 이렇게 말하곤 했다.

"이거, 간밤에 영감이 떠올라서 잠깐 써 본 건데, 한번 읽어 보게나."

그 시를 읽고 난 그의 벗이나 후배들은 한결같이 감탄을 금치 못했다.

"이건 사람이 쓴 게 아니야, 신선이나 귀신이 쓴 것이지."

그만큼 그 선비가 골라 쓴 말(시어)이나, 사물을 바라보는 섬세하고 정교한 눈, 또 그 시에서 노래하고 있는 세계의 아름답고 고움은 남달랐던 것이다.

한 후배가 매우 궁금히 여기며 그에게 물었다.

"선생님께서는 이렇게 적절한 말들만 골라서 표현하기 위해 얼마나 심사숙고하셨습니까? 아주 많은 시간 동안 명상을 하셨겠지요? 도대체 몇 번이나 고쳐 쓰고 다듬고 하십니까?"

그 말에 선비는 고개를 회회 저으면서 당당하고 거연하게 말했다.

"천만에! 나는 시문을 지으면서 이미 쓴 것을 고쳐 쓰거나, 그 가운데서 어느 부분을 잘라 내는 등의 다듬는 일은 전혀 해 본 적이 없어. 나는 처음에 한번 휘갈겨 써 놓으면, 그것으로 끝이거든. 그러고는 깨끗이 잊어버리지."

"네에! 아하!"

후배는 경솔한 질문을 던졌다는 생각이 들어 금세 얼굴이 빨개졌다.

얼마 후, 선비가 소변을 보기 위하여 잠시 자리를 떴다. 그 때 후배는 뜻밖에도 기막힌 것 하나를 발견하였다. 선비가 깔고 앉았던 방석의 한 귀퉁이 밑에서 뾰쪼롬이 비어져 나온 희끗한 것……. 그것은 선비가 시를 쓸 때 사용하는 종이였다. 후배는 얼른 방석을 들춰보았다. 순간 하늘의 해가 하나 더 떠오르는 것처럼 눈앞이 한층 밝아지는 것을 느낄 수 있었다. 후배는 이번에야말로 진정 감동 어린 목소리로 "아하!" 하고 탄성을 질렀다. 그 방석 밑에는 '간밤에 잠깐 썼다'고 하며 선비가 자랑스럽게 내 보였던 시의 초고와, 그것을 세 번 네 번 새까맣게 고쳐 쓴 종이가 수북하게 쌓여 있었던 것이다.

그런데 시 잘 짓는다고 소문난 그 선비는 왜 그런 거짓말을 하곤 했을까? 그 이유는 간단하다. 글을 쓰는 사람들은 대개 자신의 천재성을 노골적으로 자랑하고 싶어하기 때문이다.

2. 아들딸에게 물려준 가장 큰 유산

나는 고향 마을에다 서재를 새로이 마련한 뒤, 책과 살림살이들을 그리로 옮길 때에 아들딸 셋을 앞에 불러모았다. 그들은 모두 평생 동안 글을 쓰기 위해 대학에서 현대 문학을 전공하고 있었다.

"너희들에게 보여 줄 것이 있다."

아들딸들은 매우 궁금해하는 눈치였다. 이윽고 나는 책장의 맨 밑 서랍에 숨겨 놓았던 원고 뭉치와 대학 노트들을 꺼내 놓았다. 그것들은 내가 젊은 시절에 쓴 원고들이었다. 물론 대학 노트들 또한 대학 시절 강의 내용을 받아 적어 놓은 것들이 아니었다.

소설을 처음 쓰기 시작했을 무렵, 나는 그 첫 원고(초고)를 대학 노트에다 먼저 깨알같이 썼다. 그런 다음 그것을 원고지(두 번째 원고)에 옮겨 쓰고, 그 원고지의 것을 또 다른 새 원고지(세 번째 원고지)에 고쳐 정리하고, 그것을 또다시 다른 새 원고지(네 번째 원고)에 옮겨 썼다. 그것도 시원치 않으면 새까맣게 뜯어고친 다음, 또 한 번 새 원고지(다섯 번째 원고)에 옮겨 적었다. 그리하여 그 다섯 번째 것을 잡지사에 넘기곤 했다.

그러니까 책장 밑에 들어 있는 그 원고 뭉치들은 그러한 나의 흔적들인 셈이었다. 지금은 이미 책으로 엮어져 나와 있는 것들지만, 몇 차례나 고쳐 썼던 단편 소설의 원고들, 또 중편 소설이나 장편 소설의 초고를 비롯하여 두 번째 세 번째 고친 원고들…….

내가 꺼내 놓은 원고 뭉치나 대학 노트들은 눌눌하게 색이 바래 있는데다 검은 곰팡이까지 슬어 쿰쿰한 냄새가 코를 찌르고 있었다. "나는 그것을 난생 처음으로 일 주일 만에 갈겨 쓴 것입니다" 하고 자신의 천재성을 자랑하는 작가들이 우글거리는 이 세상에 비춰 본다면, 30년 동안 소설을 써 온 작가로서 그런 흔적들은 창피스럽다고 해야 할지도 모른다.

나는 아들딸들에게 그것을 한 장 한 장 넘겨 보이면서 말했다.

"보아라, 나는 어떤 글이든지 이렇게 최소한 네댓 번씩은 고쳐 써서 발표했더니라. 이 곰팡내 나는 원고 뭉치들은, 그러니까 좋은 쪽으로 말한다면 너희 아버지가 매우 성실한 작가라는 사실을 말해 주는 것이고, 나쁜 쪽으로 말한다면 세상에서 가장 우둔한 작가임을 말해 주는 것이다."

아들딸들은 말을 잃고 있었다.

"그 사이 내 작품들에게 아주 많은 상이 주어졌지. 나는 그것들이 모두 나의 소설들이 정말로 잘 쓰여졌기 때문에 주어졌다기보다는, 좋은 작품을 쓰기 위해 열심히 그리고 꾸준히 노력하는 나의 작가적 태도를 가상히 여겨 주어졌으리라고 생각한다."

아들딸들은 모두 고개를 떨어뜨렸다.

"그런데 왜 내가 작가로서 창피할 수도 있는 이 흔적들을 일찍이 없애 버리지 않고, 이렇게 너희들 앞에 내놓았는지 그 까닭을 아느냐?"

나는 아들딸들에게 생각할 시간을 주느라고 한동안 뜸을 들였다가 다시 말을 이었다.

"우리들 눈앞에 드러나 있는 것들은 모두 빙산의 일각에 불과하다는 걸 말하려는 것이다. 즉 눈부시게 번쩍거리는 것들의 뒤쪽에는 은밀하게 숨겨진 피와 땀들이 헤아릴 수 없을 만큼 많다는 거지. 그리고 어떤 일이든 한 번 해 봤을 때 뜻대로 이루어지지 않았다 해서 쉬이 절망하지 말라는 것, 이 세상의 모든 천재는 반드시 성실과 노력으로 이루어진다는 것을 알려 주려는 것이다."

3. 절망하며 글을 쓴 뒤, 희망을 가지고 고친다

아들딸들의 눈에 얼핏 물이 고이고 있었다.

"나는 문장 하나하나를 절망하면서 쓴다. 작가는 어떤 사상(事象, 관찰할 수 있는 형체로 나타나는 사물이나 현상)을 표현하든지 가장 알맞은 낱말을 동원할 수 있는 능력이 탁월해야 하는데, 내가 끌어 올 수 있는 낱말들은 겨우 이 정도뿐이로구나. 내가 표현해 낼 수 있는 주제라는 것도 기껏 이 정도뿐이던가. 고작 이만큼의 감동밖에는 줄 수가 없는 것인가. 글을 정말로 재미있고 진지하고 아름답고 신비하고 지적으로 쓸 수는 없는 걸까.

글을 끝맺고 나서도 나는 이렇게 절망한다. '아아, 내가 삶의 원리나 우주의 뜻에 대해 깨달았다고 믿었던 것도 한낱 이 정도에 불과했구나' 하고, 만년필과 원고지를 내던진 채 몇 날 며칠을 방황한다. 그러다 문득, '한번 작정하고 나선 자가 이렇게 물러서다니!' 하고는 다시 책상 앞으로 돌아와 앉는다. 선배들의 좋은 작품들을 구해서 읽고, 동양과 서양의 고전들을 훑고, 그것들을 내 삶 내 작품에 비춰 보고 내 삶의 의미들을 찾는다. 도를 닦듯이 말이다. 그러면서 나의 어떤 점을 어떻게 교정해야 할 것인지 골똘하게 생각한다."

나는 의분에 찬 목소리로 말했다.

"그러고는 다시 고쳐 쓰기 시작한다. 써 두었던 것을 성난 얼굴로 냉정하게 들여다보며, 전혀 새로운 작품을 쓰듯이 밤을 새워 과감하게 고쳐 쓰는 것이다. 기왕에 한번 시작해 놓은 나의 작품이 이렇게 저렇게 완성되는 모습을 그려 보면서 한 문장 한 문장씩을 고쳐 나가는 것이다. 기껏 써 놓은 어떤 대목은 과감하게 잘라내 버리고, 부족하다 싶은 이야기는 덧붙이고……."

아들딸들은 냄새 나는 원고 뭉치들을 만지작거리고만 있었다. 나는 이렇게 결론을 지었다.

"너희들이 내 뜻을 알아들었다면, 이것들은 이제 필요 없으니 불에 태워 버려라."

그러자 큰아들이 고개를 힘껏 내젓더니 결연하게 말했다.

"아버지, 태우지 않겠어요. 이것들은 앞으로 제가 소중히 보관하겠습니다."

그러자 딸이 눈시울을 붉히며 맞장구쳤다.

"그래요, 이것들은 정말 귀한 것들이에요."

4. 도둑질하듯이 공부하기, 도둑질하듯이 글 다듬기

학창 시절, 나에게는 언제나 함께 다니는 친한 친구가 한 명 있었다. 그 친구는 공부를 얼마나 잘하는지 사람들이 모두 천재라 일컬을 정도였다. 그런데 이상한 점은 나하고 늘 붙어 다니며 놀 것 다 놀았는데도, 시험만 치면 1등을 한다는 것이었다. 쉬는 시간에라도 잠시 공부를 하기는커녕 "시험, 그것 조금 잘 보면 뭐하냐?"하면서 짓궂게 장난만 치기가 일쑤였다.

그러던 어느 날, 나는 그 친구의 집에서 하룻밤을 보내게 되었다. 그 친구와 나는 저녁 내내 즐겁게 놀다가 함께 잠자리에 들었다. 그런데 새벽 두 시쯤이었을까? 부시럭부시럭하는 소리가 나서 눈을 떠 보니, 그 친구가 책상 앞에 앉아 공부를 하고 있는 것이었다. 그제야 나는 그 친구의 정체를 알아차릴 수 있었다. 그 친구는 도둑처럼 남몰래 공부를 해 왔던 것이다.

이윽고 날이 밝았다. 내가 자리에서 일어나 세수를 하고 난 뒤에도 그 친구는 쿨쿨 자고 있었다. 학교에 가자고 흔들어 깨우자, "야, 나 30분만 더 잘 테니까 깨우지 말아라"하고 드르렁드르렁 코까지 곯아대었다.

글을 고치고 다듬는 일도 마찬가지다. 주제를 염두에 둔 채 구성을 하고, 또 좋은 표현들을 동원하여 썼다 해도 그 글을 처음 그대로 제출하지는 말라. 한 번 고치고 또 한 번 고치고 또다시 고치고 ……. 도둑질을 하듯이 은밀하고 세심하게 글을 다듬어야 한다. 의미가 불분명하거나 적절하지 않은 낱말을 쓰지는 않았는지, 각 문장의 호응 관계는 올바른지, 시간은 맞게 표현되어 있는지, 글 전체가 하나의 주제로 통일되어 있는지 ……. 그러고는 시치미를 뚝 뗀 채, "나는 이 글을 대번에 쓴 거야. 난 한 번 쓴 것을 절대로 다시 들여

다보지 않거든. 한 번 쓰기도 지긋지긋한데 왜 두 번 세 번 들여다 보니?" 하고 당당하고 거연하게 말하라.

당당하고 거연한 이 말은 여러분들의 천재성을 한껏 뽐내 줄 것이다. 그것은 여러분들 자신뿐 아니라, 여러분들이 쓴 글을 위해서도 매우 좋은 일이다. 왜냐하면 글을 쓴 사람의 천재성은 그 사람의 글을 훨씬 신비롭고 지성적이고 아름답게 보이도록 하니까.

5. 보이는 계단과 보이지 않는 계단

그러면 이쯤에서 독자의 글 한 편을 감상해 보는 게 어떨까?

'이크!'

아픈 것은 둘째치고 얼굴이 달아올랐다. 층층의 모서리들이 예리한 계단에서 뛰다가 오늘도 여지없이 창피한 모습을 보이고 만 것이다. 성미가 급한 탓일까. 나는 계단을 오르내리다가 이렇게 발을 헛디디는 경우가 많다. 교복 치마를 입고서 학교 계단을 두세 칸씩 오르다가 넘어진 기억도 난다. 다리가 길지도 않으면서 매번 무리를 하는 것이다.

쯧쯧 하고 혀를 차는 청소부 아주머니의 시선을 뒤로 한 채 얼른 내려와 버렸다. 다친 곳은 벌겋게 부어 올랐다. 오래지 않아 퍼렇게 피멍이 들 터이다.

벌써 몇 번째인가. 난 매사에 욕심이 많고, 자꾸 무리를 하는 편이다. 항상 숨이 차도록 계단을 여러 칸씩 오르는 것도 그렇지만, 무슨 계획이나 목표를 거창하게 세우는 것도 그러하다. 성적을 올리겠다고 마음먹어도 1점 2점씩을 꾸준히 올리겠다는 것이 아니라, 더 큰 점수에 욕심을 냈다가 실패하고, 그러한 나에 대하여 실망만 한 적도 많다. 다이어트를 한다고 무리한 목표 체중을 설정해 놓고 영양 실조가 되도록 먹지 않아 버리기도 하였으며, 만일 그 방학 계획표를 잘만 지켰다면 정말 완벽한 사람이 되었을지도 모르는, 사실은 다 지키지 못하고 말 것이 뻔한 거창한 계획을 세웠다가 낭패를 당하곤 했었다.

매번 욕심이 과하게 작용하곤 한 것이었다. 좀더 빨리 계단을 여러 칸씩 오르다가 넘어진 것처럼 무리한 욕심들은 결국 나를 원점으로 되돌려 놓곤 했다.

우리의 이런 생활이 다 계단이 아닐까. 한 계단씩을 천천히 착실하게 올라가는 과정보다는 재빨리 다 오른 후의 모습에만 신경을 쓰게 되면 오히려 남는 것이 없게 된다고 가르쳐 주는 계단.

차근차근 해내는 모든 과정은 참으로 소중하다. 모두들 다 해낸 다음에 느껴지는 뿌듯함 또한 계단 오르기와 같은 것이다. 복권 당첨으로 번 돈은 마구 쓰게 되지만, 열심히 한 푼 한 푼 번 돈은 더 소중하게 느껴져 절약하는 것처럼.

에스컬레이터를 놔 두고 계단을 뛰어오르는 나를 보며 친구가 웃긴다고 한 이야기가 생각난다. 왜 편리한 문명의 이기를 이용하지 않느냐고. 그렇지만 계단을 하나씩 밟으며 차근차근 오르는 것은 그 문명의 이기를 이용하여 힘들이지 않고 오르는 것과는 비교도 안 되는 성취감을 느낄 수 있다. 다리를 무력화시키지 않게 되고, 심장과 허파를 강하게 하고, 해냈다는 자신감을 가지게 하고.

우리 집 위층에 사는 꼬마가 '하낫 둘 셋 넷……' 하고 헤아리며 오르곤 하는 것처럼 이런저런 생각에 잠긴 채 계단을 하나씩 밟아 본다. 내 인생도 이렇게 차근차근 높은 곳으로 올라가야 한다는 다짐을 하면서.

이 글의 지은이는 실제로 우리가 밟고 다니는 계단과 우리 삶 속에 숨어 있는 또 다른 계단에 대한 자신의 생각을 아주 조리 있게 풀어 내고 있다. 다만 몇 가지 아쉬운 점은 군데군데 보이는 어색한 표현들과, 문장의 앞뒤가 맞지 않는 대목이 더러 있다는 것이다. 그것은 글을 다 쓴 다음 신중하게 훑어보며 여러 차례 고치고 다듬지 않은 까닭이다. 그러므로 글쓴이는 글을 쓸 때, 한 번 쓴 글을 몇 차례 되풀이 읽어 가며 고치고 또 고친 다음 새 원고지에 깨끗이 옮겨 쓰는 습성을 들이는 것이 좋겠다.

이번에는 아주 고급한 말들을 구사하고 있는 글 한 편을 살펴보도록 하자. 고급한 말들은 글을 지성적으로 보이게 하는 장점이 있지만, 나타내려는 대상이나 주제가 명확하게 잡히지 않는다는 단점도 지니고 있다. 그럼에도 불구하고 이 글의 지은이는 글 짜는 솜씨와 감수성이 뛰어나서 문장에 힘이 넘쳐나며, 표현 방법 또한 매우 우수해 보인다.

힘차게 걸었다. 천천히 걸었다. 그러나 발자국 소리가 들리지 않을 정도로 조심히 걸었다. 이 끝없는 암흑과 등골이 오싹해지는 묘한 불안감에 점차 다리에 힘이 빠지고 만다. 이리 무섭고 캄캄한 것은 블랙 홀…… 그것인가? 아니다. 발 밑에 짚이는 이 차갑고 딱딱한 것은, 두려움에 신경이 무뎌진 내 발바닥을 자꾸만 때리고 있다. 이건 계단인 것이다. 한 걸음 한 걸음에 '절망' '두려움' '혼란'이라는 푯말을 달고 무겁게 내딛는다. 언제쯤 이것을 떼어 낼 것인가.

이 검은 무한대에서 조그만 빛이 새어 나오고 있다. 아주 조그마하고 동그란 것이 계속 내 눈을 괴롭힌다. 그것이 무엇일까? 그 빛은 내 몸을 내려와 발 밑의 계단을 지나쳤다. 순간 나는 놀랐다. 그 조그만 빛을 내비친 것은 실로 엄청나게 많은 계단인 것이다. 그 빛이 힘을 다하지 못해 보여 주지 못한 곳에는 내가 그렇게도 두려워하던 '암흑'이 존재하고 있었다.

저절로 힘이 솟는다. 그 암흑에서 멀어지기 위해, 그리고 점점 커져만 가는 빛을 따라 숨가쁘게 계단을 올랐다. 조그맣게 들렸던 숨소리가 뭉치고 뭉쳐져 아주 거칠어졌다. 끝은 어딜까? 작은 희망의 빛에 너무 큰 기대를 해 버린 나는, 앞서 걸어왔던 암흑의 십분의 일도 안 되어 지치고 싫증을 내고 있었다. 홧김에 커다란 굉음을 내며 발바닥을 힘차게 내리쳤다. 그 소리가 울려 가고 또 울려 가 아주 들리지 않을 때, 전면이 하얀 그 곳을 마주쳤다. 하얗기만 했던 그 곳에 점점 파랗고 붉고 노란 것이 보인다. 빛에 익숙해지기까지는 오랜 시간이 필요했다. 까맣고 하얀 것이 몇 번 더 지나가더니 파랗고 붉고 노란 그것이 더 선명하게 내 앞에 있었다. 이 곳은 옥상인 것이다.

천천히 걸었다. 힘차게 걸었다. 배까지 오는 보호막에 걸음을 멈추고 고개를 떨군다. 11자를 엇갈리는 방향으로 그리는 차들이 요란한 소리를 낸다. 점으로밖에 보이지 않는 사람들이 다양한 색채로 돌아다닌다. 그리고 체크 무늬의 빌딩들이 서 있다. 사방에……. 내 밑에는 그런 것들이 있다. 내 앞에는 멀찍이 우두커니 서서 나를 응시하는 고령의 산과 하늘의 반. 내 위에는 눈을 뜨지 못할 찬란함을 발하는 황색의 태양과 그 빛에 반사된 깨끗한 구름, 그리고 코발트빛의 높고 푸른 무한대인 하·늘·이 있다.

신선한 바람이 나부끼는 고층 빌딩의 옥상에서 나는 절망에서 희망, 씨앗에서 열매를 맺는 나무가 되기까지의 과정을 맛본다. 계단이라는 너무도 이중적인 냄새를 풍기는 중매쟁이를 통해서…….

◆ **생각해 봅시다!**

1. 이 세상에는 천재라고 자처하는 사람들이 무척 많다. 글을 쓰는 사람들 중에서도 그런 사람들은 무수히 만날 수 있지만, 사실 훌륭한 글을 단박에 써 낼 수 있는 순도 100%의 천재를 발견하기는 어렵다. 왜 그런지 그 이유를 밝혀 보자.

제14교시
세상에서 가장 아름다운 진실 혹은 꿈의 세계
―동화와 동시 쓰는 요령을 익혀라

1. 동화 쓰기

여섯 살 먹은 아이의 거짓말

여섯 살 난 동생이 내가 학교에 가고 없는 사이에 내가 애지중지하는 나의 앙증스러운 낫을 들고 꼴을 베러 나갔다. 아버지가 며칠 전에 대장간에서 만들어다가 준 낫이었다. 학교에서 돌아오는 나와 꼴을 베고 있는 동생은 들길 한가운데에서 마주쳤다.

한데 동생의 손에 들려 있는 낫 끝이 5센티미터쯤 끊어져 버리고 없었다.

"아니, 너 이것 어찌 된 거야?"

하고 내가 낫을 빼앗아 들면서 묻자 동생은 대뜸 "저쪽에서 파랑새 한 마리가 날아오더니 이 낫 끄트머리를 덥썩 잘라먹고 날아가 버렸어" 하고 대답했다.

"뭣이 어쩌고 어째? 이 자식 거짓말 하는 것좀 보게? 파랑새가 어떻게 낫 끄트머리를 잘라먹는단 말이냐?"

나는 기막혀 하면서 소리쳐 말했다.

"참말이여."

동생은 까만 눈을 깜박거리며 진정으로 우겨댔다.

또 한 아이의 거짓말

초등학교 일학년인 한 아이가 학교에서 돌아오자마자 자기의 어머니에게 이렇게 말을 했다.

"엄마, 우리 학교 변소 속에 아기가 하나 빠져서 응아응아 하고 울고 있어."

어머니는 그 아이를 앞세우고 학교로 달려갔다. 어머니는 사려 깊었으므로 덮어놓고 선생님께로 달려가 그 말을 하지 않았다. 아이를 앞장세우고 아기 빠져 울고 있다는 변소간 안으로 들어가 보았다. 두 눈으로 확인한 다음에 그 아이의 담임 선생님에게 말을 하려는 것이었다.

어머니가 변소간 속을 샅샅이 살펴보았지만 아기는 없었다.

"정말로 아기가 울고 있었어?"

"그래요."

"어디에서?"

"여기서요."

아이는 까만 눈을 깜박거리며 말했다.

현실과 동화적인 현실

이런 경우 여섯 살 동생의 말은 진실인가. 정말로 파랑새가 낫 끄트머리를 잘라먹은 것인가. 형의 꾸중을 모면하기 위해 꾸며 댄 말인가. 어린아이의 머리로 어떻게 파랑새가 쇠로 된 낫 끊어먹는 행위를 생각해 낼 수 있었을까.

또 한 아이는 어떻게 변소간 속에서 아기가 빠져 울고 있다는 말을 한 것일까.

그 거짓말은 어떤 의미를 지닌 것인가.

어린이들의 성장 과정에는 '동화기'가 있다. 이 시기에 아이들은 현실과 꿈 속의 현실을 분별하지 못한다. 머릿속으로 상상한 것과 현실 속에서 본 것을 분별하시 않고 그냥 '어디에서 이러이러한 것을 보았다'고 말한다. 그것을 어른들은 거짓말이라고 무시하거나 추궁을 한다.

그들의 거짓말 아닌 거짓말을 무조건 거짓말이라고 규정지어 버리거나 무시해 버리는 사람은 동화나 동시를 쓸 자격이 없다.

동화를 쓰려는 사람은 먼저 현실과 동화적인 현실을 분별할 줄 알아야 하고, 또 그 두 현실을 분별하지 않고 한데 버물러 형상화시킬 줄 알아야 한다.

다음의 동화 한 편을 읽어 보자.

아기별 공주는 참으로 기이한 섬 하나를 발견했습니다. 섬의 한가운데에 동산이 하나 있고 거기에는 초가 한 채만 있었습니다. 마당은 겨우 다섯 걸음쯤의 넓이였고 담이나 울타리도 없었습니다. 마당 밖으로는 검은 갯바위들만 있고, 거기에는 굴과 해초들과 게와 새우와 어린 물고기들이 사이좋게 살고 있었습니다.

아기별 공주는 마당 끝에 선 채 그 초가를 살폈습니다.

초가의 툇마루 위에 이상스러운 한 젊은이가 앉아 있었습니다. 그 젊은이는 머리칼과 수염들이 어깨와 가슴을 덮을 만큼 길었고 어지럽게 헝클어져 있었습니다. 아기별 공주는 섬찍 무서운 생각이 들어서 뒷걸음질을 쳤습니다. 바다에 산다는 도깨비가 생각났습니다. 그러나 곧 그 젊은이를 보고 놀란 스스로를 꾸짖었습니다. 그 젊은이는 혼자서 콧노래를 흥얼거리고 있었습니다.

'아하, 그 엄마 꿀벌이 이 젊은이한테도 콧노래 부르는 법을 가르쳐 주었나 보다.'

자세히 보니 그 젊은이는 서서 걸어다닐 수 없는 장애인이었습니다.

그 초가 모퉁이에는 짚 더미가 쌓여 있었습니다. 젊은이는 검불을 깨끗하게 추려 낸 샛노란 속짚으로 새끼를 꼬고 있었습니다. 얼마나 새끼를 열심히 꼬았는지, 젊은이의 손바닥은 부르텄고 손가락들은 빨갛게 닳아져 있었습니다. 그는 이 때껏 꼰 새끼줄들을 국수의 사리처럼 사려 묶어서 다른 모퉁이와 뒤란에 쌓아 놓았습니다. 그 새끼줄의 사리 더미는 처마보다 더 높았습니다.

젊은이의 수염과 머리칼들 속에서 밤 하늘의 별처럼 빛나는 것이 있었습니다. 두 눈이었습니다. 하늘 나라에 살고 있는 한 동무별의

해맑은 등불을 생각나게 하는 눈.

"아저씨는 무얼 하려고 이렇게 새끼를 꼬는 거예요?"

아기별 공주는 그 젊은이에게 물었습니다.

젊은이는 새끼 꼬는 손길을 멈추지 않은 채 빙그레 웃기만 했습니다.

아기별 공주는 호기심 때문에 견딜 수가 없었습니다.

"그것으로 고기를 잡으려고 그래요?"

"네가 보다시피 나는 걸을 수가 없는 사람이지 않니? 그런데 어떻게 고기를 잡을 수 있겠니?"

젊은이는 고개를 더 세차게 저었습니다.

"그럼 그 새끼줄을 다른 어부한테 팔려고 그래요?"

젊은이는 다시 고개를 저었습니다.

"제발 좀 가르쳐 주셔요. 무엇을 하려고 그렇게 새끼를 계속해서 꼬고 계시는지?"

젊은이는 한동안 새끼를 꼬기만 하다가 입을 열었습니다.

"보름달을 우리 집 앞에 묶어 놓으려고 그런다."

"네?"

"앞으로 두고 보아라. 우리 집 앞에는 밤이면 밤마다 보름달이 떠 있을 것이다."

"그것은 말도 안 되는 소리여요."

아기별 공주는 그에게, 그것이 하늘의 법과 이치에 맞지 않은 말임을 설명해 주려고 했습니다. 젊은이는 아기별 공주가 그 설명을 하려고 입을 열기 전에 고개를 저으면서 말했습니다.

"어떤 일을 참으로 열렬히 소망하고, 정성을 다하면 되지 않은 일이 없다고 우리 어머니가 그러셨다. 나는 내가 오래 전에 한번 소망한 대로 끊임없이 하고 있는 것이다."

그의 늙은 어머니가 조개를 잡으러 갔다가 돌아오고 있었습니다. 아기별 공주는 아들에게 허황된 소망을 가지도록 거짓말을 한 어머니에게 따지고 싶었습니다.

"할머니의 가엾은 아들은 평생 동안 이루어지지 않을 일을 하고 있습니다. 할머니는 양심의 가책도 없으십니까? 보름달을 묶어 놓는 일, 그것이 할머니의 가엾은 아들의 소망대로 되리라고 생각하십니까?"

"그렇단다. 정말로 보름달을 묶어 놓겠다고 소망하면……실제 하늘의 보름달은 아닐지라도 그 아이의 마음속의 보름달은 항상 환히 떠 있지 않겠니?"

하고 나서 그의 늙은 어머니는 이렇게 덧붙였습니다.

"세상의 일은 소망한 어떤 결과보다는 그 소망을 위하여 열과 성의를 다하는 과정이 더 중요한 것이란다."

—한승원의 동화 《별아기 바다꿈》 중의 〈새끼 꼬는 젊은이의 섬〉 전문

(1) 동화는 시간 순서로 진술해야 한다

동화를 읽는 사람은 대개 어린이들이다. 동화 독자의 생각은 매우 단순하다. 그러므로 사건을 진술하는 순서를 시간 순서에 따라야 한다. 그렇지 않으면 혼란을 일으킬 수도 있다.

(2) 단문을 써야 한다.

잠에서 깨니 해가 중천에 떠 있었으므로, 영철이는 자리에서 일어나기가 바쁘게 세수를 하였고, 서둘러 아침밥을 먹고, 책가방을 들고 학교로 달려갔습니다.

동화에서는 복문이나 중문은 피해야 한다. 읽는 사람이 어린이들이므로. 복문과 중문은 그들의 정서를 혼란시키는 것이다. 위의 문장은 다음과 같이 고쳐야 한다.

잠에서 깨니 해가 중천에 떠 있었습니다. 영철이는 자리에서 일어나기가 바쁘게 세수를 하였습니다. 서둘러 아침밥을 먹었습니다. 책가방을 들고 학교로 달려갔습니다.

(3) 한 작품 속에 등장하는 인물은 두 사람이나 세 사람쯤이어야 한다.

〈새끼 꼬는 젊은이의 섬〉이라는 이 동화에서는 아기별 공주와 젊은이와 그의 어머니 이렇게 세 사람만 등장한다.

(4) 구성은 단순해야 한다.

동화 〈새끼 꼬는 젊은이의 섬〉에서는 세 사람만 등장하므로 세 주인공 사이의 갈등 대립이 있을 뿐이다.

　1) 아기별 공주가 한 섬에 들어서서 장애인 젊은이를 발견한다.

　2) 젊은이의 희망을 안타까워하는 아기별 공주

　3) 깨닫게 해주고 싶은 아기별 공주

　4) 어머니와 아기별 공주의 만남

　5) 어머니가 한 말— '마음속의 달과 소망을 가지고 열과 성을 다하며 사는 삶의 고귀함에 대하여'

(5) 주제가 교훈적이기는 하되 설교적이어서는 안 된다. '아름다운 진실' 이상으로 교훈적인 것은 없다. 그러나 그 아름다운 진실이 겉으로 드러나지 않고 이야기 속에 용해되어 있어야 한다.

말하자면 젊은이의 삶 그 자체가 '아프면서도 아름다운 진실'인 것이다.

(6) 동화는 소년 소설과 다르다.

소년 소설은 현실 속의 어떤 이야기를 소재로 하는데, 동화는 꿈 속의 현실과 현실을 섞고 버물러 승화시킨다.

(7) 동화에서는 대개 경어체의 문장을 쓴다.

평서체 문장은 냉철하고 딱딱하고 속도가 빠르다. 거기에 비하여 경어체 문장의 맛은 따뜻하고 부드럽고 인자하고 공손하고 속도가 완만하다. 타이르고 달래는 듯한 잔잔한 호소력이 있다.

2. 동시 쓰기

동시를 쓰려는 사람은 아이들의 마음을 가져야 한다. 아이들의 마음은 시인의 마음이기도 하다.

아이의 마음이 되는 것은, 이 세상의 그 어떤 무엇을 보든지 그것을 전혀 새롭게 발견하는 마음이 되는 것이다.

세상을 배워 가는 아이들은 눈에 띄는 것이면 무엇이든지 "저것이 무어야?" 혹은 "어째서 그러는 거야?" 하고 묻곤 한다.

"비는 왜 하늘에서 내려?" 하고 물었을 때 어른이 "구름이 비가 된단다" 하고 대답을 하면 "왜 구름은 생겨났어? 그것이 왜 비가 돼?" 하고 또 거듭 묻는다.

"저 산모퉁이에 바가지 엎어놓은 것 같은 것, 저게 무어야?"

"무덤이란다."

"무덤이 무어야?"

"죽은 사람을 땅에 묻어 놓은 것이란다."

"왜 사람은 죽어?"

"나이를 많이 먹으면 다 죽는단다."

"사람들은 왜 나이를 먹어?"

아이들의 발견하려는 의심은 한도 끝도 없이 계속되고 발전한다.

그렇다고 그 어린 것에게 사전적인 설명을 해 줄 수도 없고 과학적인 지식을 동원하여 설명을 해 줄 수는 없다. 그것은 아이들을 더욱 혼란에 빠뜨리는 것이니까.

그럼 어떤 대답을 해 주어야 하는 것인가. 아이에게는 어떤 해답이 필요한가. 삶의 참모습 혹은 아름다운 순리에 대한 이해가 필요한 것이다.

바람이
숲속에 버려진 빈 병을 보았습니다.

"쓸쓸할 거야."

바람은 함께 놀아 주려고
빈 병 속으로 들어갔습니다.
병은
기분이 좋았습니다.

"보오, 보오."

맑은 소리로
휘파람을 불었습니다.

—문삼석의 〈바람과 빈 병〉

위의 동시에는 빈 병과 바람이 등장한다. 그것은 관계를 맺고 있다. 관계는 사귐이다. 그것들의 사귐을 알아낸 것은 아름다운 진실의 발견이다. 아이들의 세계에서는 존재하는 모든 것들이 다 살아 있고, 가슴과 머리를 가지고 있고, 그러므로 그것들은 생각하고, 눈물을 가지고 있다.

> 논바닥 황토에 빨간 오리밥
> 황새 먹이하라고 빨간 오리밥.
> 하얀 눈밭에 빨간 찔레 열매
> 산새 굶지 마라고 빨간 찔레 열매.
>
> —손동연의 〈먹이하라고〉

위의 시 두 줄에 등장하는 것은 논바닥, 오리밥, 황새들이고, 뒤의 두 줄에 등장하는 것은 눈밭과 찔레 열매와 산새들이다. 그들은 긴밀하게 관계지어 있고, 그 관계는 우주의 순리를 말해 준다. 시인의 역할은 그 원리를 발견하는 것이다. 한데 그것이 아이의 눈을 통하고 있는 것이다.

여기에서 재미있는 것은 이 시 속에 들어 있는 음악성이다. 그 음악성은 아이들이 그 오리밥이나 찔레 열매를 보고 고개와 어깨를 들썩거리며 노래하듯 소리쳐 대는 모습을 떠오르게 하고, 읽는 사람의 가슴으로 하여금 즐거운 춤사위를 아주 단순하게 그리며 손뼉을 치게 만든다.

또 하나 재미있는 것은 시 속에 이야기가 들어 있는 것이다. 그 이야기는 동화적이고 전설적이고 신화적인 것이다. 그리고 그 속에는 질긴 생명력이 담겨 있다.

◆ **생각해 봅시다!**

1. 동화, 동시 쓰는 마음은 어떤 마음인가?

2. 동화의 문장은 왜 단문이어야 하고 왜 등장 인물이 많지 않아야 하고 구성이 단순해야 하는가?

3. 동시를 쓰는 사람의 역할은 결국 무엇이겠는가?

4. 동화에서는 왜 경어체를 쓰곤 하는가?

제15교시
숨통을 틔워 주는 편지글
—기사문, 일기문, 편지글엔 진실이 담겨야 한다

1. 개가 사람을 물었다는 것과 사람이 개를 물었다는 것

요즘 젊은이들이 가장 선호하는 직종 중의 하나가 바로 신문사나 방송국의 기자라고 한다. 그래서 입사 시험철이 되면, 출세의 길이라도 열린 것처럼 지망생들이 몰려들어 '언론 고시'라는 말까지 생겨났다. 오래 전에 내 친구 한 명도 대학 졸업을 앞두고, 어느 신문사 기자 시험에 응시했었다. 그 때도 신문 기자는 대단한 인기 직종이었다.

독자가 많기로 소문난 그 신문사 기자 시험에는 지망생들이 구름같이 몰려들었다. 그 신문사에서는 일차적으로 서류 심사를 하여 50명 정도를 가려 뽑은 다음, 합격자에 한하여 필기 시험과 면접 시험을 치렀다. 시험장은 어느 중학교의 교실이었다. 그 날 일찍 시험장에 나온 응시자들은 수험 번호에 따라 지정된 좌석에 차례로 앉았다. 첫째 시간에는 영어, 둘째 시간에는 상식, 셋째 시간에는 기사문 작성이었다.

그 셋째 시간에 일어난 해괴한 사건을 이야기하겠다.

셋째 시간이 시작됨을 알리는 종이 울리자, 시험관 두 사람이 교실로 들어왔다. 한 시험관은 응시자들에게 백지를 한 장씩 나누어 주었고, 또 다른 시험관은 응시자들의 뒤쪽에 가서 감독할 채비를 하였다.

시험 문제는 "기사문 작성의 여섯 가지 요소를 서술한 뒤, 어떠한 것이 기삿거리가 될 수 있는지에 대해 논술하라"는 것이었다. 응시자들은 반듯반듯한 글씨로 답을 써나가기 시작했다.

내 친구는 시험 문제가 너무나 쉽다고 코방귀를 뀌면서 한달음에 '누가, 언제, 어디서, 무엇을, 왜, 어떻게' 라고 썼다. 그리고 개가 사람을 물었다는 것은 기삿거리가 되지 않지만, 사람이 개를 물었다는 것은 기삿거리가 된다고 줄줄이 늘여 썼다. 바로 그 때, 누군가 교실 문을 세차게 두들겼다. 그러자 교탁 앞에 서 있던 시험관이 문을 열었다. 시험관은 깜짝 놀라며, "웬일이십니까?" 하고 물었다. 그와 동시에, 한복을 차려 입은 중년 여인이 문 안으로 들어서더니, 다짜고짜 시험관의 멱살을 움켜잡았다.

"네놈이 피하면 대관절 어디까지 피할 수 있을 것 같으냐? 나는 내 술값 떼어먹은 놈이 가는 데라면, 저승까지라도 쫓아가서 모조리 받아 내는 사람이다."

"아이고, 여기까지 와서 이러시면 어떻게 합니까? 그렇지 않아도 오늘 저녁에 가서 다 갚으려던 참인데……."

멱살을 잡힌 시험관은 당황하여 어쩔 줄 몰라 하며 여인을 복도로 끌어 냈다. 그 광경을 지켜 본 응시자들은 뜻밖의 사태에 한결같이 명한 표정을 지었다.

"삼 년 묵은 술값이다, 이놈아."

"그 동안 제 집사람이 아파서 입원비를 대느라 그리 되었으니 양해하시고……."

시험관이 통사정을 하면서 자기의 멱살을 잡은 여인의 손을 떼어내려 애썼다. 실랑이가 한동안 이어지려나 했더니, 곧 수위 두 사람이 달려와 여인을 복도 밖으로 끌고 나갔다. 여인은 수위들에게 끌려가면서도 연신 악다구니를 써댔다.

"저런 것들이 신문사 간부라고?"

이윽고 시험장 안으로 들어온 시험관은 비뚤어진 넥타이와 와이셔츠 칼라를 바르게 고친 뒤, 응시자들을 향해 어색하게 웃으며 사과를 했다.

"제가 워낙 칠칠치 못한 사람이라……응시자 여러분들의 정서를 불안하게 해 드려서 대단히 죄송합니다."

그리고 갑자기 정색을 하더니 이렇게 말을 이었다.

"방금 이 곳에서 일어난 사건에 대하여, 5분 안에 기사를 작성해 주시기 바랍니다."

그제야 응시자들은 아차 하고 정신을 차렸다. 그 사건은 일부러 그렇게 연출된 것이었으며, 그에 관한 기사문 작성이 이번 시험에서 가장 중요한 문제였던 것이다. 이것을 뒤늦게 깨달은 내 친구는 몹시 당황했다. 그래서 5분이 다 지나가도록 겨우 이렇게밖에 쓰지 못했다.

4일 무슨무슨 신문사 기자 채용 시험장에 한복 차림의 중년 여인 한 명이 나타나, 시험관의 멱살을 잡고 외상값을 3년째 갚지 않는다며 소란을 피웠다. 시험관은 시험장 밖 복도로 끌려 나가 여인에게 이 날 저녁에 가서 모두 갚겠노라고 통사정을 하였지만, 여인은 막무가내였으므로 수위 두 사람이 달려와 그 여인을 끌어 냈다.

2. 기사문은 어떻게 써야 하나

결국 내 친구는 보기 좋게 낙방하고 말았다. 오랜 세월이 지난 후, 제 친구는 자신이 '기사문 작성 요령'을 제대로 알고 있지 못했기 때문에 빚어진 일이라고 말했다. '누가, 언제, 어디서, 무엇을, 왜, 어떻게' 했다는 6가지 원칙(육하 원칙)이 모두 들어가 있다 해도, 기사문의 작성 요령을 터득하시 못하면 좋은 기사문이 나올 수 없다는 것을 나중에야 알아차린 것이다. 그렇다면 기사문은 어떻게 써야 하는 것일까?

첫째, 간결하고 정확하게 써야 한다. 기사문은 사실을 사실 그대로 알리는 데 목적이 있으므로, 장황한 설명이나 수식이 필요 없기 때문이다.

둘째, 객관적으로 써야 한다. 자신의 주관적인 생각이나 판단이 들어가게 되면, 기사의 생명인 공정성을 잃게 될 뿐 아니라 독자의 편견을 자아낼 수 있다.

셋째, 기사거리가 되는 대상에게는 냉정하되, 독자에게는 친절해야 한다. 기사거리를 이성적인 눈으로 포착한 뒤에는, 독자가 이해하기 쉬운 평범한 낱말과 문장으로 표현해야 한다는 것이다. 만일 독자가 알아듣지 못하는 말들로 표현해 버린다면, 기사문이 가지는 사실 전달의 사명을 다하지 못하게 되기 때문이다.

넷째, 육하 원칙 가운데서 어떤 원칙에 치중할 것인가를 결정해야 한다. 가령 호랑이 한 마리가 종로 한복판에서 잡혔다면, 그것이 동물원에서 탈출한 호랑이인지, 백두산의 야생 호랑이인지에 초점을 맞춰야 한다. 또 잡은 사람이 열다섯 살짜리 소년이라면, 그 소년이 화제거리가 될 것이다. 만일 잡힌 곳이 어느 음식점의 부엌이었다면, 이 경우엔 그 장소에 치중해야 한다.

다섯째, 기사는 표제 및 부제·전문(줄거리 또는 요약)·본문으로 구성하는 것이 좋다. 표제나 부제를 통해서 그 기사가 어떤 내용인지 감을 잡게 한 뒤, 바쁜 사람은 전문만 읽고도 사건의 대강을 알게 하고, 좀 덜 바쁜 사람은 본문까지 읽어 더 자세한 내막이나 그 전모를 속속들이 알게 하자는 것이다.

표제는 기사문 맨 위의 큰 글씨를 가리킨다. 기사의 내용을 압축, 요약하여 몇 구절로 표현한다. 표제만으로도 독자가 기사의 내용을 한눈에 알아볼 수 있도록 구체적이고 생략적이어야 한다. 기사가 길거나 중요한 내용일 경우에는 아래에 부제를 다는 것이 좋다.

전문은 표제 다음에 한 문단 정도로 쓰여진 부분을 말한다. 이 부분은 기사의 내용을 간략하게 요약하고, 표제를 좀더 자세하게 밝혀 보인다. 다만 여기서 주의할 것은, 표제는 완결된 문장이 아니어도 되지만, 전문은 아무리 요약이라 해도 완전한 문장의 형태를 갖추어야 한다는 것이다. '누가, 언제, 어디서, 무엇을, 왜, 어떻게' 순의

육하 원칙을 따라 쓰는 게 좋다.

본문은 기사의 내용을 구체적으로 서술하는 부분이므로, 독자에게 알리고 싶은 것을 자세하게 쓴다.

여섯째, 신속해야 한다. 아무리 좋은 기사라도 다른 데서 이미 내보낸 후라면 아무런 소용이 없기 때문이다.

이러한 기사문에는, 신속성과 정확성이 그 생명이라 할 수 있는 보도 기사, 어떤 문제에 대하여 그 신문사의 견해를 밝히는 사설이나 외부 인사의 논설문을 일컫는 논설 기사, 사건이 워낙 중대하여 보도 기사만으로는 부족할 경우에 쓰는 해설 기사, 기자가 뉴스가 있는 곳을 직접 찾아가서 보고 느낀 바를 적는 탐방 기사, 특정 인물이 보도의 대상이거나 혹은 그 사람의 입을 통해 어떤 사실을 알아내려고 할 때 그 인물과의 대화를 통해 얻은 내용을 담은 대담 기사 등 여러 가지가 있다.

다음은 기사문 작성의 한 예다.

강남 8학군 2개로 쪼갠다
서울 교육청 25년 만에 개편

서울 시내 고교 학군이 99학년도부터 현행 9개에서 11개로 조정된다. 서울시 교육청은 27일 2~5개 구가 1개 학군으로 묶여 있는 현행 9개 학군 체제를 지역 교육청 관할 지역에 따라 2~3개 구로 조정, 11개 학군으로 개편키로 했다고 밝혔다.

개편안에 따르면 현행 2학군에 포함된 동대문·중랑구가 1학군으로, 노원구는 도봉구와 함께 4학군으로 바뀐다. 현행 8학군은 2학군으로 분리돼 강동·송파구는 6학군으로, 강남·서초구는 8학군으로 개편된다.

영등포·구로·금천·양천·강서구 등 5개 지역이 혼재돼 있는 현행 7학군은 강서·양천구만 7학군이 되고, 나머지 3개 구는 3학군이 된다. 신설되는 10학군에는 성동·광진구가, 11학군에는 강북·성북 구가 포함된다.

시 교육청은 고교 평준화(74년) 이후 유지해 온 고교 학군을 25년 만에 개편키로 한 것은 학생들의 통학 불편을 해소하고 지역 주민들의 의견을 학교 운영에 적극 반영하기 위한 것이라고 설명했다. 또 학군간 최고 8배까지 벌어졌던 인문계 고 신입생 정원 불균형 문제도 해결될 것으로 보인다.

시 교육청은 이 같은 고교 학군 개편안을 다음 달 시 교육 위원회에서 최종 의결, 현재 중3 학생들이 치르는 99학년도 고입부터 시행할 방침이다. 시 교육청은 학생들의 학교 선택권을 확대하기 위해 96학년도부터 33개교를 대상으로 실시하고 있는 선 복수 지원·후 추첨제 방식의 '공동 학군제'는 그대로 유지키로 했다.

—1998년 4월 28일 《중앙일보》에서

3. 과거를 아름답게 기록하는 사진첩─일기문

○월 ○○일

아침밥 먹고 책가방 짊어지고 버스 타고 학교에 가서 공부하고 청소하고, 집으로 돌아오는 길에 학원 가서 공부하고, 학원 차를 타고 집에 와서 저녁밥 먹고 숙제하고 잤다.

○월 ○일

어제와 별로 다르지 않음.

친구들 중에는 이처럼 날마다 거듭되는 일상의 일들을 일기에다 적는 사람들이 있다. 이러한 일기라면 굳이 쓸 필요가 없지 않을까. 일기는 하루 중에서 자신이 보고 듣고 느낀 것이나 사색을 통해 깨달은 것, 또 어떤 일에 대한 감상이나 오랫동안 기억하고 싶은 일들, 그 날의 잘못을 반성하거나 각오를 새로이 다지는 등 자신의 생활을 기록한 것이다.

일기는 누구에게 보여 주기 위해 쓰는 글이 아니다. 자기 스스로 간직하기 위해 쓰는 글이며, 자기 인생길을 운전해 가는 나침반으로 사용하기 위해 쓰는 글이다. 그러므로 애써 잘못을 감추거나 꾸며 쓸 필요가 없다. 만일 남에게 보여 주기 위해 일기를 쓰게 된다면 어떻게 될까? 읽는 사람의 눈을 의식하게 되므로 거짓으로 가득 찬 일기가 되고 말 것이다. 그러한 거짓 일기는 자기 자신을 속이는 슬픈 버릇을 들게 할 수도 있다.

우리의 인생은 하루하루의 누적과 함께 성장하고 발전한다. 그날 그날이 의미 있고 가치 있어야, 그 사람의 인생이 알차고 바람직한 방향으로 굳건히 뻗어 나갈 수 있다. 말하자면 일기는 그러한 성장, 발전을 위해 꼭 필요한 글이다.

일기를 쓰다 보면 먼저 인격이 수양된다. 그리고 애쓰지 않아도 문장력이 늘게 된다. 어디 그뿐인가? 사고력과 관찰력까지 깊어지고 날카로워진다. 결국 일기는 과거를 아름답게 기록하는 사진첩이며, 미래를 튼실하게 약속해 주는 훌륭한 보약제라고도 할 수 있다.

일기에도 쓰는 목적과 내용에 따라 여러 가지 종류가 있다. 책을 읽고 난 느낌을 적는 독서 일기, 작품을 써 나가면서 적는 창작 일기, 심신을 가다듬기 위해 적는 수양 일기, 학과 공부를 충실히 하기 위해 쓰는 학과 일기, 보이지 않는 가상의 인물이나 자기가 좋아하는 어떤 사람에게 편지 형식으로 쓰는 편지 일기, 어떤 문제에 대하여 관찰하고 실험한 결과를 적는 관찰 일기 등.

14일(신미) 맑음

새벽 2시쯤 꿈에 내가 말을 타고 언덕 위를 가다가 말이 헛디디어, 내(川) 가운데 떨어지긴 했으나 거꾸러지지는 않았는데, 아들 면이 엎디어 나를 안는 것 같은 형상을 보고 깨었다. 무슨 조짐인지 모르겠다.

저녁에 어떤 사람이 천안서 와서 집안 편지를 전하는데, 봉함을 뜯기도 전에 뼈와 살이 먼저 떨리고 정신이 혼란해졌다. 겉봉을 대강 뜯고 열(이순신의 둘째 아들)의 글씨를 보니, 거죽에 '통곡' 두 자가 쓰여 있어 면의 전사를 알고, 간담이 떨어져 목놓아 통곡하였다. 하늘이 어찌 이다지도 인자하지 못하신고. 간담이 타고 찢어지는 것 같다. 내가 죽고 네가 사는 것이 이치에 마땅한데, 네가 죽고 내가 살았으니 이런 어긋난 일이 어디 있을 것이냐. 천지가 깜깜하고 해조차도 빛이 변했구나. 슬프다, 내 아들아, 나를 버리고 어디로 갔느냐. 남달리 영특하기로 하늘이 이 세상에 머물러 두지 않는 것이냐. 내가 지은 죄 때문에 앙화가 네 몸에 미친 것이냐. 내 이제 세상에 살아 있은들 누구에게 의지할 것이냐. 너를 따라 같이 죽어 지하에서 같이 지내고 같이 울고 싶건마는 네 형, 네 누이, 네 어머니가 의지할 곳이 없으므로 아직은 참고 연명이야 한다마는 마음은 죽고 형상만 남아 있어 울부짖을 따름이다. 하룻밤 지내기가 1년 같구나. 밤 9시께 비가 내렸다.

—이순신의 《난중 일기》 중에서

4. 삶의 답답함을 풀어 주는 숨통—편지글

초등학교 시절, 나는 숫기가 없어서 누구에게든 의사 표시를 제대로 하지 못했다. 선생님이 일어나서 책을 읽으라고 하시면 괜스레 눈물만 줄줄 흘렸다. 그럴 때면 선생님은 내 머리를 쓰다듬어 주신 후, 다른 아이에게 책 읽기를 시키곤 하셨다. 나는 옆자리에 앉은 친구에게 연필 깎는 칼을 빌려 달라는 말도 잘 하지 못했다. 그래서 종이 쪽지에 그 말을 써서 건네 주곤 했다. 아버지께 용돈을 탈 때도 그랬다. 어떤 친구에게 사귀고 싶다는 말을 하고 싶을 때도, 말로 하지 못하고 편지를 써서 건네 준 뒤 도망쳐 버렸다. 누님이 먼 곳으로 시집을 갔을 때도, 밤새워 기나긴 편지를 써서 부치곤 했다.

우리들 하나하나를 점지해 준 삼신 할머니는 우리에게 말을 하는 혀와 글을 쓰는 붓을 한꺼번에 주지는 않는 모양이었다. 대개의 경우, 글을 잘 쓰는 사람은 말을 유창하게 하지 못하고, 말을 논리적으로 잘 하는 사람은 글을 잘 쓰지 못한다는 것이다. 그 때문인지 나는 내가 하는 말들을 믿지 못했다. 웬일인지 내가 뱉은 말은 자꾸만 오해를 불러일으키곤 했기 때문이다. 그 오해를 씻기 위해서 더 자세하게 지껄인 말은 더 큰 오해를 불러오고, 그것을 해명하기 위해 뱉아 낸 말들은 나를 더욱 곤란한 지경으로 몰고 가곤 했다.

그럴 때마다 나는 밤새도록 편지를 써서 그 오해를 풀어 보려고 했다. 그래서 내가 쓰는 편지는 늘 길었다. 친구, 어머니, 아버지, 형, 누님, 선생님, 같은 반 친구, 여자 친구…… 그 어느 누구에게 편지를 쓰든지 공책 한두 장으로는 사연을 다 쓸 수가 없었다. 공책을 여덟 장 아홉 장 열 장쯤 뜯어서 깨알 같은 글씨로 빽빽이 쓰곤 했다.

이렇듯 내 혀를 놀려 지껄인 말들을 불신하고, 밤에 불을 밝힌 채 꼼꼼이 쓴 글들을 신뢰했던 나의 버릇이, 결국은 나를 이렇게 소설가로 만들었는지도 모르겠다. 따지고 보면, 이 때껏 내가 써 온 소설들도 '형식이 다른 편지글'에 다름 아니다. 그렇다. 내가 쓰는 모든 글들은 나의 생각과 입장과 처지와 나 나름대로의 깨달음을 세상에 드러내 주는 한 편 한 편의 편지글이다. 만약 내가 어릴 때부터 편지 쓰기를 하지 않았다면, 가슴을 채우는 답답증 때문에 진작에 빼빼 말라 죽었을지도 모른다.

나는 여러분들에게 편지 쓰기를 권한다. 어머니, 아버지, 선생님, 같은 반 친구, 멀리 떠나간 친구들에게 편지를 써 보라. 아마도 속이 확 풀릴 것이다. 편지를 통해 사상과 사색과 정보를 전달하고, 그것들을 받아들이고, 서로의 사귐과 믿음을 더욱 튼실히 하고, 미래의 건실한 성장과 발전을 약속하는 것이다. 편지는 기쁨이나 슬픔, 울분, 복수 등의 감정을 아름다움으로 승화시키는 정화제이기 때문이다.

일기 쓰기가 자기의 삶에 튼튼한 기둥을 세우는 일이라면, 편지 쓰기는 날마다 반복되는 일상 생활, 답답증이 나서 질식할 것 같은 이 세상에서 심호흡을 하며 느긋하게 살아갈 수 있도록 통로를 만드는 일이다.

5. 편지글은 어떻게 써야 하나

그렇다면 편지는 아무렇게나 써도 되는 것일까? 편지는 편지를 쓰는 대상과 목적에 따라 일정한 격식을 지닌다. 그렇다고 형식에 얽매여 딱딱하게 쓰라는 말은 아니다. 말로 전할 것을 글로 대신 써 보내는 것이니 만큼 말하듯이 자연스럽게 쓰는 것이 좋다. 편지에는 뭐니뭐니 해도 쓰는 사람의 정성과 진실이 드러나 있어야 한다. 진실하고 솔직하게 써야지만, 받는 사람의 마음을 울리고 감동을 줄 수 있기 때문이다.

편지는 서두, 본문, 결말, 세 단계로 나누어 쓰는 것이 좋다.

(1) 서두

　1) 호칭 : '어머니께' 라든가 '에게' 등 받는 사람의 이름이나 호
　　　칭을 먼저 부른다.

　2) 계절 인사 : '아카시아 향기가 코끝을 간지럽히는 6월입니다'
　　　　　　'며칠째 비가 내리고 있군요' 등의 계절 인사를
　　　　　　쓴다. 이 계절 인사는 격식을 반드시 갖추어야 하
　　　　　　는 옛날식 편지에서는 꼭 필요한 것으로 여겼지
　　　　　　만, 자주 만나는 사람이나 가까운 거리에 있는 사
　　　　　　람에게는 생략해도 좋다.

　3) 문안 : '댁내 두루 평안하십니까?' '그 동안 잘 있었니?' 따위
　　　　의 안부를 묻는다.

　4) 자기 안부 : 상대편의 안부를 물은 다음에는 '저는 염려해 주
　　　　　　시는 덕분에 무사히 잘 있습니다' '나는 건강하게
　　　　　　잘 지내고 있단다' 따위의 자기 안부를 전한다.

(2) 본문

　1) 사연 : 편지에서 가장 많은 분량을 차지하는 부분으로, 편지
　　　　를 쓰게 된 사연을 밝힌다.

(3) 결말

　1) 끝인사 : '내내 평안하시길 빕니다' '잘 지내렴' 등의 끝인사
　　　　　를 한다.

　2) 날짜 : 편지를 쓴 연월일을 밝힌다.

　3) 서명 : 자기 이름을 쓴다. 이름 다음에는 받는 사람과의 관계

에 따라 '올림, 드림, 씀'과 같은 말을 덧붙인다.

⑷ 추신 : 편지를 다 쓰고 난 후 빠뜨린 말이 있을 경우, '추신'이
　　　　라 쓰고 용건을 이야기하면 된다.

이제 편지를 쓸 때 갖추어야 할 격식을 어느 정도는 알았으리라
믿는다. 자, 그러면 우리가 잘 아는 시인 김영랑이 자신의 아들 애
노에게 띄운 편지 한 대목을 감상해 보자.

애노, 읽어라.

그 동안 객지에 고생이 어떠하냐? 몸이 성하냐?

어제, 네 편지를 읽고, 멀쩡한 일에 네가 어린 마음을 공연히 죄고
있는 것을 알았다. 기숙사 밥이 먹기 사납다고 어느 학부형이 편지질
을 했더란 말이냐? 엄마 아빠는 절대로 그런 편지를 아니할 사람이니
걱정 말아라. 사(舍, 기숙사) 밥이 설령 좀 나쁘더라도 참고 맛있게
먹을 도리를 해 보아라. 그것이 첫째 큰 수양이 되는 것이다.

요새 비가 너무 아니 와서 농촌에서는 큰 야단들이다. 집에 아이들
도 잘 있다. 외숙 댁에나 일 주일에 한 번쯤 가 뵈어라.

이번 네 편지 보고 엄마 아빠는 웃었다. '본제입납(本第入納)'의
'납' 자를 잘못 썼더라.

이 담부터는 고쳐 써라. 외삼촌은 외숙부님이라고 써 버릇해라. 하
식이 삼촌은 숙부시고, 익환이 삼촌은 외숙이시다. 글을 조심해서 써
라. 안 쓰는 것과 잘못 쓰는 것과는 문제가 처음부터 다르다.

아버지가 요새 좀 바빠서 너한테 못 간다. 그러나 너무 집 생각만
하여서는 안 된다. 무엇보다도 공부, 공부가 제일 아니냐!

그리고 병후(病後)의 몸이니 특히 몸조심하여라.

(……)

오늘은 이만 줄인다.

○월 ○일

아비 씀

―김영랑의 서간문 중에서

이번에는 선생님과의 추억이 잔잔하게 묻어나는 독자의 편지 한 편을 읽어 보자.

선생님.

선생님을 마지막으로 뵌 지도 벌써 4년이나 흘렀군요. 선생님은 어디에서 어떤 모습을 하고 계실까요? 아마도 옛날 모습 그대로 훌륭한 스승의 모습으로 살아가고 계시겠지요.

비록 4년 전의 일이지만 저는 아직까지 잊지 못하고 있습니다. 언제나 다정하셨던 선생님의 눈빛을요.

거리를 가다가 자전거를 보면 언제나 선생님의 얼굴이 떠오릅니다. 조그만 어깨에 커다란 가방을 메고 남들보다 먼저 집까지 혼자 걸어 다녔던 저를, 하루는 선생님께서 자전거로 집까지 바래다 주셨어요.

선생님의 허리를 꼭 붙들고 흔들거리는 자전거 위에서 바라보는 저녁놀은 얼마나 아름다워 보였는지 모릅니다.

그 해 겨울은 유난히도 추워 우리들은 손이 시려 필기도 제대로 못하고 있었는데, 선생님께선 그 쾌활한 목소리로 재미있는 이야기를 함으로써 교실을 아주 따뜻하게 해 주셨죠. 그런 선생님의 모습에서, 저는 어린 나이였지만 존경과 사랑을 느꼈습니다.

새 학년이 되기 전 선생님께서 전근 가시던 날, 저희들에게 하셨던 그 말씀. 제 마음에 아로새겨져 항상 기억되는 그 아름다웠던 말씀, 기억하고 계시나요?

"아름답게 기억되는 사람이 되도록 해라. 필요할 때면 용기와 그리움을 주는 사람 말이다."

그 말씀 한 마디, 어쩌면 선생님께서나 친구들 모두가 잊었을지 모릅니다. 하지만 전 항상 선생님께서 해 주신 그 말씀대로 살아가려고 노력해요. 선생님께서 제게 주셨던 아름다운 모습을 닮아 가기 위해서죠.

만약 선생님을 다시 뵙는다면 꼭 드리고 싶은 말씀이 있습니다. 선생님은 제게 훌륭한 스승이셨고, 무엇보다도 제게 아름답게 기억되는 사람이라구요.

—제자 김레이 올림

◆ **생각해 봅시다!**

1. 기사문은 신속성과 정확성이 생명이다. 독자가 기사의 내용을 한눈에 알아챌 수 있게 하기 위하여, 기사문은 어떠한 구성을 갖추어야 하는지 말해 보자.

2. 편지는 자연스럽게 쓰는 것이 가장 좋지만, 편지를 쓰는 대상과 목적에 따라 일정한 격식을 지니게 된다. 대개 편지글은 대개 서두, 본문, 결말, 세 단계로 나누어 쓰는데, 각각의 항목에 어떤 내용이 들어가야 좋을지 간략히 써 보자.

눈 화장을 가장 예쁘게 하는 법

—독후감은 책에 대한 느낌과 생각을 잘 전달해야 한다

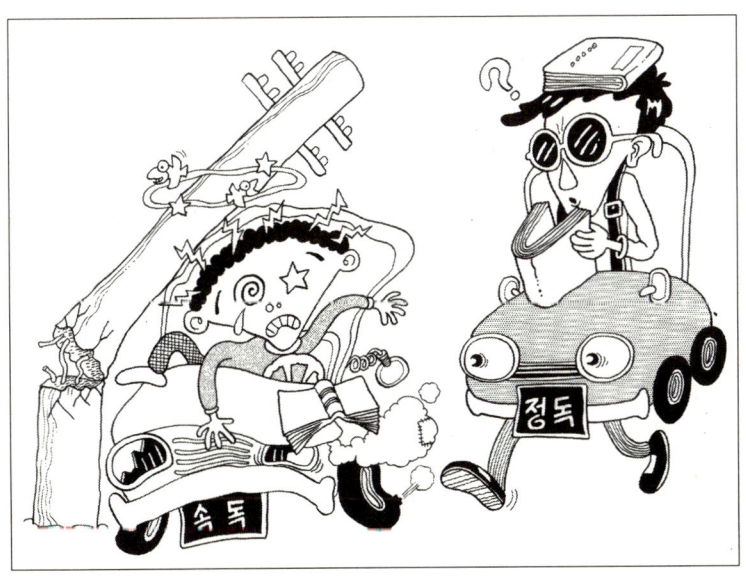

1. 입 안에 돋아나는 가시

우리가 잘 아는 안중근 의사는 하루라도 책을 읽지 않으면 입 안에 가시가 돋는다고 했다. 그렇다면 입 안에 가시가 돋는다는 것은 무슨 뜻일까?

어느 날인가 나는 택시를 타고 볼일을 보러 가다가, 입 안에 정말로 가시가 돋혀 있는 사람을 하나 보았다. 교통이 복잡한 네거리를 지나고 있을 때였다. 거리를 가득 메우고 있던 자동차들이 멈칫거리면서 거북이처럼 느리게 나아가고 있었다. 그 때, 한 승용차가 내가 탄 택시 앞으로 끼여들었다. 그러자 내가 탄 택시의 운전 기사는 그 승용차 운전자를 향해, 차마 입에 담을 수 없는 욕설을 퍼부어 댔다.

증오와 저주가 어려 있는 그런 험악한 말을 가리켜, 사람들은 혹시 '가시가 돋혀 있는 말'이라 하지 않을까. 그러한 말을 거침없이 지껄여대는 사람들의 입 안에 가시가 돋혀 있다 하고…….

또 언젠가는 친지의 집을 방문하러 가다가, 그 집으로 접어드는 골목길에서 눈살을 찌푸리게 하는 장면을 하나 목격했다. 반바지에 운동 모자를 쓰고 테니스 라켓을 어깨에 걸머멘 젊은 어머니가 어린 딸을 꾸짖고 있는 것이었다.

"울긴 왜 울어! 뚝! 잠자다가 깨어나면 먹으라고 요구르트랑 과자랑 과일이랑 식탁 위에 놔 두었잖아? 심심하면 읽으라고 그림 동화책도 펼쳐 놓구……. 그런데 왜 땅바닥에 주저앉아 이렇게 울고 있는 거야, 응?"

아마도 어린 딸이 낮잠을 자다 깨어나 보니, 어머니가 보이지 않았던 모양이다. 어린 딸은 매우 놀라, 울면서 어머니를 찾아 밖으로 나왔던 것 같다. 하지만 어머니의 모습은 어디에도 보이지 않았고, 두려움에 빠진 어린 딸은 땅바닥에 주저앉아 서럽게 울며 발길질을 해 댔을 터였다.

젊은 어머니는 그런 딸의 심정은 안중에도 없는 것 같았다. 어린 딸의 흙 묻은 엉덩이를 보고는, 짜증기 어린 목소리로 욕설까지 마구 퍼부었으니까. 대관절 누구를 닮았기에 이러느냐고 숫제 악다구니까지 썼다. 그 젊은 어머니의 입 안에도 가시가 돋혀 있는 게 틀

림없는 듯하다.

입 안에 가시가 돋혀 있는 사람들은 비단 그들뿐만이 아니다. 기차나 비행기를 타고 먼 곳으로 여행을 하거나, 신선한 공기를 들이마시기 위해 산에 올랐을 때도 눈살을 찌푸리게 하는 일들을 종종 만나곤 하니까. 가령 끼리끼리 모여 앉아 화투 놀이를 하는 경우 말이다. 산에 오른 부부가 아기를 잠재워 놓은 뒤, 함께 온 사람들과 어울려 화투를 치는 데만 여념이 없는 것을 바라보고 있으면 참으로 가관이라는 생각이 든다. 심지어 어떤 사람들은 해외 여행을 하기 위해 탑승한 비행기 안에서 화투판을 벌이기도 한다. 음식점이나 공원, 또 해수욕장 근처의 텐트 안 같은 데서는 말할 것도 없다. 그런 사람들의 입 안에도 가시가 돋혀 있지 않을까?

책을 많이 읽고 사색을 즐기는 사람에게는 저속한 언어가 만들어지지 않는다. 책에는 인격이 살아 숨쉬기 때문에, 그들의 입 안에는 가시가 돋히지 않는다는 뜻이다. 책을 읽는 사람에게는 그 인격이 저절로 흡수되므로.

책을 통해서 우리는 많은 것들을 얻을 수 있다. 그래서 사람들은 흔히 책을 가리켜, 세상에서 가장 소중한 보물들을 모아 놓은 창고라고들 한다. 우리는 가끔 보물을 얻기 위해 평생 동안 보물섬을 찾아 헤매는 사람들을 만날 때가 있다. 하지만 보물은 저 멀리 외딴섬에 있는 게 아니다. 바로 내 가까이의 책 속에 가득히 숨어 있다.

2. 가장 지성적이고 아름다운 눈 화장을 위하여

사람들은 누구든지 자기를 돋보이게 하고 싶은 욕구를 가지고 있다. 그래서 값비싼 옷을 입으려 하고, 머리 모양을 예쁘게 만들려

하고, 근사한 신발을 신으려 하고, 귀와 목과 손에 보석 장식을 하려 한다. 어디 그뿐인가? 멀쩡한 이를 뽑아 내고 새 이를 해 넣기도 하고, 얼굴빛을 알아보기 어렵도록 두텁게 화장을 하기도 하고, 짧은 눈썹 위에 기다란 가짜 눈썹을 갖다 붙이기도 한다. 납작한 코를 드높이 세우기도 하고, 밖으로 휘어진 주걱턱을 부드럽게 다듬기도 하고, 눈빛의 주름살을 당겨서 팽팽하게 만들기도 한다.

이렇듯 사람의 외모는 어느 정도 마음대로 치장을 할 수가 있다. 그러나 딱 하나 치장이 불가능한 곳이 있다. 그것은 바로 까만 눈동자이다.

초롱초롱한 눈빛, 지성적인 아름다움을 지닌 눈동자는 아무리 욕심을 내 보고 애를 써 보아도 마음대로 치장을 할 수가 없다. 그 사람의 눈동자는 그 사람의 마음과 지성을 고스란히 담고 있다. 즉 무식한 사람의 눈빛에는 그 무식함이 그대로 나타나고, 지적인 사람의 눈빛에는 그 지식과 지혜가 드러난다는 말이다. 제아무리 눈썹을 길고 아름답게, 또 눈 가장자리의 주름살을 매끄럽게 펴 보아도 아무런 소용이 없다.

그렇다고 지혜가 넘쳐나는 지성적인 눈동자를 갖기 위해, 안과에서 안구 수술을 할 수도 없는 노릇이다. 눈동자에 지혜의 빛이 나게 하기 위해서는 꼭 한 가지 방법밖에는 없다. 책을 읽는 것이다. 책 속에는 선인들의 지혜가 있고 아름다운 마음씨와 착한 삶들이 있기 때문이다. 책을 읽으면 그 모든 것들을 눈동자가 함빡 빨아들이게 된다.

3. 독후감은 어떻게 쓰나

누구나 책을 읽고 나면, 그 책에 대한 느낌과 생각이 있게 마련이다. 독후감은 바로 그 느낌과 생각을 적은 글이다. 독후감에는 특별한 형식이 따로 정해져 있지 않다. 자기가 느낀 점을 자유롭게 적으면 되는 것이다. 하지만 보다 알찬 독후감을 쓰기 위해서는, 다음과 같은 순서를 따르는 것이 좋을 듯싶다.

첫째, 책의 제목과 지은이의 이름을 밝힌다. 그러고 나서, 지은이의 생애나 사상을 간단히 덧붙이는 것이 좋다. 그것이 아니더라도, 지은이가 그 책을 쓰게 된 배경이나 의도 따위를 적어도 괜찮다.

둘째, 그 책을 선택하게 된 동기나 읽게 된 배경을 적는다. 서점에서 우연히 발견하고 집어 들었다든가, 아버지나 친구로부터 선물을 받았다든가, 아니면 누구의 소개로 읽게 되었다든가…….

셋째, 그 책이 담고 있는 줄거리를 쓴다. 줄거리가 너무 길면 지루한 느낌을 주므로, 간결하면서도 친절하게 적는 것이 좋다.

넷째, 그 책에 대한 자신의 생각과 느낌을 적는다. 이것은 독후감에서 가장 중요한 부분이므로, 전체 내용 중에서 제일 많은 분량을 차지하게 된다. 우선 그 책이 풍기는 이미지나 전체적인 분위기를 말한 다음, 그 책이 가지고 있는 특징들을 하나하나 짚어 나간다. 가령 감동적이거나 인상적이었던 부분, 또는 그 책이 독자들에게 들려 주려고 한 진리나 가치관 등……. 만일 책의 주제가 자기의 생각과 많은 차이가 있을 때에는, 그 주제와 자신의 생각을 비교하여 그 차이점을 명확하게 기술하는 것도 좋다. 타당한 근거를 제시할 수 있다면, 지은이의 생각에 비판을 가하는 것도 무방하다.

이것이 제대로 이루어지게 하려면, 무엇보다 정독하는 습관을 길러야 한다. 속독은 절대로 금물이다. 속독은 과속 운전을 하면서 여행을 하는 것과 똑같기 때문이다. 속독을 하게 되면 그 책을 읽었다는 지적 허영심만을 가슴속에 심어 놓을 뿐, 그 책이 우리에게 전해 줄 수 있는 삶의 양분들은 하나도 건져 낼 수가 없다. 오히려 겉멋만 들게 하는 해독만 남긴다.

그러므로 책은 처음부터 찬찬히 읽어 나가는 것이 좋다. 어떤 부분이 제대로 이해되지 않았을 땐 다시 차근차근 읽어 나가는 것이 바람직하다. 그리하여 그 책이 독자들에게 전하려고 하는 바가 무엇인지, 그 내용을 속속들이 파악하고 정리할 수 있어야 한다. 다시 말하지만, 그 책에 대한 자기 느낌과 생각을 정리하는 데 형식에 구애될 필요는 없다. 메모나 일기, 편지 등 어느 것이든 자기의 생각과 느낌을 가장 잘 전할 수 있는 형식이면 된다.

⑴ 이 세상에서 가장 아름답고 슬픈 삶을 살아가는 것은 연어가 아닐까 싶다. 연어의 삶에는 죽음과 탄생이 함께 있으니까 말이다. 연어가 알을 낳을 때가 되면, 자신이 태어난 강으로 되돌아가는 성질을 가지고 있다는 건 누구나 다 아는 사실이다. 알을 낳고 나면 목숨을 잃고 만다는 것도……. 그러고 보면, 연어의 자식 사랑만큼 지극한 것도 찾아보기 힘들 것 같다. 결국은 자신의 목숨과 새끼의 생명을 맞바꾸는 셈이니까.

이러한 연어의 이야기를 그림처럼 곱게 그려 낸 책이 한 권 있다. 바로 시인 안도현이 지은 《연어》이다. 이 책에는 '연어'의 삶이 들어 있다. '연어'가 풍겨 내는 이미지처럼 맑고 투명한 이야기들이 보석처럼 빛나고 있다.

이 세상의 모든 연어들이 그렇듯이, 이 책의 주인공 은빛연어도 알을 낳기 위해 북태평양 베링 해에서 자신이 태어난 초록강을 찾아 긴 여행을 한다. 말하자면 이 책은 은빛연어가 초록강으로 거슬러 올라가면서 보고 듣고 느낀 갖가지 것들을 나지막한 목소리로 들려 주고 있는 셈이다. 자신을 대신해서 목숨을 잃은 누나연어, 연어를 낚아채는 무서운 물수리, 마음의 눈을 읽을 줄 아는 맑은눈연어, 자기 아닌 다른 것들의 배경만으로도 만족하는 초록강, 사나운 물줄기를 후려치는 폭포, 깨끗한 마음을 가진 어린 인간……. 즉 은빛연어가 이들을 만나면서 어른으로 성장해 나가는 과정을 그리고 있는 것이다.

날씨가 후끈후끈해서인지 자꾸만 게을러지는 이즈음, 알을 낳기 위해 위험을 무릅쓰고 강을 거슬러 올라가는 연어의 삶을 한 번쯤 엿보는 건 어떨까? 내가 무심히 흘려 보냈던 하루하루들이 새삼 소중하게 와 닿는 것을 느낄 수 있으리라.

— 박창희의 《〈연어〉를 읽고〉에서

(2) 전후의 목표 없이 방황하는 불안한 상황을 그의 실존적 수법으로 가장 명확하게 진단하여, 부조리의 세계라는 하나의 방향을 현대인에게 제시하였다는 공로를 인정받아 1957년 노벨 문학상을 받은 프랑스의 현대 작가 카뮈는 《시지프의 신화》에서 전후 세계의 정신적 분위기를 부조리와 자살이라는 말로 훌륭하게 요약하였다.

언덕 위로 커다란 바위를 밀어 올리는 고된 작업을 성실하게 계속하고자 하는 '시지프'의 모습을 보여 주는 이 책이야말로 고민하는 우리 현대인들에게 새로운 인생의 지혜를 주고, 신도 예언자도 없는 세기의 후반기에 지표 없이 헤매는 이방인들을 위하여 새로운 신화를 창조해 놓았다.

부조리란 단적으로 말하면, 일상의 모든 행위의 메커니즘과 뭇관습의 노예 상태를 벗어나 자기의 의식을 다시 찾는 인간의 이 세계에 대한 관계를 말하는 것이다. 그러므로 부조리성은 무엇보다도 먼저 절연으로 나타나게 된다. 그것은 통일을 향한 인간의 갈망과 정신 및 자연의 어쩔 수 없는 이원론 사이의 절연이며, 영원을 지향하는 인간의 비약과 인간 생존의 유한적 성격 사이의 절연인 것이다.

(……)

'시지프'는 험준한 산봉우리로 커다란 바위를 밀어 올리지 않으면 안 된다. 그러나 산봉우리에 이르면 그 바위는 다시 산 밑으로 굴러 떨어진다. 이 무한한 고통의 길을 반복하지 않으면 안 되는 '시지프', 그러나 절망하지 않고 이 험준한 길을 고통을 무릅쓰고 반복하는 '시지프'. 카뮈는 이러한 '시지프'의 험로를 신을 잃은 세기의 인간에게 새로운 하나의 신화로서 제창하는 것이다.

— 문영인의 〈현대의 이방인을 위한 새 신화〉 중에서

4. 책을 읽는다는 것은 지은이와 직접 만나는 것

길을 가다가 이슬 맺힌 풀잎 하나 꽃 한 송이를 보는 것, 나뭇가지에 앉아 있는 파랑새 한 마리를 보는 것, 하늘에 흘러가는 구름 한 장을 보는 것은, 그 사람이 그것들 하나하나의 세계와 만나는 것이다. 만난다는 것은 나와 대상, 그 두 세계가 어우러진다는 것이고, 어우러진다는 것은 두 세계가 서로에게서 영향을 주고받는다는 뜻이다. 이처럼 사람은 주위의 모든 사물로부터 영향을 받기도 하고 주기도 하면서 성장해 나간다.

책을 읽는다는 것은 그 책의 지은이가 가꾸고 있는 심오한 세계와 만난다는 것이다. 소설 한 편을 읽을 때, 우리는 기껏 줄거리나 주제를 파악하고는 소설 읽기를 끝낸 것으로 여길 때가 많다. 그러고 나선 그 소설에 대하여 이러쿵저러쿵 아는 체를 한다. 하지만 그것은 결코 올바른 책 읽기라고 할 수가 없다.

우리는 소설을 읽으며, 그 속에 등장하는 여러 인물들을 만난다. 그리하여 책장을 한 장 한 장 넘길 때마다, 그 등장 인물들의 슬프고 절박한 심정을 속속들이 알게 되고 이해하게 된다. 그러다 보면, 그들의 행동이 단지 책 속에만 들어 있는 것이 아니라, 어느 사이엔가 내 속으로까지 번져 오는 것이 느껴진다. 그래서 그들이 펼치고 있는 행동이나 세계가 긍정적인 것인지 부정적인 것인지, 정당한 것인지 부당한 것인지 하는 것까지도 우리 자신의 일처럼 절실히 생각하게 된다.

그렇게 절실한 마음으로 책을 다 읽은 다음에는 눈을 감고 고요히 명상에 잠겨 보라. 바야흐로 그 소설의 지은이와 속 깊이 만나 보라는 것이다. 지은이는 왜 이 소설을 썼는지, 이 소설을 통해 독자에게 무엇을 말하고 싶어했는지, 지은이는 어떠한 인생관과 세계관을 가지고 있는지, 지은이는 이 세상을 왜 살고 있으며, 또 어떻게 살아가는 것이 가장 진실된 삶이라고 생각하고 있는지…….

이렇게 지은이와 만난 다음에는 다시 나 자신에게로 돌아오라. 이제는 나 자신과 맞닥뜨릴 차례이다. 이 소설의 내용에 비추어 볼 때, 혹은 이 소설을 쓴 사람의 생각에 대입해 볼 때, 나는 어떠한 사람인지, 무엇을 위해 살아가고 있으며, 어떻게 살아가고 있는지 ……. 그에 대해 깊이 생각해 보아야 한다.

5. 희망을 줄 수 있는 사람

자, 그러면 독자가 보내 온 독후감 한 편을 함께 읽어 보도록 하자.

나는 단편 소설에 관심이 많다. 한 달에 두 편 이상은 꼭 읽는다.

일요일 오후면 나는 저녁을 먹고 반드시 단편 소설 한 편씩을 읽곤 한다.

내가 읽은 〈운수 좋은 날〉은 나에게 많은 생각을 하게 했다. 줄거리는 대충 이러하다.

인력거꾼인 김 첨지는 아주 가난한 데다가 부인까지 앓고 있다. 어느 날 인력거 탈 손님이 아주 많아 돈을 꽤 많이 벌게 되었다. 김 첨지는 모처럼 부인이 먹고 싶다고 말한 설렁탕 한 그릇을 사들고 집으로 들어간다. 그런데 부인은 죽고 어린아이만 울고 있다.

내가 읽은 다른 단편 소설들도 이렇듯 좋지 않게 끝이 난 것들이 있어 기분이 언짢은 적이 많았다.

김 첨지 부인이 약을 제대로 먹고 치료를 받았어도 죽어 갔을까, 하는 의문이 생긴다. 그리고 김 첨지가 한 이런 말이 생각난다.

"병이란 놈은 약을 줘 보내면 재미가 들려서 또 온다."

이런 말에서 김 첨지를 비롯한 옛날 사람들의 무식함을 알 수 있다. 김 첨지는 불쌍하다. 부인 없이 어린아이를 데리고 생활할 생각을 하면 앞이 깜깜할 것이다.

앞으로 단편 소설을 더 많이 읽고 배워서 언젠가는 나도 멋있는 단편 소설을 써 보겠다.

웬일인지 이 독후감을 다 읽고 나니까, 무언가 덜 채워진 듯 마음 한구석이 허전한 느낌이 든다. 무엇이 빠져 있어서 그럴까? 아마도 이 글의 지은이는 〈운수 좋은 날〉을 읽으면서, 현진건이란 작가가 왜 이 작품을 썼을까 하는 점을 생각해 보지 않은 것 같다. 한 인력거꾼의 운수 좋은 하루가 비극적인 결말로 맺어지는 구성을 통해, 작가가 독자들에게 하고 싶어했던 말을 제대로 캐내지 못했던 것이다.

그렇다 하더라도 이 지은이는 이 작품을 읽은 자신의 느낌을 매우 착실하게 진술했기 때문에 그 점에서 높이 살 만하다. 앞으로 많은 책들을 읽고, 그 작품이 전하려는 것에 대해 좀더 깊이 생각해 본다면, 반드시 좋은 독후감을 쓸 수 있을 것이다.

여러분, 이젠 책을 가까이 하도록 하자. 스스로의 인격 수양을 위하여, 지적이고 예쁜 눈 화장을 위하여.

◈ 생각해 봅시다!

1. 책을 읽고 나면 누구나 그 책에 대한 느낌과 생각이 있게 마련이다. 이것을 글로 옮겨 놓은 것을 독후감이라 하는데, 독후감을 잘 쓰기 위해서는 어떤 순서를 따르는 것이 좋은지 적어 보자.

2. 책을 읽는다는 것은 지은이와 직접 만난다는 것이다. 그로 해서 우리가 얻을 수 있는 것은 무엇인지 말해 보자.

어디론가 떠나고 싶은 병 아닌 병
―삶의 즐거움과 진실을 간직하는 기행문

1. 역마살, 그 어디론가 떠나고 싶은 병 아닌 병

"당신의 아들딸이 귀하고 예쁘고 아름답다고 생각되면, 낯선 곳을
혼자서 여행하게 하라."

이 말은 아들딸을 정말로 참되게 키우려면 여행을 보내라는 뜻이
다. 즉 여행을 통해서 참다운 삶이 무엇인가를 알아차리게 하고, 또
홀로서기를 잘 할 수 있도록 하라는 말이다. 이를테면 여행은 이 세

상에서 가장 훌륭한 교육 방법이라는 것이다.

나는 나의 형체를 이루는 몸뚱이와 가슴속에 담겨 있는 마음과 머 릿속에 들어 있는 정신(혼)과 함께 평생을 살아왔다. 그런 만큼 내 몸 내 마음 내 정신에 관한 것이라면 무엇이든 잘 알고 있다고 생각 해 왔다.

하루 24시간 가운데서 언제쯤 화장실에 가야 건강에 좋은지, 무슨 음식이 입에 잘 맞는지, 친구들 중에서 누가 가장 다정스럽고 편안 한지, 머리는 어느 이발소에서 어떤 모양으로 깎는 것이 가장 나답 게 되는지, 잠결에 콧구멍을 후비는 버릇은 왜 아직도 남아 있는지 등등…….

그런데도 이따금 까닭 없이 몸을 앓게 되거나 감기에 걸려 고통받 는 수가 있다. 그럴 때면 괜히 슬퍼지고 외로워지고 화가 나고 심술 이 난다. 나로서도 나의 몸 속, 이 변덕스런 심사를 도무지 이해할 수 없어지기 때문이다.

나는 30년 가까이 소설을 써 오는 동안, 그저 남의 이야기를 이렇 게 저렇게 꾸며서 지껄이고 있는 것은 아니다. 새로이 창조해 낸 등 장 인물들을 통해 어떤 사건인가를 독자들에게 보여 주기는 하지만, 그것이 나와 상관없는 남의 이야기만은 아니라는 뜻이다. 어찌 보면 그것은 모두 나의 이야기인 셈이다. 그 모든 것이 곧 나에 대한 탐 구라 할 수 있으니까. 삶에 대한 공부를 하고 또 하여도 확실하게 알아낼 수 없는 나 자신—내 몸과 마음과 정신—을 더욱 확실하게 알기 위하여, 나는 그런 이야기들을 풀어 내며 살아간다고나 할까.

여행을 하는 것도 그와 같다. 언뜻 봐서는 낯선 곳을 떠돌아다니 며 새로운 풍물들을 살피고 신선한 감동을 받는 데 그치는 것 같지 만, 따지고 보면 그것도 결국은 미처 알지 못했던 나 자신의 또 다른 면을 알아내는(발견하고 탐구하는) 방편에 불과하다는 것이다.

어머니의 품이 아무리 따뜻하고 포근하다 해도 자꾸만 우리는 어디론가 떠나고 싶어한다. 드높은 하늘을 날고 싶고, 끝없이 넓은 풀밭을 달려가고 싶고, 출렁거리는 바다를 건너가고 싶고, 낯선 거리를 하염없이 걸어다니고 싶다. 비행기 여행, 기차 여행, 버스 여행, 도보 여행, 그 어떤 것이든지 배낭 하나를 짊어지고 혼자서 여기저기를 기웃거리고 싶어지는 것이다. 낯선 포구와 바다, 외로운 섬을 정처 없이 떠돌고 싶고, 다른 나라의 도시와 농촌을 여행하고도 싶다.

그렇게 머릿속으로만 여행을 꿈꾸다가, 어느 날 갑자기 우리는 실제로 짐을 꾸려 그런 곳들을 찾아 길을 떠난다. 이처럼 어디론가로 떠돌고 싶어 환장할 것 같은 마음, 정말로 그렇게 떠돌아다니지 않으면 안 되는 운명을 지닌 사람을 가리켜 흔히 '역마살'이 끼었다고 한다. 어쩌면 우리 모두는 다 그렇게 운명적으로 떠돌고 싶어하고, 또 떠돌게 되어 있는지도 모른다. 김동리의 〈역마〉라는 소설은 바로 그러한 점을 잘 파헤친 작품이다.

2. 낯선 곳에서의 신선한 감동 혹은 새로운 자기 찾기

여행을 하다 보면, 차를 타고 보내는 시간들이 심심하고 지루하다고 옆사람과 '가위바위보' '묵지빠' 놀이를 하거나, 배낭에 넣어 가지고 온 책을 읽는 사람들이 있다. 또 다른 사람들의 입장은 조금도 고려하지 않은 채 왁자하게 떠들며 화투 놀이나 카드 놀이를 하는 사람들도 있다. 사실 이러한 행동들은 매우 미련스런 것이다. 그것은 마치 신선하고 맛있는 음식(여행)을 먹는 도중에, 사탕(책이나 놀이)을 입에 넣어 우물거림으로써 그 좋은 음식의 맛을 몽땅 잃어버리게 되는 경우하고 같으니까.

여행을 할 때는 여행 그 자체만을 즐겨야 한다. 여행 자체만으로도 넉넉한 가치를 지니고 있으니 말이다. 어쩌면 여행은 그 어떤 훌륭하고 고귀한 책을 통한 깨달음, 그 어떤 진기한 놀이를 통한 즐거움, 그 어떤 명상이나 사색을 통한 지혜보다 더 많은 영양소를 지니고 있는지도 모른다.

그러므로 여행을 하는 사람은 지나가는 산과 들판, 또 그 곳에서 일하는 농부와 흘러가는 구름, 바람에 흔들리는 나뭇가지, 반짝거리는 강물, 쏟아지는 햇살, 장대처럼 내려치는 빗줄기, 나비처럼 팔랑거리는 함박꽃 닮은 눈송이, 풀을 뜯고 있는 염소 들을 모두 눈여겨 살펴보아야 한다. 그리고 낯선 거리나 시장에서 장사를 하는 사람, 부두에서 땀을 뻘뻘 흘리면서 짐을 싣고 부리는 노동자들, 고기잡이를 하거나 그물을 기우는 어부들, 야수에게 잡아먹히는 작은 동물들, 먹을 것을 찾아 이리저리 떠돌며 구걸을 하는 거지들, 시장 바닥에서 아기에게 젖을 먹이고 있는 장사꾼 어머니의 자애로운 눈길들을 속속들이 살펴야 한다.

물론 그러한 것들 중에는 우리 주변에서 흔히 발견할 수 있는 장면도 있고 아닌 것도 있다. 하지만 그것들이 내 눈길을 잡아 끄는 것은, 언제나 되풀이되는 일상 생활 속에서는 쉽사리 맛볼 수 없었던 새로운 느낌과 감동을 전해 주기 때문이다. 어느 사이엔가 우리는 그 곳만이 지니고 있는 이색적인 풍경과 사람들의 모습에서 새로운 삶의 진리를 발견하게 되는 것이다. 이 때껏 알지 못했던 나의 새로운 얼굴을 맞닥뜨리게 되기도 하고 말이다.

이렇듯 새로운 것은 반드시 그것을 바라보고 있는 나와 대상의 관계 속에서 이루어진다. 바로 그러한 것들, 곧 여행을 하던 중에 보고 듣고 느끼고 생각하고 감동받은 것을 자유롭게 기록하는 글을 기행문이라 한다.

3. 기행문을 어떻게 쓰나

그렇다면 기행문은 아무렇게나 써도 되는 것일까? 딱히 정해진 형식은 없지만, 기행문이라면 마땅히 갖추어야 할 요소들은 몇 가지 있다. 즉 여행하는 사람이 언제, 어디를 거쳐서 여행했는지를 일러 주는 여정(旅程)과, 무엇을 보고 들었는가 하는 견문(見聞), 그리고 어떠한 생각을 하고 무엇을 느꼈는가 하는 감상(感想)이 그것이다.

기행문에 여정이 구체적으로 드러나 있지 않으면 생생한 여행의 기록이 될 수 없으며, 언제 어디에서 어디까지 갔다는 여정만이 보이고 견문이 나타나 있지 않으면 단순하고 건조한 글이 되기 쉽다. 그리고 글쓴이의 독특한 감상이 나타나지 않은 글은 그 기행문만이 가지는 특유의 개성을 지니지 못하게 된다. 그러면 이 세 가지 요소를 어떻게 해야 잘 담아 낼 수 있는지 한번 살펴보도록 할까?

첫째, 기행문은 별다른 형식이 없는 글이므로, 글을 쓰는 사람이 자신의 느낌을 가장 잘 드러낼 수 있는 방식을 택하면 된다. 가령 매일의 생활을 기록하는 일기 형식을 띠어도 좋고, 멀리 떨어져 있는 친구에게 띄우는 편지 형식을 취해도 좋다.

둘째, 글의 첫머리에는 여행을 떠나는 목적이나 동기, 상황, 날씨 같은 것을 쓴다. 그리고 독자의 관심과 흥미를 불러일으키기 위해 길을 떠나는 사람의 기대나 흥분 따위를 담아 내어도 좋다.

셋째, 여정에 따른 견문과 감상을 구체적으로 적는다. 독자가 글쓴이와 더불어 여행에 동참하는 즐거움을 누릴 수 있는 곳이 바로 이 부분이다. 그러므로 어디어디를 여행했는지 여정이 선명하게 드러나도록 쓰는 것이 좋다. 그렇지 않으면 독자들은 하릴없이 기행문을 쓰는 사람의 여행길을 졸졸 쫓아다니게 되는 셈이다. 그렇다고 모든 과정을 너무 친절하게 늘어놓아서 마치 여행 안내서 같은 분위기를 풍기게 되면, 독자들에게 쉬이 지루함을 안겨 주므로 주의해야 한다. 되도록이면 가장 인상적이었던 것(나를 발견하게 할 만큼 신선한 충격이나 감동을 안겨 준 대상)을 중심으로 그려 내야 한다.

넷째, 그 지방만이 가지는 색다른 특색을 담아 내는 것이 좋다. 그 지방에 전하는 신화나 전설, 시 들을 살짝 곁들이는 것은 괜찮지만, 국사책에 나오는 문화재들을 고증이라도 하듯이 전문적으로 파고드는 것은 독자들에게 짜증을 불러일으킬 수도 있다. 기행문은 역사적인 사건이나 문화재에 대해 해설하는 글이 아님을 명심해야 한다.

다섯째, 집을 떠나는 사람들이 으레 느끼게 되는 외로움이나 쓸쓸함을 실어도 괜찮다. 사람은 어느 정도의 외로움과 슬픔을 맛보아야 진실해질 수 있고, 또 아름다워질 수 있으니까.

여섯째, 여행이 끝난 뒤의 성과에 대해 반성을 하고 앞날에 대한 각오를 다진다. 얘기로만 듣거나 책에서만 읽었던 곳을 실제로 가 본 감회를 서술하는 것도 좋다. 물론 그 사이에서 생겨나는 차이점을 비교해 보는 것도 괜찮다. 말하자면 여기는 여행을 마무리하는 대목이므로, 총체적으로 정리를 해야 한다고 보면 되겠다. 같은 시각에 같은 곳을 다녀와도 사람에 따라 받는 느낌은 각기 다르다. 그 점을 잘 살려서 자신만이 느낀 독특한 감상을 적어야 독자로부터 진한 감동을 자아낼 수 있다.

4. 좁은 골목길에서 느끼는 삶의 진실

일상 생활 속에서 늘 오갔던 좁은 골목길에서 느끼는 삶의 진실이
유난히 눈부신 글이 한 편 있다. 함께 읽어 보도록 하자.

나의 일상에서 가장 자주 지나치는 거리가 있다. 좁은 골목을 지나
고 레코드 가게를 지나, 육교를 통과하여 학교에 다다르는 그 곳. 하
지만 항상 등·하교길의 바쁜 보행으로 나는 거의 아무 생각 없이 3년
동안 그 길을 지나쳐 왔고, 내일도 물론 그 곳을 (그렇게) 지날 것임을
알고 있다.

이 'ㄷ'자 모양의 길은 나의 똑같은 일상이 반복됨을 말해 주는 아
주 <u>단순하고도</u>(→단순한), 출발점에 서서도 그 도착점이 보이는 아주
재미없는 미로라고 할 수 있다. 때로는 모든 문명의 보호막에 가려져
초자연적인 두려움과 접해 보지 못한 내 마음에 작은 <u>돌로</u>(→돌을 던
져) 파문을 일으키고 싶은 충동을 느낄 때가 있다.

내가 항상 <u>지나는</u>(→지나치는) 이 똑같은 길을 이탈해, 전혀 가 보
지 못한 새로운 거리로 접어들었을 때(의 느낌), 또는 깜깜한 아프리
카 초원 한가운데에서 나를 주시하고 있는 노란 광채를 띤 야수의 두
눈과 마주쳤을 때의 <u>느낌이란</u>(느낌은), 결코 성적이 좋지 않아 부모
님을 뵙기 민망할 때의 그것과는 다른, (어쩌면) <u>최초의 인류 또한
느낄 수 있을 법한 그런 두려움의 한 종류라고 생각한다</u>(→최초의 인
류가 느꼈을 듯한 그런 두려움들과 한 종류가 아닐까).

내가 거리를 지날 때, 종종 <u>느끼고 싶은</u>(→느끼곤 하는) 이런 감정
은 획일화된 나의 일상에서 탈피하고픈 바람이 빚어 낸 것인지도 모
른다.

나는 오색찬란한 간판으로 인해 태양빛으로는 연출할 수 없는 또

다른 느낌을 내뿜는 밤의 거리를 좋아한다. 그 곳은 낮보다는 공기가 더 차갑고 신선한 느낌을 주며, 검은색 바탕은 안정된 느낌과 이국적인 색감을 창조한다. 밤거리를 걷고 있는 빠른 사람들의 흐름 속에 가만히 서 있어도 그들과 함께 어디론가 가고 있는 듯한 나를 발견한다. 그것은 혼자 서 있다는 외로움이나 어색함이 아닌, 내가 걷고 있을 때보다 더 신선하고 재미있는 경험을 느끼게(→하게) 한다.

매일 똑같은 일상을 복사하고 있는 그 곳에 까맣게 번진 잉크 자국은 보이지 않는 이탈을 추구하는 밤의 모습이다.

이 글의 지은이는 글을 너무 어렵게 쓰려는 버릇이 있는 듯하다. 그 바람에 더러 투명하게 와 닿지 않는 문장들이 눈에 띄어서 몇 군데 고쳐 보았다. 하지만 이 글의 지은이는 사물을 대하는 생각이 놀라우리 만큼 깊어서, 앞으로 꾸준히 노력한다면 정말로 훌륭한 글을 쓸 수 있는 자질을 충분히 보여 주고 있다.

다음에는 〈미륵사지 탑을 견학하고 나서〉라는 제목의 기행문을 감상해 보자. 탑을 아주 충실하게 보고 난 뒤, 자기 나름의 느낌을 차분하게 진술하고 있다.

중학교 2학년 때 나는 봄 소풍을 미륵산으로 갔다. 미륵산은 익산시에서 가까운 금마에 위치해 있고, 누구나 다 가 본 산이라서 그 곳에 있는 유적지에는 관심이 없었다. 점심을 먹고 산책이나 할 겸 돌아다니다가 미륵사지 탑을 보게 되었다. 그냥 있는 탑이려니 생각했던 미륵사지 탑이 갑자기 아름답게 보였다. 나도 모르게 탑 근처로 발을 옮기게 되었다. 석공들이 온갖 정성을 쏟아 부었던 흔적이 탑의 곳곳에 남아 있었다.

원래는 미륵사라는 절도 있었고, 탑도 중앙에 3개나 있었다고 한다. 그런데 지금은 미륵사지 탑 한 개가 덩그러니 남아 있을 뿐이다. 마지막 남은 한 개의 탑마저도 벼락을 맞아서 한쪽 부분이 무너져 내렸고, 간신히 시멘트로 메워 놓은 것을 보니 마음이 아팠다. 이렇게 유적에 대해 관심이 없다니……. 게다가 주위에는 돌 조각이 그대로 쌓여 있었고, 표지판은 낡아서 (다시는) 와 보고 싶지 않다는 생각이 들 정도였다. 탑의 모습이 너무 초라해 보여서 안타까웠다.

옆에는 요즈음 새로 지은 탑이 있었다. 난 그 탑을 보기 위해 뛰어가서 탑의 여기저기를 자세히 살펴보았다. 그 탑은 3개의 탑 중의 한 개였는데, 부서지고 나서 다시 똑같게 만들었다고 한다. 그래도 이런 탑을 만들어서 백제의 문화를 알게 해 준 것이 고맙기만 했다.

돌아오는 길에 백제인이 만들었던 아름다운 탑을 그 동안 업신여겼던 내 자신이 부끄러웠다. 그리고 혼과 정성을 불어넣어 섬세하고도 부드러운 탑을 만들어, 삼국 시대에 문화의 꽃을 피웠던 백제인의 후손이라는 사실에 마음이 뿌듯했다. 다음에 기회가 있으면 다시 와서 좀더 많은 것을 배우고 싶다.

◆ 생각해 봅시다!

1. 사람들은 대개 지루한 일상에서 벗어나 어디론가 홀연히 떠나고 싶어한다. 많은 사람들이 이렇듯 여행을 꿈꾸는 이유는 무엇일까? 여행을 떠난 그 곳에는 무엇이 있어서, 그토록 사람들의 발길을 잡아끄는지 각자의 생각을 말해 보자.

2. 여행을 하던 중에 보고 듣고 느끼고 생각하고 감동받은 것을

기록하는 글을 기행문이라 한다. 이러한 기행문이 갖추어야 할 세
가지 요소에 대해 이야기해 보자.

제18교시
의문점을 속시원히 풀어 주는 설명문
―남이 잘 모르는 사실을 알기 쉽게 일러 줘라

1. 묘사하기와 설명하기

어떤 사람이 사용하는 말은 그가 한 생각(사고)의 결과물이다. 그러므로 아름다움에 대해 늘 생각해 온 사람은 예술적인 말을 많이 사용하게 되고, 논리적인 생각을 늘 해 온 사람은 설명적인 말을 자주 사용하게 된다.

이제 막 해가 떨어져 땅거미가 내리기 시작한 어느 교외의 강변이었다. 사랑하는 남자와 여자가 손을 꼭 잡은 채 다정스레 거닐고 있었다. 남자는 천문학을 공부하는 학생이고, 여자는 국문학을 공부하는 학생이었다. 그 때 마침 하구 쪽의 강굽이 뒤쪽에 있는 산등성이에서 샛노랗고 둥그런 달이 떠올랐다.

"아유! 저 달 좀 봐. 영락없이 은쟁반이네. 어쩌면 신의 거대한 얼굴처럼 신비하고 인자하고 후덕해 보이기도 하고……. 자기와 나의 만남을 축복해 주는 것 같아."

여자가 달을 보고 이렇게 감탄하자, 남자가 대답했다.

"달은 지구가 지니고 있는 유일한 위성이니까, 우주 공간에 떠 있는 천체 중에서 우리들하고 가장 가깝게 이웃하고 있는 별이지. 지구와 평균 384, 000 킬로미터 거리를 유지하고 있거든. 그 반지름은 지구의 약 4분의 1쯤? 어쨌든 달은 지구에게 아주 강한 인력을 미치고 있는 게 사실이야. 바닷물로 하여금 밀물과 썰물이 지게 하고, 때로는 태양빛을 가려서 일식 현상이 일어나게도 하잖아. 그뿐이 아니야. 달의 인력은 우리 몸에까지 영향을 미쳐서, 우리의 기분을 명랑하게도 하고 우울하게도 해."

여자는 남자의 말을 들으며, 가슴속에 밀려들었던 감동이 순식간에 사라지는 것을 느꼈다. 어쩌면 저렇게도 멋이 없을까? 하지만 여자는 여기서 실망하지 않고, 달 저쪽으로 솟아오르고 있는 구름장들을 가리키면서 다시 입을 열었다.

"은색 달빛을 머금은 저 구름 좀 봐. 거죽은 거무칙칙한 석류 껍질 같은데, 저 안쪽은 솜사탕 같기도 하고 복숭아 속살 같기도 하네. 우리 둘이서만 저 속에 들어가 한번 살아 봤으면 좋겠다."

여자가 다시 꿈을 꾸듯 환상적인 말을 하자, 남자도 나름대로의 생각을 늘어놓았다.

"수증기를 많이 포함한 공기가 식어서 이슬점(대기 중에 포함되어 있는 수증기가 냉각되어 응결하기 시작할 때의 온도)에 도달하면, 수증기가 포화되어서 물방울로 변해. 구름이란 그렇게 해서 생긴 물방울이나 그 물방울이 얼어서 생긴 얼음 알갱이가 한데 모여서 떠다니는 걸 가리키는 거야. 그 얼음 알갱이에 수증기가 달라붙어서 커지면 무거워서 아래로 떨어지게 되거든. 그것이 지표면 부근의 따뜻한 공기층을 통과하면서 녹으면 비가 되고 녹지 않고 떨어지면 눈이 되는 거고……. 구름에는 새털구름(권운)·비늘구름(권적운)·면사포구름(권층운)·양떼구름(고적운)·높층구름(고층운)·비구름(난층운)·층쌘구름(층적운)·안개구름(층운)·뭉게구름(적운)·소나기구름(적란운) 따위가 있다는 건 알고 있지? 그런데 저 속에 들어가 살자고? 구름 속의 온도가 얼마인지 알고나 하는 말이니? 적어도 영하 20도는 될 거다."

여자는 더 이상 할 말을 잃고 말았다.

그런데 이 두 사람의 대화를 가만히 들어 보면 어떤 차이점이 발견되는 것을 알 수 있다. 여자는 이것저것 비유까지 해 가면서 달이나 구름이 풍기는 이미지를 생생하게 그려 내 보이고 있는 반면에, 남자는 마치 과학 선생님이 달이나 구름의 원리를 설명해 주실 때처럼 지식을 주로 전달하고 있다. 여기에서 여자가 이야기한 것, 즉 어떤 대상의 구체적인 모습을 그림 그리듯이 나타내는 방법을 **묘사**라 한다. 그리고 남자가 이야기한 것, 즉 다른 사람이 잘 알지 못하는 사실을 알기 쉽게 풀이해 주는 방법을 **설명**이라 한다. 말하자면 묘사는 어떤 대상을 문학적으로 형상화시키는 글쓰기 방법이고, 설명하기는 어떤 대상을 논리적으로 풀이하는 글쓰기 방법이라 할 수 있다. 그 중에서 이번에는 설명하기에 대해 알아보도록 하자.

2. 독자가 잘 알지 못하는 사실을 쉽게 풀어 준다

설명문이란 어떤 사실이나 지식, 정보에 대하여 알기 쉽게 풀이한 글이므로, 읽는이가 글의 대상에 대해 의문점을 가지지 않도록 구체적이고 상세한 내용을 담아야 한다. 그러자면, 먼저 설명하려는 대상과 연관된 여러 가지 문제들을 주도면밀하게 정리하여 두는 것이 좋다. 글을 쓰는 사람이 읽는이에게 알리고자 하는 바가 무엇이며, 또 읽는이가 알고자 하는 것은 무엇인지 분명하게 알아야 한다는 뜻이다.

어떤 대상에 대한 의문점들을 정리할 때는, 우선 우리들의 삶을 중심으로 가닥을 잡아 가는 것이 좋다. 여기서 가장 중요한 것은, 그 대상을 바라보는 시각이다. 말하자면 '왜' '어떻게'라는 의구심을 가지는 것이다. 그것이 왜 세상에 있어야 하는가(이유)와 그것이 어떻게 자리 매김을 해야 하는가(방법) 하는 것 등등……. 그렇다면 그러한 의문점들을 어디서부터 어떻게 해결해 나가야 하는 것인지, 서울대 권영민 교수가 정리한 것을 함께 보도록 하자.

(1) 그것은 무엇인가?(종류)

(2) 그것은 어떤 뜻인가?(의미)

(3) 그것은 어떤 가치가 있는가?(가치)

(4) 그것은 어떻게 이루어져 있는가?(조직)

(5) 그것은 어떻게 생겼는가?(형태)

(6) 그것은 어떤 역할을 하는가?(기능)

(7) 그것은 왜 그렇게 되었는가?(이유)

(8) 그것은 어떻게 해야 할 것인가?(방법)

이처럼 어떤 대상에 대한 여러 가지 의문점들을 잘 정리한 다음에는 차근차근 글을 써 나가야 한다. 그러면 위의 내용을 염두에 두면서, '사람'에 관한 설명문을 한번 써 보도록 하자.

사람은 영장류의 사람과에 속한 동물이다. 지구상에서 가장 발달한 동물로, 다른 동물들과는 달리 사유 능력과 언어를 가지고 있다. 이것이 곧 사람이 온 세상을 지배하게 된 가장 큰 원동력이며, 사람을 가리켜 만물의 영장이라 일컫는 중요한 이유이기도 하다(종류).

그렇다면 만물의 영장인 사람은 무엇을 위하여 세상을 살아가고 있을까? 단지 배부르게 먹기 위해서일까? 앞에서도 말했다시피, 사람은 다른 동물들과는 다른 여러 가지 면들을 가지고 있다. 그러므로 이 세상을 살아가는 이유 또한 그리 단순하지가 않다. 그저 먹고 사는 데만 급급해하는 것이 아니라, 저마다 가슴속에 꿈과 이상을 품고 있기 때문이다. 바꾸어 말하면, 지금보다 나은 삶을 이루어 내기 위해 끊임없이 노력한다고 할까? 곧 들판에 널려 있는 곱디고운 꽃들처럼, 각자 자신의 꽃을 아름답게 피워 내어 이 세상을 아름답게 장식해 나가고 싶어한다고 보면 되겠다(가치).

그러나 아름다운 세상은 혼자서 만들어 내는 것이 아니다. 한 송이 한 송이의 꽃들이 모여 드넓은 꽃밭을 이루듯이, 사람도 각기 다른 한 사람 한 사람이 한데 어우러져 사회를 이루는 것이다. 즉 사람은 무리를 지어 살아가는 동물이라는 뜻이다. 가정을 이루고, 사회를 구성하고, 국가를 만들어 서로 돕고 위하면서 살아간다……(조직).

또한 사람은 두뇌가 매우 발달해 있는 것뿐만 아니라, 두 다리로 직립 보행을 함으로써 두 손을 자유로이 사용할 수 있다는 장점을 지니고 있다(형태).

그래서 사람들만이 가질 수 있는 독특한 문명과 문화를 이루어 내었고, 그 문명과 문화를 바탕으로 지구 위의 모든 것을 관장하고 또 우주를 경영한다(기능).

그래서인지 사람은 자연의 일원이면서도, 끊임없이 자연을 파헤쳐 새로운 것들을 만들어 내려 한다. 그 과정에서 자기 자신마저도 위협하는 물건(과학적인 발명품)들을 쏟아내 놓곤 한다. 가령 원자탄이나 핵발전소, 농약, 가스 같은 것들이 그것이다. 그렇게 해서 발생된 공해들 때문에 사람에게는 암이나 백혈병 같은 고치기 힘든 병들이 하나 둘 늘어나고 있다(이유).

이제 사람들은 자기가 자연의 일원이라는 사실을 숙연히 깨닫고, 개척이라는 미명으로 자연을 파괴하는 행동을 중지해야 한다. 자연에 순응하고 겸허해져야 한다. 과학이면 무엇이든 다 해결된다는 생각이나, 자기 민족이 조금 강하다 해서 약한 민족을 짓밟아도 된다는 생각을 버려야 한다.

지금은 환경을 생각할 때이다. 핵무기 생산을 중단하고 공해를 줄여야 한다. 지구가 더러워지면 결국은 사람의 존재까지도 소멸되고 말 것이다. 자연 농법으로 농사를 짓고, 폐수로 죽어 가는 강과 바다를 살리고, 우리들의 숨통인 대기를 맑게 하지 않으면 안 된다(방법).

3. 설명을 잘 하기 위해서는 먼저 대상을 붙잡아라

막상 글을 써 보려고 하니까 생각만큼 잘 써지지가 않을 때가 많다. 그렇다면 앞에서 이야기한 것들은 설명문을 쓰기 위한 내용을 준비한 것이라 치고, 이번에는 설명문을 잘 쓰려면 어떻게 해야 하는지 그 방법에 대해 알아보도록 하자.

첫째, 설명문은 처음·중간·끝으로 구성하는 좋다. 즉 설명할 대상에 대해 먼저 소개한 다음, 대상에 대한 정보나 지식을 구체적으로 설명하고, 마지막으로 정리를 하는 것이다. 물론 여기에서는 설명할 대상에 대한 이해와 지식을 바탕으로 써야 한다. 어떤 사실을 알기 쉽게 설명하기 위해서는 설명할 대상을 명확하게 알아야 하니까.

둘째, 객관적으로 써야 한다. 설명문은 정보를 전달하는 글이므로, 글쓴이의 주장이나 주관적인 느낌이 끼여들어서는 안 된다.

셋째, 간결하고 쉬운 문장으로 써야 한다. 문장이 길면 이해하기가 어렵고, 뜻이 모호해질 수 있기 때문이다.

넷째, 여러 가지 설명 방법을 적절히 활용해야 한다. 설명 방법을 효과적으로 사용하면, 읽는이가 좀더 쉽게 글의 내용을 이해할 수 있다. 그러면 설명 방법은 어떠한 것들이 있을까?

(1) 정의

글을 쓸 때는 대개 그 글에서 다루게 되는 대상을 첫머리에 밝혀 놓는 것이 보통이다. 그 때, 글의 대상이 되는 사물이나 개념의 내용, 성격 등을 명확하게 규정해 주는 것을 정의라고 한다. 정의는 대부분 'A는 B이다' 와 같은 형식으로 나타난다.

1) 설명문은 읽는이가 알지 못하는 사실에 관해서 알기 쉽게 풀어 쓴 글이다.

2) 바다는 지구상에 짠물이 괴어 있는 넓은 곳으로, 지구 표면적의 약 70.8%를 차지하며, 그 넓이가 3억 6천1백만㎢ 에 달한다.

3) 달팽이는 달팽잇과의 연체 동물로 나선형의 껍질을 지고 다니며, 암수 한몸으로 난생(알을 낳아 새끼를 까는 일)이다.

(2) 비교와 대조

어떤 사물을 분명하게 설명하기 위해서, 설명하고자 하는 대상에 다른 사물을 견주어 말하는 경우가 있다. 두 가지 이상의 사물을 서로 견주다 보면, 그 둘 사이에서 비슷한 성질이나 서로 반대되는 성질이 나타나는 것을 발견할 수 있다. 이 때 둘 이상의 사물을 견주어 그 공통되는 성질이나 유사점을 중심으로 설명하는 방법을 비교라고 한다. 또 상대되는 성질이나 차이점을 들어 사물의 특성을 설명하는 것을 대조라 한다.

1) 희곡은 소설과 마찬가지로 그 표현 수단이 언어를 매개로 한 문학의 한 분야이며, 일정한 인물과 사건과 주제를 가지고 있다는 점에서 소설과 다를 바가 없다.

2) 희곡은 일정한 무대 위에 상연되는 것을 전제로 이루어지는 것이므로 공간적인 제약이 강한 데 반해, 시나리오는 장면 전환이 자유스러워 과거와 미래, 미래와 과거가 짧은 시간 내에 제시될 수도 있다. 아무리 먼 거리의 장면이라도 동시에 표현할 수 있는 장점을 지니고 있다.

여기에서 1)은 희곡과 소설을 견주어, 그 둘이 가지고 있는 공통점을 이야기하고 있다. 반면에 2)는 희곡과 시나리오 사이의 차이점을 강조하여 그 둘의 특성을 분명히 밝혀 보이고 있다.

(3) 구분과 분류

어떤 사물의 특성을 명확하게 이해하기 위해서는, 그 사물을 어떤 기준에 따라 나누어 보기도 하고 유사한 것들과 묶어 보기도 해야 한다. 가령 문학을 크게 시·소설·수필·희곡으로 나누기도 하고, 일기나 편지·독후감·기행문 등을 수필이란 장르로 묶기도 한다.

이 때 큰 항목을 작은 항목들로 나누는 것을 구분이라 하고, 작은 항목들을 특성에 따라 한데 묶는 것을 분류라고 한다.

1) 속씨식물은 싹틀 때 배에서 나오는 떡잎의 수에· 따라 외떡잎식 물과 쌍떡잎식물로 나눈다. 한 장의 떡잎이 나오는 외떡잎식물 에는 강아지풀, 보리, 옥수수, 붓꽃 등이 있고, 두 장의 떡잎이 나오는 쌍떡잎식물에는 민들레, 무궁화, 제비꽃 등이 있다.
2) 조류·양서류·포유류·파충류·어류 등은 모두 척추를 가지고 있으므로 척추동물에 속한다.

여기서 1)은 잘게 쪼개어 나가는 것이므로 구분이라 할 수 있고, 2)는 낱낱의 것에서 공통되는 특징을 찾아 한데 모았으므로 분류라 할 수 있다.

(4) 분석

어떤 사물이나 개념이 어떻게 이루어지고 있는가를 분명하게 알리기 위해서는 그 구성 요소들을 하나하나 나누어 보는 것이 가장 좋은 방법이다. 이렇게 어떤 대상을 구성하고 있는 요소들을 일일이 나누어 보는 것을 분석이라 한다.

소설은 길이에 따라 장편 소설·중편 소설·단편 소설·콩트로 나눌 수 있다.

위의 예문이 구분이라면,

1) 사람은 정신(혹은 영혼)과 육체로 나누어 생각할 수 있다. 정신

은 마음이나 생각을 가리키는 것으로, 사람을 존재하게 하는 근원적
인 힘을 지니고 있다. 하지만 그것은 형체를 지니고 있지 않아서 저
혼자서는 존재하지 못하고, 반드시 육체라는 틀 속에 담겨 있어야 제
구실을 할 수 있다. 한편 외형상으로 사람을 지탱하게 해 주는 육체
는 대략 머리 · 몸통 · 팔다리로 이루어져 있다. 머리는 사고의 기능을
담당하며, 몸통은 심장과 위 · 간 · 대장 · 소장 · 신장 · 방광 등 여러
가지 기관을 통해 배설과 생식 기능을 맡고, 팔다리는 몸을 움직이게
하는 역할을 하고 있다.

  2) 잎은 대부분 녹색을 띠며 잎새와 잎자루로 되어 있는데, 잎의
    기본적인 내부 구조는 어느 것이나 대체로 비슷하다. 겉에는 표
    피가 있고, 그 밑에는 세포가 빽빽하게 많이 모여 있는 책상 조
    직과 세포가 엉성하게 모여 있는 해면 조직이 있다. 책상 조직
    은 엽록체가 많아 진한 녹색을 띠며, 잎의 뒷면 표피에는 많은
    기공이 있다.

이것이 분석이다.

4. 뱀장어가 민물과 바다를 왕복하는 이유는?

설명문 쓰는 요령을 충분히 터득했다면, 이제 잘 쓰여진 설명문
한 편을 읽어 보도록 하자.

  민물고기는 바다에서 살 수 없고, 바닷물고기는 민물에서 살 수 없
다. 바닷물고기는 바다의 짠물이 몸 속으로 들어오는 것을 제거시킬
수 있는 염세포가 발달하여 바닷물에서 살 수 있고, 민물고기는 몸

속으로 계속 들어오는 물을 걸러 낼 수 있는 신장이 발달되어 있다.

바닷물과 민물을 왕복하며 사는 뱀장어나 연어와 같은 물고기는 민물에서 살 때는 신장이 발달하고, 바다로 갈 때가 되면 신장의 기능이 약해지고 염세포 수가 급격히 늘어난다. 이러한 생리적 기능의 변화는 어떤 물고기나 가능한 것은 아니며, 뱀장어나 연어류도 일생에 두 번밖에 가능하지 않다.

민물에 살던 뱀장어가 산란을 위해 바다로 갈 때가 되면 몸에 지방이 축적되고 가슴지느러미와 눈이 상당히 커진다. 몸에 지방을 축적하는 것은 산란장까지 먼 거리를 먹지 않고 가기 위하여 에너지를 모으기 때문으로 볼 수 있고, 가슴지느러미가 커지는 것도 먼 거리를 이동하는 거과 연관된 것으로 판단된다. 일반적으로 밝은 곳에 사는 동물은 눈이 작고, 어두운 곳에 사는 동물은 눈이 큰데, 산란 회유를 하는 뱀장어의 눈이 커지는 것도 어둡고 깊은 물 속에서 살기 위한 적응으로 보인다.

그러면 뱀장어는 왜 이토록 생리적으로 어려운 변화를 겪으면서까지 민물과 바다를 왕복하는 쪽으로 진화했을까? 바다로 산란 회유를 떠나는 뱀장어의 형태는 원양의 중층에 사는 어류와 흡사하다. 뱀장어는 원래 원양의 중층에 살았던 어류로, 진화 적응 과정 중에 바다에 비하여 적이 적은 민물로 들어와 성장하게 된 것으로 보인다.

바다에서 자라고 민물에서 산란하는 연어류는 한 어미가 수천 개밖에 알을 낳지 않는 데 비하여, 뱀장어는 인공 산란 결과 수천만 개의 알을 낳는 것으로 밝혀졌다. 바다에는 적이 많아 헤엄을 잘 치지 못하는 알이나 어린 치어는 쉽게 적에게 잡아먹힌다. 치어기가 긴 뱀장어는 이를 보상하기 위하여 많은 수의 알을 낳는 것으로 보인다.

—이태원의 〈뱀장어 생태의 수수께끼〉 중에서

◈ **생각해 봅시다!**

1. 설명과 묘사의 차이점을 말해 보자.

2. 설명문을 잘 쓰기 위해서는 여러 가지 설명 방법을 활용해야 한다. 설명 방법에는 정의, 비교와 대조, 구분과 분류, 분석 등이 있는데, 이 중에서 구분과 분류에 대해 이야기해 보자.

제19교시
세상에서 가장 강한 글, 논설문
—빈틈없는 설득력 발휘하라

1. 논설문은 혼자서 즐기기 위한 글이 아니다

세상을 살아가다 보면, 누구나 뜻하지 않은 여러 가지 일들에 부딪히게 마련이다. 그럴 때마다 모든 일이 수월하게 풀려 나간다면 정말로 좋겠지만, 세상 일이란 꼭 그렇지만도 않다. 그래서 이따금 우리는 그 힘겨운 마음을 글에 담아 보기도 한다.

글은 쓰는 사람의 상황에 따라 여러 갈래로 나타날 수 있다. 나의 어렵고 고단한 마음을 그저 담담하게 뱉어 내 놓는 수필이 될 수도 있고, 상대편이 잘 알지 못하는 사실을 알기 쉽게 풀어서 일러주는 설명문이 될 수도 있고, 나와 생각이 다른 사람에게 객관적이고 타당한 근거를 제시하여 설득하는 논설문이 될 수도 있을 것이다.

이 중에서 나와 의견 대립을 보이고 있는 상대편을 내 쪽으로 끌어당기는 묘한 마력을 지닌 글이 바로 논설문이다. 논설문은 우리가 매일같이 받아 보는 신문의 사설이 대표적이다. 그래서인지 오래 전 영국의 한 신문사 주필은 이렇게 호언장담했다.

"내가 붓을 한 번 들면, 우리 나라 내각을 3일 안에 넘어뜨릴 수도 있고 새로 세울 수도 있다."

또 옛날 중국 위나라의 문제라는 임금은 이런 말을 하기도 했다.

"글로써 어떤 사실을 진술하는 일〔文章〕은, 한 나라를 경영하고 다스리는 데 있어서 가장 큰 업무이다."

이 이상으로 글의 위력을 강하게 나타낸 말이 또 있을까? 이 말은 곧, 산을 밀어다가 바다를 메우게 할 수도 있고, 짙푸른 뽕나무밭을 시퍼런 바다로 변하게 할 수도 있고, 개펄 한가운데로 길을 내고 그곳에 비행장이 들어앉게도 할 수 있는 것이 글이라는 뜻이다. 하기에 따라서는 이 세상을 환히 밝히고 있는 해의 빛을 가릴 수도 있다.

이렇게 위대한 힘을 지닌 글 가운데서 가장 큰 힘을 발휘하는 것은 바로 논설문이다.

논설문은 문학적인 글, 즉 시·소설·수필·희곡 들처럼 혼자서 어떤 대상의 아름다움에 취하거나 그것을 즐기기 위해서 쓰는 글이 아니다. 앞에서도 말했다시피, 나와 생각이 다른 상대편에게 나의 생각이나 의견을 논리 정연하게 펼쳐 보여서 설득을 시키는 글이다. 그렇기 때문에 논설문을 쓸 때는 반드시 그 글을 읽을 독자를 염두에 두어야 한다.

어느 중학교의 한 교실에서 큰 소동이 일어났다. 가을 소풍을 가야 하는데, 도무지 적당한 장소를 정할 수가 없었기 때문이다. 산으로 가자는 사람, 강으로 가자는 사람, 놀이 기구를 타러 가자는 사람……. 옹기종기 모여 앉은 45명의 생각이 제각기 달라서, 과연 어디로 가야 사람들의 불만을 줄일 수 있을지 알 수가 없다. 45명의 학생이 45갈래로 갈라진 채 저마다 자기가 원하는 곳으로 가자고 목청을 돋우니, 그 반을 이끌어 가고 있는 담임 선생님이나 반장은 기가 막힐 지경이다. 그렇다고 45명의 의견을 모두 따를 수는 없는 노릇이다. 이런 경우에는 어떻게 하는 것이 좋을까?

지도자의 위치에 있는 사람들은 경우에 따라 구성원 하나하나의 자질구레한 의견이나 주장들을 과감히 잘라 버릴 필요가 있다. 물론 그러기 위해서는 그 구성원들이 충분히 이해하고 따를 수 있을 만한 근거를 제시해야 한다.

먼저 여러 가지 의견 중에서 가장 옳다고 판단되는 주장을 앞으로 내세운 뒤, 왜 그것을 택해야 했는지 다른 사람들이 이해하고 받아들일 수 있도록 설명해 주어야 한다. 그래야만 뜻이 한 군데로 모여 커다란 물줄기(여론)를 형성하게 된다. 만일 그 반에서 내는 학급 신문이 있다면, 그 신문에다 글을 기고해서 '우리의 입장과 사정이 이러이러하므로, 우리는 이러한 곳으로 소풍을 가는 것이 가장 좋을 듯하다'고 밝히는 건 어떨까? 그리하여 여러 사람의 호응을 얻게 된다면, 일이 한결 수월하게 진행되지 않을까?

이러한 일은 비단 학교의 교실에서만 일어나는 것은 아니다. 한 사회, 한 국가, 전 인류의 경영에 있어서도 여론은 중요한 역할을 한다. 여론을 조성하는 데는 논설문의 힘이 꼭 필요하다. 어떤 의미에서 논설문은 여론(그 큰 물줄기)을 만들어 내는 일뿐만 아니라, 그 것을 선봉에서 이끌어 가는 구실까지 도맡아 한다고도 볼 수 있다. 바꾸어 말하면, 논설문은 '이 세상을 움직일 수도 있고, 질서를 뒤 바꿔 놓을 수도 있을 만큼 위대한 힘을 지닌 글'인 셈이다.

2. 논설문을 쓰기 전에

논설문은 어떤 문제에 대해 자신의 의견과 주장을 논리적으로 펼 쳐서, 다른 사람들이 그에 동조하도록 설득하는 글을 가리킨다. 그 러므로 논설문은 다른 글과는 다르게 유념해야 할 부분들이 몇 가지 있다.

첫째, 주장할 관점을 분명히 세워야 한다. 주장하고자 하는 바가 분명하지 않으면, 아무리 많은 근거나 이유를 제시하더라도 읽는 사 람을 설득시킬 수가 없다.

둘째, 논설문의 주제, 즉 자신의 주장이나 견해를 뒷받침하는 근 거(논거)가 뚜렷하고 일관성이 있어야 한다. 그래야만 주장하려는 바가 힘을 얻어, 상대편을 강렬하게 끌어당길 수 있다.

셋째, 논설문에서는 대개 해결되지 않은 문제들이 다루어지므로, 참신하고 독창적인 주장을 내세워야 한다. 누구나 다 아는 사실이라 든가, 특정한 시기에 해당하는 문제, 또는 자신이 다루기에 너무 벅 찬 문제들은 가급적 피하는 것이 좋다.

넷째, 논설문은 그 목적이 분명한 글이므로, 내용을 논리적이고 치밀하게 전개해야 한다. 만일 말하려는 논지가 흐트러지게 되면, 다른 주장이 끼여들 틈을 내줄 뿐 아니라 내 글이 나타내 보이고자 하는 견해까지 신빙성을 잃게 된다.

다섯째, 논설문에서 내세우는 주장은 객관성을 띠고 있어야 한다. 나 한 사람의 사사로운 감정에 얽매일 게 아니라, 가능한 한 많은 사람들의 입장과 상황을 고려하는 것이 바람직하다. 그리고 그 문제에 대해 진실로 사랑하고 아끼고 책임을 다하려는 열의가 담겨 있어야 다른 사람의 마음을 움직일 수 있다는 것도 잊어서는 안 된다.

여섯째, 시나 소설, 수필에서 자주 보이는 수사법들은 쓰지 않는 것이 좋다. 논설문은 어떤 사실이나 대상을 아름답게 꾸미거나 포장하는 글이 아니기 때문이다. 그래서 대부분의 논설문들은 딱딱하고 건조한 경향을 띠고 있다.

3. 논설문은 어떻게 써야 하나

자, 그러면 이번에는 논설문을 실제로 써 나갈 때, 나의 주장이나 의견을 어떤 짜임새로 엮어야 분명하고 뚜렷하게 전달할 수 있는지 알아보도록 하자.

잘 알다시피 논설문은 서론·본론·결론의 형식을 띠는 게 일반적이다.

(1) 서론

어느 글이나 마찬가지로, 서론에서는 글을 쓰는 동기와 목적을 밝힌다. 말하자면 앞으로 내가 주장할 바(논지)를 제시하는 것이다. 그것은 대개 명제 형식으로 나타난다. 가령, '대원군은 이 세상에서 가장 현명한 정치가이다' 와 같은…… 이러한 명제는 논설문의 뿌리라고도 할 수 있다. 이 명제에 따라, 사람들은 '대원군은 이 세상에서 가장 현명한 정치가이다' 라는 주장에 긍정적인 입장을 취할 수도 있고, '대원군은 이 세상에서 가장 현명한 정치가가 아니다'라며 부정적인 입장을 취할 수도 있으니까. 그 다음에는 무엇 때문에 그러한 명제를 설정하게 되었는지, 또 어떤 시각과 방식으로 그것을 풀어 나갈 것인지를 읽는 사람에게 알려 주어야 한다.

(2) 본론

본론은 논설문의 한복판이라 할 수 있다. 글 전체의 80% 이상을 차지하기 때문이다. 본론에서는 서론에서 내세운 논지에 대해, 이론적인 근거와 여러 가지 증거를 제시해야 한다. 나의 생각이나 의견에 반대 입장을 취하거나 의심을 품는 사람을 설득하기 위해, 합리적이고 타당한 근거를 내보여야 한다는 뜻이다. 요컨대 논증을 하는 단계이다.

논증은 아직 명백하지 않은 사실이나 어떤 문제에 대해서 논리적으로 근거를 대어 옳고 그름을 밝히는 것을 말한다. 경우에 따라서는 권위 있는 사람의 의견을 인용하거나, 자기 의견에 반대하는 입장의 의견을 비교해 보이는 것도 괜찮다.

논증은 반드시 갈등 대립을 전제로 한다. 어떤 생각이나 행동 양식이 모든 사람들에게 똑같이 받아들여질 수는 없기 때문이다. 그렇다면 그러한 갈등 대립을 풀어 나가기 위해 어떤 방법을 사용하는 것이 좋을까?

논증의 방법으로는 크게 귀납법과 연역법을 들 수 있다.

1) 귀납법

사람은 죽는다. 새도 죽는다. 물고기도 죽는다. 나무도 죽는다.
……구체적인(특수한) 사실

사람·새·물고기·나무는 모두 생물이다. …… 공통점

그러므로 생물은 모두 죽는다. ……………… 일반적인 원리

귀납법은 여러 가지 구체적인 사실(특수한 사실)들을 모아 비교하고 검토한 뒤, 그 속에서 일반적이고 보편적인 원리(공통점)를 끌어내는 방법이다. 여기에서는 구체적인 사실(논거)들이 다양하고 풍부하게 제시되는 것이 좋다. 물론 하나하나 제시되는 논거들이 과연 합당한 것인지에 대해서는 신중히 고려해 보아야 한다.

2) 연역법

천하를 호령하는 자는 영웅이다. ……… 대전제(일반적인 원리)

대원군은 천하를 호령한 사람이다. …… 소전제

그러므로 대원군은 영웅이다. ………… 결론

연역법은 귀납법과는 반대로, 세상 사람들이 누구나 다 믿고 있는 일반적인 원리나 법칙을 근거로 내세워, 개별적이고 특수한 결론을 이끌어 내는 방법을 말한다. 여기에서는 무엇보다 대전제와 소전제 사이에 모순이 없는지를 잘 살펴보아야 한다. 대전제는 일반적으로 받아들일 수 있는 보편적인 진리가 되어야 하며, 소전제는 대전제와 결론을 논리적으로 이어 주는 구실을 해야 한다. 그리고 결론은 대전제와 소전제를 바탕으로 해서, 합리적으로 이끌어지는 것이 옳다.

(3) 결론

결론은 본론에서 전개해 온 논지를 매듭 짓는 단계이다. 서론에서 제시했던 문제와 대조하여 다시 한 번 논지를 간략하게 언급한 다

음, 본론에서 제시된 논거에 따라 나온 결과를 종합하고 판단하여 최선의 결론을 얻어야 한다. 결론은 되도록이면 간결하게 적는 것이 좋다. 결론이 너무 길어 지루함을 자아내거나 본론에서 한 말을 자꾸만 되풀이하는 것은, 본론에서 자기 주장을 제대로 펴지 못했다는 것을 의미하기 때문이다.

4. 모로 가도 서울만 가면 된다?

이번에는 독자가 보내 온 글들 중에서 두 편을 차례로 감상해 보자.

(1) 만인의 행복과 평등한 삶의 질을 이룩하기 위해 인류는 '공산주의'라는 새로운 정치 체제를 확립했다. 이에 상반되는 '민주주의'도 역시 평등한 권리와 정의 실현을 위해 만들어지게 되었다. 비록 정치의 수단과 방법은 서로 틀릴지라도 추구하는 목적은 같은 셈이다. 하지만 지금 이 정치 체제가 한쪽으로 기울고 있는 상황에 대해서는 아무도 부인할 수 없을 것이다.

강제적인 방법을 이용해서라도 '지상 낙원'을 만들려 했던 '공산주의'는 결과적으로 목적도 채 달성하지 못하고 붕괴되었다. 지금은 겨우 '공산주의'의 잔재들만이 여기저기 남아 있을 뿐이다. 하지만 그에 비해 '민주주의'는 거의 같은 역사에도 불구하고 '국민의, 국민에 의한, 국민을 위한' 이념으로 인간에게 가장 이상적인 정치 체제로 군림하고 있다.

우리는 이 간단한 예에서 수단과 방법이 존재하기에 결과가 있을 수 있다는 것을(→수단과 방법에 따라 결과가 어떻게 달라지는지를) 알 수 있다.

'가장 마지막에 미소짓는 자가 승자이다'라고 하지만, 그가 미소지을 수 있게 되기까지는 감히 웃지 못할 시련과 역경을 딛고 일어서야만 했을 것이다.

정당하지 못한 방법으로 최고 권력을 잡을 수 있었다 하더라도 그를 훌륭하다고 높이 평가하지 않는 것은 그런 이유에서가 아닐까?

필자는 사람이기 때문에 그만큼 수단과 방법이 중요하다고 본다. 요즈음처럼 물질이 세상을 지배하여 인간이 인간으로서의 가치를 망각하고 있을 때에는, 오히려 목적보다는 수단과 방법이 더욱 중요한 것은 아닌가 하는 생각을 해 본다.

(2) 나는 목적을 이루는 데에는 완벽한 수단과 방법이 꼭 필요하다고 본다.

<u>성수 대교 참사를 예를 들어 보면,</u> (→성수 대교의 참사를 예로 들어 보자) <u>빠른 완공만을 목전에 두고서 부실 공사로 지었기 때문에 재시공해야 했던 반면, 선진국에서는 100년 된 다리도 아직 튼튼하다고 한다</u>(→성급한 완공만을 목전에 두고서 부실한 공사로 다리를 놓았기 때문에 그러한 참사를 겪은 데다, 그것을 헐어 내고 다시 시공해야 하는 부끄러운 일까지 감수해야 했다. 그런데 다른 나라에서는 어떤가. 100년 된 다리도 아직 튼튼하다고 하지 않던가. 왜 그러한 일이 생겨난 것일까. 아마도 목적보다는 수단과 방법을 중시했기 때문이리라).

이런 차이점이 바로 국민 수준과 경제 향상 등을 판가름하는 것이 아닐까?

수단과 방법을 뒷전으로 한 채 <u>결과로만</u>(→미리 설정해 놓은 결과나 목적만을 향해서) 질주한다면 결코 좋을 수 없다는 <u>사례는</u>(→사례들이) 우리 주변에서 속속들이 나타나고 있다.

물론 <u>결과를 내는</u>(→좋은 결과에 도달하는) 것이 가장 중요할 수도 있다. 하지만 수학에 비유해 보면, 식 없는 계산 같은 것이다(→그것은 수학에서 식 없는 계산하고 똑같은 것이다). 식 없는 계산은 틀리기가 쉬울 뿐더러 정확한 신용도 얻을 수 없는 것이기 때문이다.

원인 없는 결과가 낳은(→그렇다면 좋은 수단과 방법을 무시한) 결과는 무엇이 있을까?

첫째, 무엇보다 중요한 것이 바로 참된 노력을 가진 인간성의 상실이다(→참된 노력을 하는 인간성을 상실하게 된다). 결과만을 얻기 위한 과정은 (참된) 가치를 부여받을 수 없기 때문이다(→없으므로).

둘째, 언젠가는 피해를 입게 된다. 성수 대교의 예처럼 우리가(→그것을 이용하는 사람들이 직접) 피해를 입게 되는 것이다.

이를 보아 얼마나 근거 없는 결과가 얼마나 해가 될 수 있는지를 알 수 있다(→이를 두고 볼 때 근거 없는 결과가 얼마나 많은 폐해가 될 수 있는지 알 수 있다).

아무리 우리 인류가 화성에 탐사선을 보냈다 하더라도 발전하려는 노력이 탄탄한 원인이 되어 오늘날의 우리가 있게 된 것이다(→오늘날 인류가 화성에 탐사선을 보낼 정도로 급성장했다 할지라도, 그렇게 발전하려는 탄탄한 노력〔수단과 과정〕을 하지 않았다면 오늘날의 결과란 있을 수 없는 일이다).

세상에 원인 없는 결과란 없다. 하지만 얼마나 우리가 수단과 방법에 노력함에 따라 가치는 달라지는 것이다. 위와 같은 이유로 나는 목적 달성에는 완벽한 원인이 필요하다고 본다(→생각한다).

◆ 생각해 봅시다!

1. 논설문과 설명문의 차이점을 말해 보자.

2. 논설문의 짜임에 대해 설명해 보자.

제 20교시
음악을 향해 날아가는 글과 이야기하는 글
— 글쓰는 묘미 알면 누구나 시와 소설도 쓸 수 있다

1. '문예'란 '문어'와 비슷한 어떤 것 아닐까

부끄러운 이야기 하나를 하겠다.

고등학교 1학년 때였다. 입학을 하고 나서 처음 맞이하는 금요일의 6교시 수업 시간…… . 선생님께서는 들어오시자마자 출석부를 교탁 위에 내려놓으시더니, 칠판에다 축구반 배구반 농구반 정구반 원예반 과학반 문예반 서예반 미술반 합창반…… 하고 줄줄이 써 내려가셨다. 그러고는 그 가운데서 어느 한 가지를 택하라고 하셨다. 매주 금요일마다 5교시 수업이 끝난 다음, 자기 마음에 맞는 반을 찾아가 두 시간 동안 취미 활동을 한다는 것이었다. 말하자면 '특별 활동'이었다.

그런데 나는 시골에서 초등학교와 중학교를 다녀서 그랬는지, 그 전까지 특별 활동이 무엇인지를 전혀 모르고 있었다. 당연히 어느 반을 택해야 하는지도 알 수 없었다. 그래서 결국은 그 시간이 다 끝나갈 때까지도 반을 정하지 못한 채 막막해하고 있었다. 그 때 한 친구가 말했다.

"우리 문예반으로 가자."

문예반이라니? 나는 친구의 얼굴을 멀거니 건너다보았다. 사실 나는 '문예'라는 말이 무얼 뜻하는 것인지 알지 못했다. 순간 내 머릿속에는 '문어'라는 낱말이 떠올랐다. 문어를 문예라 하기도 하는 것일까. 나는 어촌에서 자랐기 때문에, 어부들이 바다에서 잡아다가 말려 가지고 시장에 내다 팔곤 하는 '문어'에 대해서만은 잘 알고 있었던 것이다. 나는 더 방황하고만 있을 수 없어서 친구를 따라 문예반에 들어가기로 했다.

그리하여 한 주일이 꼬박 흐른 후, 나는 맨 처음으로 특별 활동 시간을 맞이하게 되었다. 문예반 지도를 맡으신 선생님께서는 먼저 '문예'라는 말의 뜻을 설명해 주셨다. 그 때 나는 그만 얼굴이 붉어지고 말았다. 문예는 한자로 '文藝'라 쓰는데, 그것은 '문학 예술'의 줄인 말이라는 것이었다. 또 그 속에는 시·소설·희곡·평론·수필 따위의 장르가 들어 있다고 했다.

2. 초등학생들이 읽어야 할 동화를 고등학생 때에야 읽었다

그런데 그 멋모르고 들어갔던 문예반이 이후 내 인생에 있어서는 매우 지대한 영향을 끼쳤다. 그 해 초봄에 나는 생전 처음으로 《소공자》《암굴왕》《철가면》《십오 소년 표류기》 따위의 동화책들을 만나게 되었기 때문이다. 남들은 이미 초등학교 시절에 읽었을 그 책들을 나는 고등학생이 되어서야 읽었다는 이야기이다. 그러니 나의 책 읽기가 얼마나 늦은 것이었는지 쉬이 생각할 수 있을 것이다. 어쨌든 나는 그 책들을 읽고 깜짝 놀랐다.

"아하, 이렇게 아름답고도 슬픈 세계가 있었구나!"

나는 그 때까지만 해도 이 세상에는 교과서와 참고서와 사전, 그리고 학생들이 즐겨 읽는 월간 잡지 《학원》만 있는 줄 알았다. 그런데 내가 고등학교 1학년이 되어서야 만난 문학의 세계는 마치 꿈속 같은 별천지와 다름이 없었다. 현실 세계와는 전혀 다른, '또 하나의 신기한 새 세상'이었다. 늦게 배운 도둑이 날 새는 줄 모른다는 말이 있듯이, 어느 땐가부터 나는 동화책이나 소설책을 읽느라고 밤을 하얗게 밝히곤 했다. 달콤한 과자를 맛보고 난 아기가 밥을 먹으려 하지 않고 단 과자만을 찾듯이, 나는 다른 공부는 제쳐두고 시집과 소설책, 동화책 들을 읽는 데만 정신이 팔려 있었다.

3. '문학'과 '문학 아닌 것'의 차이

그런데 나를 그토록 매료시킨 '문학'이라는 것은 대체 무엇인가? 시와 소설의 문장 차이를 알아보기 전에, 먼저 '문학'과 '문학 아닌 것'은 어떤 차이점을 가지고 있는지부터 살펴보도록 하자.

진달래는 진달랫과의 낙엽 활엽 관목. 산간 양지에 나며, 높이는 2~3m 정도 됨. 잎은 어긋남. 봄에 엷은 분홍색 꽃이 잎보다 먼저 가지 끝의 곁눈에서 1개씩 나오는데, 그것이 2~5개가 모여 달림. 꽃은 아이들이 따먹음. 한국·일본·만주·중국 북부·몽고 북부·우수리 등지에 분포함.

이것은 '진달래'에 대해 설명하고 있는 국어 사전의 한 대목이다. 이 글은 우리의 현실 생활에 도움을 주는 것이다. 그렇기 때문에 명백하고도 객관적인 진리를 가지고 있다. 이러한 글은 실용적인 목적을 위해 쓰여진 것일 뿐, 우리 삶의 아름다움이나 아픔, 고통, 절망, 행복 따위를 담아 내는 '문학'과는 엄연히 구별되는 것이다. 즉 '문학 아닌 글'이라는 말이다. 이러한 글들은 주로 '바깥 세계'에 대한 것을 지향하고 있다. 말하자면 대체로 정보를 전달하거나 어떤 사실을 설명하고 논증하려는 목적을 지니고 있다는 뜻이다.

그에 비해, '문학'은 그 글을 쓰는 사람의 '가슴속의 세계'로 나아간다.

나 보기가 역겨워
가실 때에는
말없이 고이 보내 드리우리다.

영변에 약산
진달래꽃
아름 따다 가실 길에 뿌리우리다.

가시는 걸음걸음

놓인 그 꽃을

사뿐히 즈려밟고 가시옵소서.

나 보기가 역겨워

가실 때에는

죽어도 아니 눈물 흘리우리다.

이것은 김소월의 〈진달래꽃〉이라는 시이다. 우리에게 현실적인 정
보를 주지 않을 뿐더러, 객관적인 설명이나 논증도 하지 않는다. 즉
실생활에 보탬이 되는 글은 아니라는 뜻이다. 다만 한 편의 시로서,
그것을 지은 사람의 아픈 감정(사랑하는 사람을 떠나 보내기 싫어하
는 한스러운 정서)을 진실되고 아름답게 그려 보이고 있을 따름이다.
이러한 것이 문학이다.

문학은 〈진달래꽃〉처럼 가슴속으로 아련히 밀려드는 정서를 음악
적인 가락에 실어 담아 내기도 하고, 〈심청전〉이나 〈춘향전〉처럼 특
수한 재미와 감동을 자아내기 위해 있을 법한 이야기를 상상하여 그
럴듯하게 꾸며 내기도 한다.

4. 소설의 문장이란
그렇다면 소설과 시의 문장은 어떤 차이점을 가지고 있을까?

잠을 자면 눈썹에 서캐가 서리처럼 허옇게 슨다는 음력 정월 열나흘
날 초저녁이었다. 진메 잔등의 검은 솔 숲 위로, 올볏짚(철 이르게 익

은 벼의 짚)으로 엮은 샛노란 맷돌 방석 같은 달이 솟았다. 안마당에 절진했던(가득 찼던) 어둠이 구정물통에 맹물을 퍼 넣듯 묽어졌다. 달을 보는 순간, 얼굴이 달떡같이 동글납작한 달식이가 생각났다.

─ 한승원의 〈해신의 늪〉 중에서

이것은 소설의 문장이다. 문장 하나하나가 생각의 단위로 되어 있다. 그리고 이 문장의 연결 방식이 시간의 순서에 따라 이루어지고 있다. 어떤 사물(달)을 표현하기 위하여 비유(올볏짚으로 엮는 샛노란 맷돌 방석 같은)를 동원하고 있다. 또 문장과 문장 사이에는 원인과 결과라는 질서가 놓여 있다. 가령 '달'이 진메 잔등의 검은 솔 숲 위로 떠오르자 '얼굴이 달떡 같은 달식이가 생각났다'는 게 그것이다.

한 마디로 소설은 지어 낸 이야기이다. 그래서 그 속에는 인물들이 나오고, 시간과 장소가 나오고, 사건이 있고, 지은이의 사상과 감정이 고스란히 묻어난다. 지은이의 마음에 따라 슬픈 이야기가 될 수도 있고, 행복한 이야기가 될 수도 있고, 무서운 이야기가 될 수도 있다.

그러니 이러한 소설 문장에서는 음악적인 가락(리듬) 따위는 거의 찾아보기가 힘들다.

소설의 문장은 대개 '대화'와 '지문'으로 이루어져 있다. 대화는 등장 인물이 한 말을 독자가 직접 듣도록 따옴표를 써서 그대로 드러내 보여 주는 것이다. 대화하는 사람의 이름이나 모습은 당연히 문장 속에 나타나지 않는다. 그 뒤에 숨어 있게 마련이다.

반면에 지문은 그것을 말하는 사람의 모습이 확연히 드러난다. 지문은 인물들이 지껄인 대화를 보충해 주기도 하고, 그런 일이 벌어지게 된 상황이나 사건의 모양, 진행 과정 등을 안내해 주기도 한다. 그래서 지문에는 대개 묘사적인 것과 설명적인 것이 혼합되어 있다.

나는 그 새끼무당이 어디엘 갔느냐고 윤월 무당에게 물었다.

"제 언니들이 굿하는 데 따라갔지. 저도 살아갈라면은 굿을 배워야 할 것이 아니여?"

오래지 않아서 그 새끼무당이 굿판에서 돌아와 가지고 윤월이 무당에게 인사를 했다.

"인사드려라. 네 삼촌 되는 어른이시다. 아주 훌륭한 글을 많이 쓰는 어른이시란다."

새끼무당은 수줍어하면서 나에게 코가 땅에 닿을 만큼 곱게 절을 했다. 이 때 나는 그 새끼무당의 얼굴과 자태를 속속들이 살폈다. 그 새끼무당은 윤월이 무당의 어린 시절 그 얼굴 그 자태를 빼다가 박아 놓은 것이었다. 윤월이 무당보다 약간 더 호리호리하고 목이 길고 얼굴이 갸름한 것이 다르다면 다를 듯싶었다.

ㅡ 한승원의 〈새끼무당〉 중에서

이 문장의 지문들이 '실명직'인 것이라면, 다음의 것은 '묘사적'인 것이다. 한여름의 무더위를 표현하고 있다. '덥다'는 말은 한 마디도 나오지 않지만, 독자는 숨막히는 더위를 온몸으로 느낄 수 있다. 그것은 바로 묘사의 힘 때문이다.

불덩이 같은 햇볕이 내리쬐었다. 담 위로 올라간 호박덩굴 잎사귀들은 뜨거운 물을 뿌려 놓은 것처럼 처져 있었다. 삽살개가 그 호박 잎사귀 같은 혀를 내놓고 헐떡거리며 나무 그늘 밑으로 들어가 쓰러지듯이 누웠다.

그는 선풍기 바람 앞에 얼굴을 들이밀었다. 선풍기 바람마저 뜨거
웠다. 등과 겨드랑이에는 벌레가 기어가는 것처럼 땀방울들이 흘러내
리고 있었다. 숨이 막혔다.

5. 시의 문장이란

불이 켜진다
밤이면 집집마다
불이 켜진다

멀리 가까이
우는 듯 속삭이는 듯
불이 켜진다

사랑하는 이들의
사랑하는 이들의
우는 듯 속삭이는 듯
불이 켜진다

— 김춘수의 〈밤이면〉

이 글은 밤이면 불이 켜지는 모습을 아름답게 노래하고 있는 시이
다. 문장의 연결은 행갈이(줄을 바꾸는) 방식을 취하고 있다. 이 시
의 문장을 살펴보면, 시간적인 순서 또는 원인과 결과에 의한 질서
를 전혀 따르지 않고 있다는 것을 느낄 수 있다.

이 시는 머릿속에 하나씩 떠오르는 연상 작용(이미지)의 질서를 따르고 있다. 밤에 불이 켜지는 모습에서 '울음과 속삭임'을 연상하고, 다시 나아가 '사랑하는 사람들의 울음과 속삭임'을 연상하는 것이다. 그 속에는 많은 뜻이 함축되어 있다. 말하자면 집집에서 벌어지고 있는 사랑과 다정다감한 사람의 모습들이 그 시 속에 숨어 있다는 것이다.

이러한 시에서는 다른 장르의 글에서는 찾기 어려운 음악적인 가락을 느낄 수 있다. 마치 노래를 부를 때와 같이 말에 가락이 실려 있다는 뜻이다. 이처럼 시에 쓰인 말의 가락을 '운율'이라 한다. 운문과 산문을 가르는 가장 큰 기준은 바로 이 운율이다. 운율을 느낄 수 있는 글을 운문이라 하고, 운율을 느낄 수 없는 글을 산문이라 하기 때문이다. 다시 말해, 시는 마음속에 떠오르는 생각이나 느낌을 운율이 담겨 있는 말로 압축해서 나타낸 글이라 할 수 있다.

참, 여기에서 주의할 점은 행갈이만 한다고 해서 다 시가 되지는 않는다는 것이다.

> 쾌적한 자연이 있습니다
> 편리한 생활이 있습니다
> 자연과 가족이 되고
> 이웃과 따스한 정을 나누는
> 즐거운 하루가 시작됩니다
> 풍요한 행복의 약속을
> '태양열 주택'에서 이루십시오

이것은 태양열 주택의 좋은 점을 선전하고 있는 광고 문안이다.

여느 시 못지않게 행갈이를 했지만, 이 글은 실용적인 가치를 전달하려는 목적을 지니고 있을 뿐 결코 시로서의 모습은 갖추어져 있지 않다.

6. 갈매기와 구제 불능

그러면 이번에는 독자들이 보내 온 글들 중에서 〈갈매기〉라는 시와 〈구제 불능〉이라는 콩트를 차례로 감상해 보자.

(1) 끝없이
    출렁거리는
    바다 위
    푸른 창공에서
    노닐고 있는
    너

    너를 보니
    부럽기 그지없구나
    푸름의 속에
    하얀 네가 끼여
    한결 멋이 더해졌구나

    내 마음속의
    창공에서
    놀아 보지 않으련

너의 자유를

한 순간이나마

느껴 보고 싶구나

(2) 개학 후 보름이 지나면 학업 성취도 평가 시험을 보게 된다.
그 시험을 조금이라도 잘 보려면 미리 공부를 해야 했다. 서점에 가
서 아무 문제집이나 하나 골라 사 가지고 나왔다. 집에 오자마자 맨
뒤의 답안지를 북 찢어 내고 열심히 문제를 하나하나 풀어 나갔다.
신기하게도 내가 푼 답들은 거의 백 퍼센트 답안지의 그것과 동일했
다. 문제들이 어쩐지 쉽다는 생각이 들었고, 나는 자신만만해졌다.

'내가 그 동안 학교에서 선생님 말씀을 잘 듣고 열심히 노력했기 때
문에 아직도 공부한 내용들이 기억에 남아 있어서 이러는 모양이다.'
하고 생각하자 가슴이 두근거렸다. 나는 머리가 아주 좋고 공부 잘
하는 만능 천재인 듯싶었다. 웬만큼 공부를 했다 싶어 펜 뚜껑을 닫
고 문제집을 덮었다. 그런데 이게 어찌 된 일인가. 아, 내 눈앞에 선
명하게 들어온 '1'이라는 숫자!

아, 이 때껏 내가 푼 것은 1학년용 문제집이었다.

하늘에선 우르릉 꽝 하는 날벼락이 떨어지고, 머릿속엔 온통 1이라
는 숫자만 가득 차 있었다.

엄마께 '문제집이 너무 쉬운 것 같다'고 오랜만에 잘난 체를 한번
해 보려고 했는데……. 잠시 후면 나에게 날아올 엄마의 무섭고 차
가운 꾸중의 말이 나의 가슴을 답답하게 했다. 이어 내가 그 동안 아
껴 모은 황금 같은 용돈들이 하나하나 서점으로 날아가는 애처로운
광경이 눈앞에 펼쳐졌다.

이후 나는 자칭 만능 천재에서 '구제 불능'의 아이로 불리게 되었다.

'아, 신이여. 언젠가는 꼭 나에게서 구제 불능이라는 닭의 머리 같고 어처구니없고 흉측스럽고 망측스러운 이름표를 떼어 주시옵소서.'

◈ **생각해 봅시다!**

1. '문학'과 '문학 아닌 것'은 어떤 차이점이 있는지 말해 보자.

2. 시와 소설의 문장은 언뜻 보기만 해도 그 차이가 확연히 드러난다. 이것을 좀더 구체적으로 설명해 보자.

제 21 교시
꽃은 왜 피고 수탉은 왜 우는가
─군더더기, 군살, 반복, 추상적 표현은 금물

1. 존재하는 것들은 모두 자기를 표현한다

풀잎은 왜 얼굴을 항상 풋풋하고 싱싱하고 새파랗게 장식하는 것일까. 사람의 마음을 함빡 빨아들일 듯이 새빨간 장미는 왜 그 줄기나 잎사귀에 날카로운 가시를 달고 있는 것일까. 뻐꾸기는 왜 뻐꾹뻐꾹 하며 울부짖고, 수탉은 꼬끼오꼬끼오 하는 것이며, 꾀꼬리는 목청을 돋우어 울어 대는 것일까. 바둑이는 왜 주인을 향해 꼬리를 흔들면서 애교를 떨다가도 낯선 사람을 보면 잡아먹을 듯이 으르렁거리는 것일까.

젊은 여자들은 왜 얼굴에다 파운데이션과 분을 바르고 입술 연지를 진하게 칠하는 것일까. 또 짧은 치마를 입고 몸을 모로 꼬면서 매혹적인 눈웃음을 칠까. 젊은 남자도 그렇다. 양복 속에다 흰 와이셔츠를 받쳐 입고, 왜 그 위에다 멋들어진 넥타이를 골라 매려 애쓰는 것일까. 그리고 챙이 긴 모자에 반쯤 닳은 청바지를 걸치고 음악에 맞추어 온몸을 흔들며 춤을 추어 댈까.

쪽빛으로 푸르른 바다는 왜 파도를 일으켜 모래톱과 갯바위를 두들기면서 철썩철썩 소리를 낼까. 산줄기들은 왜 파도 치듯 기운차게 흘러가고, 별들은 밤마다 반짝거리며, 달은 밤을 밝히고, 해는 찬란한 빛살을 지상에 뿌려 대는 걸까.

시인들은 왜 사랑의 시를 쓰며, 가수들은 사랑의 노래를 부를까. 빗방울은 왜 땅으로 떨어지고, 그 빗방울에 맞은 풀잎은 왜 통통거리는 것일까.

나는 초등학교, 중학교, 고등학교에 다닐 적에 부끄러움을 많이 탔다. 옆자리의 친구에게도 의사 전달을 제대로 하지 못했다. 말을 하려고 하면 가슴이 떨리고 얼굴부터 빨개지곤 했던 것이다.

할 말이 있으면 종이 쪽지에다 뜻을 적어 친구 앞에 내밀곤 했다. 가령 연필심이 부러졌으니 깎을 칼을 좀 빌려 달라고 할 때도, 수업 시간에 놓쳐 버린 내용을 옮겨 적기 위해 공책을 좀 빌려 달라고 할 때도.

친구뿐 아니라 그 어느 누구하고도 얼굴을 마주 대한 채, 말로써 내 의사를 제대로 전달하지는 못했다. 아버지, 어머니, 형제 들에게 마저도. 그러다 보니, 어느 새 나에게는 밤새워 편지를 쓰는 버릇이 생겨났다. 그것을 통해 내 의사를 전달하려 했던 것이다.

존재하는 모든 것들은 자기의 마음을 표현한다. 사자처럼 의젓하게 잘생긴 것은 잘생긴 대로, 나무늘보나 하이에나처럼 못생긴 것은 못생긴 것대로. 그리고 그들이 하는 표현은 언뜻 거죽으로만 하지 않고, 자기의 온 생명을 통틀어서 하는 '총체적인 것'이다.

우리들 역시 말로써 자신을 표현하거나 글을 써서 자신을 표현한다. 시나 소설, 논설문, 일기, 편지글, 기행문 등이 모든 것들이 바로 자기의 마음을 표현하는 도구인 것이다. 그 표현이라는 것을 흔히 거죽만을 아름답고 예쁘게 색칠하는 것이라 생각하기 쉽지만, 사실 진정한 표현이란 그 영혼과 육체 전체를 통틀어 드러내는 것이다.

글을 쓸 때도 그렇다. 글의 문장이나 짜임새만 아름답게 표현하는 것이 아니라, 그 주제까지도 진실되게 드러내어야 한다.

2. 표현은 곧 나의 모든 것을 드러내는 것

'글은 그 사람이다.'

글에는 그 글을 쓴 사람의 생각과 감정이 그대로 표현되어 있다. 글을 통해 그것을 쓴 사람의 학식이나 인품, 아름다운 정서가 고스란히 드러난다는 뜻이다. 그래서 글은 곧 '그 인간의 표현'이 되는 것이다.

표현은 '오롯한 모양새(형상)가 되게 하는 것(형상화)'을 말한다. 오롯한 모양새라는 것은 '상상하여 마음속에 떠오르는 대상의 모습', '마음과 감각으로 잡아내게 되는 대상의 모양새'를 가리키는데, 이 오롯한 모양새를 겉으로 드러내는 것이 바로 표현이다.

표현에는 주관적인 표현과 객관적인 표현이 있다. 주관적인 표현은 시적인 표현, 정서적인 표현을 말하며, 객관적인 표현은 소설적인 표현, 묘사적인 표현을 의미한다.

(1) 창공을 움켜쥔 적이 있다

창공도 별것이 아니다

내 손아귀 속에서 펄럭펄럭 가슴 두근거리고 있었다

처마 구멍에 그물을 받치고 잡아 낸 참새 한 마리

그 참새와 한 구멍에 있다가 푸르르

어둠을 가르고 날아간 다른 참새는

어느 창공을 헤매고 있을까

—한승원의 〈새〉 중에서

(2) 아기별 공주는 어구에 '꽃섬'이라는 입간판이 서 있는 섬에 이르렀다.

(지금부터는 묘사적인 진술임) 꽃섬이라는 이름과는 전혀 걸맞지 않게 그 섬은 황막하고 어수선했다. 살갗을 에는 듯한 바람이 눈보라와 함께 내달리고 있었다. 아득히 먼 바다에서 달려온 황소만큼거나 코뿔소만큼한 파도들이 으르렁거리면서 섬 가장자리의 갯바위를 들이받고 있었다.

섬 여기저기에는 바지락의 껍질, 소라의 껍질, 우렁이고동의 껍질, 고막 껍질, 은실고동의 껍질 들과 갈매기의 바싹 마른 똥으로 가득 차 있었다. 인간들의 세상에서 떠밀려 온 비닐 봉지나 빈 병들이나 플라스틱 조각들이 지천으로 널려 있다.

입간판 주변에는 갈색으로 말라진 늙은 명아주풀, 비름풀, 며느리밑씻개덩굴, 육손이덩굴, 노인들의 흰머리카락 같은 억새꽃 들이 얽히고설키어 있었다. 예쁜 꽃은 한 송이도 보이지 않았다(묘사적인 진

232

술 끝남).

'꽃섬이라는 이름엔 전혀 어울리지 않는다. 꽃 한 송이도 없는 섬에다가 꽃섬이라는 간판을 걸어 놓다니…….'

아기별 공주는 속으로 이렇게 투덜거렸다. 꽃섬이라는 입간판만 보고 그 섬에 들어선 것을 후회했다. 다른 섬으로 건너가고 싶었다.

그 때 어디서인가,

"아기별 공주님!"

하는 모기의 잉잉거림 같은 가느다란 소리 한 오라기가 아스라이 들려 왔다.

'누가 나를 부를까.'

아기별 공주는 주위를 둘러보았다. 마른 늙은 풀들은 깊은 잠에 떨어진 채 바람에 흔들리고 있었다. 파도 소리와 바람 소리에 속은 것이 화가 나서 바삐 걸어 나갔다. 아기별 공주의 귀에 다시 아까의 그 소리가 들려 왔다.

"아기별 공주님."

아기별 공주는 발을 멈추고 주위를 샅샅이 살폈다. 갈매기 똥과 조개들의 시체 사이사이, 마른 명아주 풀섶이나 억새 풀섶 속, 며느리밑씻개 풀섶 속……. 드디어 자기를 부르는 것이 무엇인가를 알아냈다.

그것은 어린 우렁이고동이 벌린 입만큼한 보랏빛의 갯메꽃 한 송이였다. 그 꽃은 몸을 웅크린 채 떨고 있었다. 그것은 억새 풀섶과 말라비틀어진 며느리밑씻개 풀섶 사이에 피어 있었다.

'아니, 이 혹독한 추위 속에서 어떻게 꽃을 피웠을까. 다른 풀들은 다 깊은 겨울잠 속에 빠져 있는 이 때에…….'

아기별 공주는 추위에 얼부풀어 있는 갯메꽃에게로 달려가서 물었다.

"웬일이냐? 너는 겨울잠도 안 자니?"

갯메꽃이 말했다.

"저마저 잠을 자 버리면 이 섬을 꽃섬이라고 부를 수 없게 되지 않아요? 제가 이렇게 추위를 무릅쓰고 꽃을 피우고 있는 것이, 곧 이 섬을 황막한 '조개들의 시체섬'이나 '갈매기의 똥섬'이라는 이름으로 불려지지 않게 되는 이유인 거예요."

— 한승원의 《별아기 바다꿈》 중에서

윗글 (1)과 (2)는 설명을 통하지 않고 대상의 어떤 모양새를 독자의 가슴속에 그대로 전해 주고 있다. (1)은 지은이의 주관적인 경험과 정서를 통해 대상의 모양새를 그려 주고 있고, (2)는 객관적인 사실을 눈에 보이는 듯하게 그려 보여 주고 있다. 즉 (1)은 주관적인 표현을 하고 있고, (2)는 객관적인 표현을 하고 있다는 것이다. 그리고 (2)의 결말 부분에는 지은이가 말하고자 하는 진실이 잘 드러나 있는데, 이것이야말로 가장 중요한 '대상의 표현'이라 볼 수 있다.

사람들은 자기의 존재를 더욱 확실하게 표현하기 위하여 좋은 옷을 입기도 하고, 얼굴에 화장을 하기도 하고, 머리 손질을 하기도 한다. 글쓰기의 표현(대상의 모양새를 오롯하게 드러내기—형상화)도 마찬가지다. 글을 쓰는 사람은 자신의 생각과 느낌을 더욱 생생하고 효과적으로 나타내기 위하여 여러 가지 방법을 동원한다. 같은 내용을 전달하기 위한 글이라도, 표현하는 방법에 따라 그 구성은 물론, 글의 내용에 대한 읽는이의 반응도 달라지기 때문이다.

3. 올바른 표현을 하기 위해서는?

글은 문장에서 시작하여 문장으로 끝난다. 그러므로 자신의 느낌이나 생각을 보다 분명하게 표현해 내기 위해서는 문장을 올바르게 쓰는 것이 중요하다. 그러면 이번에는 문장을 쓸 때 유념해 두어야 할 사항을 몇 가지 이야기해 보도록 하자.

첫째, 정확한 문장을 써야 한다. 정확한 문장이란 문법에 맞는 문장을 가리킨다. 문법에 맞는 정확한 문장을 쓰려면 조사, 어미 등의 형태와 구실을 똑바로 알고 써야 하며, 주어와 서술어의 호응 관계, 높임법, 문장 성분의 적절한 생략 등도 어법에 맞게 사용하여야 한다.

· 다음에는 교장 선생님의 훈화가 <u>계시겠습니다.</u> (→있겠습니다)

둘째, 필요한 단어를 꼭 필요한 만큼만 써야 한다. 그래야만 글을 쓰는 사람도 자신의 뜻을 명확하게 표현해 낼 수 있고, 읽는 사람도 글의 핵심을 명쾌하게 파악할 수 있다. 주어 앞이나 서술어 앞에 수식어를 지나치게 많이 쓰면, 수식어 자체의 비중이 커져서 문장의 뜻이 모호해질 뿐 아니라 알맹이 없는 공허한 글이 되기 쉽다.

· <u>잿빛 콘크리트와 기름 낀 안개에 시들어 가는 가로수에서 벗어나고 싶었던</u> 우리들은, 서울을 떠나 여행을 갔다.

셋째, 같은 말을 여러 번 되풀이하는 것을 삼간다. 의미가 비슷하거나 같은 말을 반복하면 글이 지루하고 단조로워지며 진부한 느낌을 주게 된다. 따라서 글쓴이가 특별히 강조하고자 하여 의도적으로 반복한 경우가 아니라면 동일한 단어나 어구, 조사, 어미 등은 되풀이해서 사용하는 일은 피하는 것이 좋다.

·누가 우리에게 갖고 싶은 것들을 물어 오면 말문이 막히는데, 그 것은 갖고 싶은 것이 너무 많기도 하고, 또는 갖고 싶은 것이 없는 것 같기도 하기 때문일 것이다.

넷째, 의미하는 바가 무엇인지 분명하지 않은 추상적인 표현은 피해야 한다.

·나는 매우 행복하다.

위의 예문을 통해서는 얼마나 행복한지 도무지 감을 잡을 수가 없다. 이럴 때는 무엇 때문에 어떻게 행복한지를 분명하게 표현해 주어야 한다. 예를 들어, "나는 오늘 오랜 친구 순영이로부터 뜻밖의 편지를 받고 행복감에 흠뻑 젖어들었다"라고 한다면 그 의미가 한층 더 명료해지지 않을까.

다섯째, 누구나 다 아는 상투적인 표현은 피하는 것이 좋다. 어떤 표현들은 너무나 많이 사용되어서 읽는이를 싫증나게 만드는 경우가 있다. 좋은 글을 쓰기 위해서는 신선한 느낌을 줄 수 있는 개성적인 표현을 사용해야 한다.

·냇물에 비친 산의 모습이 그림처럼 아름답다.
·저 황금 들녘에 두 팔을 벌리고 서 있는 허수아비

4. 많이 읽고, 많이 쓰라!

이 밖에도 글을 잘 쓰기 위해서는 여러 가지 노력이 필요하다.

"많이 읽고, 많이 쓰라!"

초등학교 시절부터 너무나 많이 들어와서 이론적으로는 누구나 다 알고 있는 내용들이다. 하지만 머릿속으로야 아무리 많이 알고 있으면 무엇하랴. 실천하지 않는 생각은 아무 짝에도 쓸모가 없다. 글은 오로지 실천을 통해서만이 그 효과를 드러낸다.

그런데 왜 남의 글을 많이 읽으라고 하는 것일까? 그것은 남의 글을 읽음으로써 자신의 지식 체계가 넓어지는 것은 물론이고, 또 그것을 통해서 자극을 받아 내 글의 발전을 낳을 수 있기 때문이다. 남의 것을 이것저것 다 맛본 다음에 나만의 독특한 세계를 구축해 내라는 것이다.

그렇다면 많이 쓰라고 하는 이유는? 생각해 보라, 아무리 남의 글을 많이 읽고, 또 지식의 체계가 높아서 어떤 글에 대해서 잘되고 못됨을 평할 수 있다고 해도, 자기가 직접 써 보지 않고서는 자신의 뜻을 조금도 글로써 나타낼 수가 없다. 머릿속에서는 온갖 생각과 느낌을 휘돌아도 그것이 손끝을 타고 흘러내리지 않는다면 무슨 소용이 있으랴. 자꾸자꾸 써 보는 것, 그보다 좋은 글쓰기 훈련은 더 이상 없다.

◆ **생각해 봅시다!**

1. 이 세상에 존재하는 모든 것들은 어떤 형태로든 자기를 나타내 보이려 한다. 글쓰기에서는 그것을 '표현'이라 한다. 그렇다면 자신의 생각이나 느낌, 정서, 경험 따위를 글로 표현해 내는 데 있어, 늘 그 밑바닥에 잔잔히 흐르고 있어야 하는 것은 무엇인지 두 음절로 말해 보자.

2. '글은 그 사람이다'라는 말이 있다. 글을 통해 그것을 쓴 사람

의 학식이나 인품, 정서가 고스란히 드러난다는 뜻이다. 글은 문장 하나하나로 이루어져 있기 때문에, 이 말은 곧 문장을 잘 써야 한다는 말과 다름 아니다. 그런 뜻에서 문장을 쓸 때, 유의해야 할 몇 가지 사항을 들어 보자.

좋은 글쓰기의 요령과 지름길 제시

이 책은 한승원 선생이 오랜 세월 닦아 온 좋은 글쓰기 실력과
지도를 통해 터득한 비결을 담고 있다. 이 책을 따라 노력한다면,
누구나 반드시 좋은 글쓰기 실력을 갖출 것이다

박 동 규(朴東奎)
(서울대 교수 · 문학평론가)

▶ 문장은 한 사람의 모든 것을 말해 준다

예로부터 "글은 사람"이라는 말이 있다. 한 편의 문장 속에는 그
글을 쓴 사람의 지식과 교양 그리고 인격까지 집약적으로 나타날 수
있다는 말이다.

옛날의 높은 벼슬 자리에 오르는 등용문인 과거(科擧)도 따지고
보면 글짓기 경시 대회랄까 백일장(白日場)과 같은 것이었고, 극단
적으로 말하면 글을 가장 잘 쓰는 사람이 가장 높은 벼슬을 누릴 수
가 있었다. 옛날이나 지금이나 글을 잘 쓸 줄 아는 사람은 사회적으
로도 성공하게 되고, 글을 못 쓰는 사람은 성공하기 어렵다는 건 두
말할 나위도 없다. 오늘날의 모든 입학 시험과 성적 평가 시험 그리
고 행정고시나 사법고시 할 것 없이 모든 사회에 진출하는 등용문을
지나려면 시험을 거치지 않으면 안 된다.

그 시험의 기초가 되고, 전제가 되는 것은 무엇인가. 그것은 한 마

디로 말해서 글로 나타낸 실력의 표현이 아닐 수 없다.

다시 말하면 글을 잘 쓸 수 있는 힘과 기량을 가진 사람—그러니까 글을 잘 쓸 줄 알고 표현력이 풍부한 사람은 그만큼 모든 사회에 있어서의 경쟁에 유리한 위치를 차지하고 더욱 큰 경쟁력을 발휘할 수 있다.

그러므로 글을 잘 쓴다는 것은 한 사람이 세상에 태어나서 남달리 보람 있고 가치 있는 삶을 누리며, 남보다 앞서가는 인물이 되겠다는 사람에게 있어, 무엇보다도 가장 중요하고 필수적인 능력이라고 생각한다.

▶글을 잘 쓰는 것이 모든 시험과 사회적 성공을 좌우한다

바야흐로 ○×식의 객관식 시험은 점점 사라져 가고, 주관식 시험이 주류를 이루어 가고 있다. 바꿔 말하면 글로써 나타내는 표현이 어떠한가에 따라, 크게 실력의 차이가 나타나는 시대에 살고 있다. 흔히 표현력이 풍부하며 글을 잘 쓰는 사람은 한 가지 아는 지식으로 열 가지 실력을 과시할 수도 있지만, 거꾸로 표현력이 약하며 글을 잘 못 쓰는 사람은 열 가지를 알면서도 한 가지밖에 나타내지 못하는 경우도 있다.

어찌 모든 시험에만 글의 위력이 발휘되는 것인가. 사람은 사회의 어느 분야에 진출하든, 그 분야에서 두각을 나타내려면 글을 잘 쓰는 사람이 항상 앞서가게 마련이다.

사회 각계 각층에서 대표적 인물로 사회적으로 지도적인 자리에 있는 대상이 되고 있는 인물은 거의 예외없이 글을 잘 쓰는 사람이라 보아도 좋을 것이다. 글을 잘 쓰는 힘이 없는 사람은 대부분 말로 하는 표현력도 부족하다고 알려져 있다.

그것은 입으로 소리 내어 나타내는 표현이나, 문자를 써서 마음속의 생각을 나타내는 표현이나, 그 근본은 다를 수가 없기 때문이다.

▶ 모든 문화와 예술 표현의 핵심적 요소는 문학이며, 문학의 핵심은 문장에 있다

그처럼 좋은 글쓰기란 사람이 살아가는 데 있어 모든 경쟁과 생활을 좌우하는 가장 중요한 힘이라고 보지 않을 수 없다.

그뿐만 아니라 개인적인 생활 면에서도 문화적이고 정신적으로 유력한 삶을 누리는 데 있어, 글쓰는 데 자신을 갖는다는 건, 무엇보다도 중요하다.

또한 글을 잘 쓴다면 신문이나 잡지 같은 데에 자기 글을 발표해서 많은 사람들에게 공감과 감동을 줄 수도 있고 자신의 경험을 세상 사람들에게 널리 알려주어 도움이 될 수도 있게 한다.

특히 장차 시와 소설 또는 평론을 쓰며 문학의 길로 나가려는 사람들에게 있어서는, 글쓰기야말로 바로 그 성공과 실패를 가르는 절대적인 요소라고 보아야 할 것이다. 과거나 현재나 뛰어난 문학 작품을 낳게 하고 수많은 독자를 감동케 하는 문인들은 예외 없이, 남달리 표현력이 풍부하고, 글쓰기에 탁월한 실력을 발휘한 분들이라고 해도 지나침이 없을 것이다.

문학은 모든 예술 표현의 핵심적 표현의 전제가 되고 중심이 된다는 점에서, 음악, 미술, 영화, 연극, 무용 등 모든 예술을 전공하는 이에게 있어서도 글쓰기란 그 실력을 나타내는 징표가 되고, 성공을 좌우하는 힘의 근원이 되기도 한다.

그것은 각 분야 모든 뛰어난 예술가들이 하나같이 글을 잘 쓰는 분들이라는 사실을 보아도 잘 알 수 있다.

▶ 글쓰는 힘은 어떻게 길러야 하는가

그렇다면 좋은 글쓰기의 힘은 어떻게 길러야 할 것인가.

이런 물음에 나는 서슴지 않고 모든 재능과 실력 기르기가 그렇듯, 되도록 일찍부터 좋은 스승이나 책을 찾아서 좋은 글쓰기의 기본을 익히고 그 요령을 터득하는 것이 가장 확실하고 틀림없는 지름길이라고 하겠다.

그런 의미에서 한승원 선생의 글쓰기 교실은 가장 알맞은 그 지름길을 가는 길라잡이가 될 것이라고 확신하면서, 글쓰기에 아직도 자신이 없거나, 더 좋은 글을 쓰고 싶은 모든 청소년들에게 널리 권하고 싶다.

한승원 선생은 일찍이 한국 문학사에 길이 남을 〈해변의 길손〉으로 우리 나라에서 가장 권위 있는 문학상의 하나인 〈이상문학상〉 대상(大賞)을 수상한 작가로서, 당대의 문장가로 알려져 있다.

특히 한 선생은 오래 전부터 초등학교 고학년에서 중고등학생에 이르기까지 자라나는 세대들에게 손수 글쓰기 지도에 뜻을 두고, 오랫동안 열정과 노력을 기울여 왔다.

그러므로 이 책은 한승원 선생이 오랜 세월 훌륭한 문장가로서 닦아 온 글쓰기 실력과 자라나는 세대들에게 좋은 글쓰기 지도를 통해서 터득한 비결을 담고 있어 이 책에 따라 글쓰기 노력을 계속한다면, 누구나 반드시 좋은 글쓰기 실력을 갖게 될 것이라고 믿는다.

▶글 속에 따뜻한 체온과 향기를 담아야

따지고 보면 글쓰기란 자신의 모든 것을 남에게 드러내 보이는 것이라고 말할 수 있다. 저자 역시 "존재하는 것들은 모두 자기를 표현한다"면서, 글은 결국 자신의 표현이라고 강조하고 있다. 뿐만 아니라 저자는 한 걸음 더 나아가서 글 속에 따뜻한 체온과 향기를 담으라고 권한다. 그러자면 먼저 자신의 품성과 인격을 좀더 높은 수준으로 끌어 올리기 위해 부단한 노력을 기울여야 한다는 것도 권하고 있다.

《한승원의 글쓰기 교실》은 주제 정하기, 서두 쓰기, 결말 쓰기, 글 다듬기 등에 대해 실용성 있는 조언을 하고, 기사문, 일기문, 기행문, 편지글, 논설문 등에 대해서도 구체적인 조언을 하고 있는 대목은 눈여겨볼 만하다.

이 책은 글쓰기와 관련해서 저자가 터득한 모든 비법을 구체적인 예를 들어가며 쉽고도 흥미있게 서술하고 있다. 더욱이 각 장마다 그 핵심적인 내용을, 《동아일보》의 시사 만화를 통해서 매일 독자를 찾아가고 있는 최남진 화백의 삽화로 표현해, 책의 내용을 이해하는 데 큰 도움이 될 것으로 생각된다. 굳이 논술 고사 준비를 떠나서라도, 자신을 표현하는 데에 가장 효과적이고 필수적 수단인 글쓰기의 비법을 체득하기 위해서도 중고등학생들이라면 꼭 읽고 글쓰기에 자신을 갖도록 하라고 권하고 싶다.

한승원의 글쓰기 교실

초판 1쇄—1998년 7월 31일
초판 15쇄—2012년 9월 17일

지은이 — 한 승 원
펴낸이 — 임 홍 빈
펴낸곳 — (주)문학사상
주   소 — 서울특별시 송파구 오금동 91번지(138–858)
등   록 — 1973년 3월 21일 제 1–137호
편집부 — 3401–8543~4
영업부 — 3401–8540~2
팩시밀리 — 3401–8741~2
홈페이지 — www.munsa.co.kr
E · 메일 — munsa@munsa.co.kr
지로계좌 — 3006111

ISBN 978–89–7012–294–6 03800